Heibonsha Library

幻想小説とは何か

平凡社ライブラリー

Heibonsha Library

幻想小説とは何か

三島由紀夫怪異小品集

三島由紀夫著
東雅夫編

平凡社

本書は平凡社ライブラリー・オリジナル編集です。

目次

I

幻想と怪奇に魅せられて――小説篇

II

王朝夢幻、鏡花の縁（えにし）――戯曲篇

III 澁澤龍彦とともに――対談・書評・書簡篇……171

IV　怪奇幻想文学入門——評論篇

Ⅰ

幻想と怪奇に魅せられて——小説篇

仲 間

お父さんはいつも僕の手を引いてロンドンの街を歩き、気に入った家を探していました。それはなかなか見つからず、お父さんは古い古い家が好きなのでしたが、住人が気に入らなかったり、家具が気に入らなかったり、飼われている動物が気に入らなかったり、鐘の音や馬車のひびきが近すぎたり、よく眠れないということがイヤなのでした。しかしお父さんほど眠らない人はありませんでした。

お父さんは湿った古い大きな肩衣(かたぎぬ)つき外套を着て、僕もその小型のような外套を着ていました。僕はまるでお父さんの小型でした。そして霧の深い町を夜になるとあちこち歩きました。

あるとき、僕が煙草を吸いながら歩いているのを見て、お巡りさんが見咎めると、お父さんは何でもなく言うのでした。この子は喘息がひどくて、これはこの通り、煙草の形をした薬なのですよ。しかしそれは嘘でした。僕の煙草は本当の強い煙草で、その匂いは、外套にまでしみつき、外套を少し重たくしてしまっているほどでした。

ある晩のこと、あの人に会い、あの人は少し酔っていましたが、その蒼白い顔で、お父さんの興味を引きました。それは幽霊のように蒼白い顔でした。快活かと思うとすごく陰鬱で、恐ろしい地の底からひびくような声で、「私は永いこと、こんな風に煙草を吸う子供を探していた」というのでした。その人は霧の中から突然現われてずっと、僕たちのあとをついて歩いてきたというのでした。馬車が、三人の横をとおりすぎると、その人は軽蔑したように言いました。「乗物で漂泊うことはできない。あんた方は賢明だ。それにあんた方は、一番賢明な父親と、一番すばらしい息子だ」

お父さんとその人は、何か低い声で永いこと話しながら歩いていましたが、僕にはよくわかりませんでした。その晩、こうして僕たちは、はじめてあの人の家を訪れたのです。あの人は一人で住んでおり、鍵をあけて入ると、召使らしい人の姿もなく、カビくさい匂いがたちこめていました。僕はその家が好きでしたが、お父さんも大へん気に入ったようでした。しかしお父さんはそんなことは顔にも出さず、無関心な目で、その人のおびただしい本の書棚や、古い骨董物の家具や、キラキラ暗い光りのなかで光る東洋風の壁掛の織物などを見まわすだけでした。たしかにその家には、お父さんの大好きなあるもの、永いこと探していたものがありました。あの人は、お父さんにお酒を出し、僕に一箱の巻煙草を出しました。お父さんが話をしている間、僕はたえず煙草をのみつづけ、部屋の中を霧のようなもので一杯にしていました。少し酔っていたその人は、僕のことを、沼の霧を作っている青白い蛙のような顔をしている、外套を脱ぎなさい、と言いました。しかしお父さんも僕も外套を脱ぎませんでした。

その人はお父さんの話が大へん気に入ったようでした。そしてお父さんが暇乞いをすると、又ぜひ来てくれ、自分はよく旅行をするが、今月中はずっといる、その間に少くとも十ぺんは来てくれ、と言いました。

お父さんと僕は言われたとおり、何度も深夜にその家を訪れ、お父さんはお酒の、僕は煙草のもてなしに預りました。箱一杯の煙草が片っぱしから空になるのをその人は大へん喜んでいまして、僕がはじめからおわりまで、笑いもせず、一言も口をきかないのを気にしてもいませんでした。ヤニクサイ坊や、とその人は僕をからかって言いました。君は下らん俗物どもの食物などは喰わんだろうね、立派な将来があるよ君は、などと言いました。私などはとても及びもつかんね。

その人はまだ若く、大へん金持で、人ぎらいで、気ままな生活を送っているらしくみえました。僕たちの話の間にあるとき、窓遠く鐘が鳴るのがきこえました。あれはイヤだ、とあの人が言ったので、お父さんは大へん共鳴しました。あんな音がきこえないところへ引越したいが、イギリスはどこでも鐘の音がする、イタリアはもっとひどい、とその人は言いました。お父さんは、しかしロンドンで、ここほど鐘の音が耳ざわりでなくひびく家はない、とはじめてお世辞を言いました。

ある晩のことでした。とうとう僕が失敗をしました。その晩の何十本目かの煙草で、うっかり僕の煙草の火が、外套の裾に落ちて、そこを焦がしはじめ、僕は火を消しもせずに、うっとりとそれを眺め、その匂いを嗅いでいたのです。「おや、へんな煙草だぞ」とその人は煙の中からこちらを見て言いました。そしてあわてて、僕の膝の上をはたこうとしたので、僕は思わず冷たくあの人の手を払いました。お父さんは一部始終を見ていましたが、そばの花瓶の水をいきなり僕の外套にかけて火を消しました。あの人は、外套を乾かしてやろうと言いましたが、僕は断わり、又、笑わない蛙め、とあの人にからかわれました。どう言われようと僕は平気でした。

お父さんは心底この家とこの人が気に入ったようでした。そんなお父さんを見たのははじめてのような気がします。夜、霧の中を僕の手を引いて歩きながら、お父さんは、たびたびその人の名を言い、その人のことを話し、あの古いカビくさい、陰気な、部屋の隅々で家具に足をぶつけるような無秩序な家に興味を示しました。

あの人がいよいよ旅行することになり、二ヶ月でかえる筈だが、そうしたら又ぜひ来てもらいたい、と言われました。その時のお父さんの顔は、大へん淋しげで、その二ヶ月の待ち遠しさに耐えられないようでしたし、僕も二ヶ月の間、あんなに沢山煙草を喫めないと思うと悲しいのでした。

二ヶ月たつうちにとうとうお父さんはある決心をしたようでした。あの人が旅行からかえる晩、お父さんは待ちかねて、僕の手を引いて霧の町をあの人の家のほうへ歩きました。いつもとちがう歩調でまるで飛ぶようでした。

しかし落胆したことには、あの人の家にはまだ灯はついていず、戸にはカギがしまり、ひっそりとしていました。まだ帰っていない、しかしお父さんはおどろきませんでした。「きっと今夜には帰ってくる」と信じている、というよりはお父さんは知っているらしいのでした。どうするのか、と僕はお父さんの顔を見守りました。お父さんは僕の手を引いて、ドアの中へ入りました。

部屋の中はただださえかびくさいのが、二ヶ月の留守で、人くさい匂いのかけらもなくなり、いろんなものの堆積の匂いが占めていました。僕はお父さんがそこへ入れてくれたのではしゃいでいました。お父さんは灯り(あか)はつけず、暗い部屋の上下を自由に歩き、高い洋服簞笥(だんす)の上に腰かけて、外套の裾を垂らして、ずっと部屋の中を見廻していました。ここまで上っておいで、とお父さんが言いましたが、僕は断って、暗い壁掛のほうへ近寄りました。そして、ほとんどボロボロになっている壁掛の端を引きちぎって巻き、それにマッチで火をつけて、口にくわえました。ここの家で出されたどの煙草よりもおいしい煙草で、僕はやめられなくなって、片端から煙にしてしまいました。次いで、あの人の洋服簞笥をあけると、外套や着物がいっぱい下っていたので、それも喫(の)んでしまいました。部屋の中は気持のよい煙でいっぱいでした。お父さんがその煙を煖炉へみんな追い込んでくれたので、窓から洩れたりすることはなかったのですが。

お父さんは、部屋の中を軽やかに嬉しそうに歩いていました。湿った外套の裾が鏡面にぶつかって、鏡に軽い水滴を垂らしていました。ついにお父さんは、僕のほうへ来て、半透明になりながら、じっと僕の手を握り肩を抱き寄せました。遠い鐘の音がそのとき来て、お父さんの心を一寸(ちょっと)傷つけたようでしたが、それはすぐ治りました。

お父さんは、あの人の寝室へ入って行って、あの人の寝台掛を外(はず)し、そこへ花瓶の水をこぼして一面に濡(ぬ)らし、もうあの人も眠ることはない、と言いました。僕は喜んで湿った外套のまま、そこに横たわって煙草を吹かしました。お父さんは、きげんのよい時の癖で、じっと僕を見ながら、外套の中でしずかに指を鳴らしていました。それは鞭(むち)のような音を立ててつづきました。

突然お父さんは窓のほうを向き、深夜の街路に靴音がひびくのに耳をすませました。それは鞄を下げてかえってくるあの人の姿でした。お父さんは喜びにあふれて、僕の耳もとに口を寄せてこう言いました。

「今夜から私たちは三人になるんだよ、坊や」

朝顔

私の妹は終戦の年の十一月に腸チフスで死んだ。享年十七歳である。戦後学校へたちまち疎開の荷物が還って来て、それをリヤカーで運び入れる作業に携っているあいだ、初秋のまだ暑い日光に照らされて、咽喉（のど）が渇いた。焼跡の鉛管から出ている水を呑んだ。それが感染の径路ではないかと友達は言っている。

私は妹を大そう愛していたので、その死は随分とこたえた。少年時代から小遣を割いて妹にものを買ってやる趣味があったが、いつも妹はあまりうれしそうな顔をしない。活動へつれて行ってやる。芝居へつれて行ってやる。それがいつもいやいやながらついて来ると謂（い）った風である。殊に思春期になってからそれが甚しい。私はそういう妹をむりやりに可愛がるのが好きであった。

妹はふだん兄の言うことを莫迦にしてかかっていたし、喧嘩をしたあとなどは私の部屋の壁に鉛筆で「オニイチャマノバカ」といたずら書きをしたりしたが、死の前日、すでに意識を喪失していた妹が、半ばうわ言のように、「オニイチャマ、ドウモアリガトウ」と言ったのが、耳に残っている。看護婦の人不足な時で、母と私がかわるがわる看護に徹宵していたのを、知っていたものだかどうだか。

妹にはどこか可哀想なところがあった。私が寄せていたのは、愛憐の情ともいうべきものであった。妹は自分のなかに徐々に萌え出してくるものの不安と戦ってたえず焦躁しているように思われた。私はそれを思春期の焦躁だと考えていたが、妹の中に芽ぶき頭をもたげて来ていたのは、生の樹ではなくて死の樹であったのかもしれない。

妹には子供のころから妙に世帯じみたところがあって、（彼女は女学校へ入るまでそれを「よたいじみている」と発音していたが）、チョコレートの空箱に領収証を蒐集する道楽をもっていた。よく女中に、

「ねえ、今月のガスの受取はない？　美津子のところへ預けておけば大丈夫よ」

と言ったりしていた。私は妹のこんな貧乏性を大そうからかった。

妹の死後、私はたびたび妹の夢を見た。時がたつにつれて死者の記憶は薄れてゆくものであるのに、夢はひとつの習慣になって、今日まで規則正しくつづいている。

私は死者の霊魂に対していつも哀憐の情を寄せる。霊たちは寂しそうな、悲しげな、可哀想な存在であるように思われる。それは私たちが幼時動物たちの世界に寄せた感傷的な気持に似ている。未開民族のあいだで動物たちがそれぞれ死んだ人間の霊のあらわれだと信じられている理由が私にはわかる。私たちの憐れみの感情は、何かしら未知なもの、不可解なものに対する懸橋なのである。それらのものに私たちは憧憬によってつながり、あるいは憐れみによってつながる。憧憬と憐れみとは、不可解なものに対する子供らしい柔かな感情の両面であった。よく遠くの森で梟が鳴く声を、寝床のなかで耳をすましてきいていると、子供の私は動物界の自由に対する童話的な憧れの気持と、暗い森の奥の木の洞から目を丸くみひらいて歌いつづけていなければならないあの小さな「生あるもの」への憐れみの気持とを、併せ感じた。

霊魂というものに、やはり生の形を与えないことには、私たちの想像の翼は羽搏かないのかもしれない。生命のなかでも謎めいたもの、不可解なもの、夜の奥にとびちがい鳴きかわす小鳥のようなもの、そういうものに託して考えずには、霊のかたちを思いえがくことができないのかもしれない。

そういえば妹には、生きていたあいだから、謎めいたやさしい小動物が思いに耽(ふけ)っているような表情があった。

＊＊＊

夢の中では妹は必ず生きていた。医者から見離された身が、はからずも奇蹟的に助かって、私たち家族のまどいのなかに再び見出されたりするのである。

「よかったね、治ってよかったね」

そういいながら、私は一脈の不安をぬぐえずにいる。もしかこれが夢ではないかと疑う気持をぬぐえずにいる……。

私は永い旅を終えて家にかえった。夜である。家へかえって又出かけなければならない用件があるらしい。何かそれは大事な早急の用事である。荷物があるので駅から家まで傭って来た自動車を、そのために門前に待たせてある。

私は家のなかをさしのぞく。家のなかは深閑としている。みんな留守らしい。

しばらくして玄関へ出て来たのは妹である。

「美津子一人かい」

「そうよ。お留守番なのよ」

私は妹がいることに何の不思議も感じていない。家へ上ると、奥の茶の間に仄暗い電灯がついていた。五燭ほどの明りである。いつもこの部屋ははるかに明るい。どうしてそんな電球を使っているのかわからない。前使っていた電球が切れたのだろうと私は思った。

妹の顔は暗くてよく見えない。着ているものの柄もよくわからない。子供のような浴衣を着て、黄いろい兵児帯をしめている。

「どんな柄、見せてごらん」

と私が言った。妹は黙って灯下に立って袖をひろげて見せた。あざやかに大きな紫の朝顔が染めてある。妹が五つ六つの時分に着せられていた浴衣である。

「ずいぶん古い着物だね」

と私が言った。

「うん」

と妹がこたえた。暗くて顔がよくわからないが、うつむいて少し笑ったようでもある。それから手の指先を両方の八つ口からさし入れて、何か考えるような様子をしていた。私がお茶が呑みたいと云った。妹は薄暗い台所へ立って何かごとごとやっていた。ふだんはそんなことをしてくれる妹ではない。

「はい、お茶」

妹が立ったまま土瓶をさし出した。私が茶碗にそれを注いでいると、部屋の隅に坐って静かになった。私は茶を呑んでいるあいだ、妹がいなくなったような気がした。指で茶碗を撫でている。温くて、奇妙に滑らかである。濡れているのかと思うと、そうではない。

「まだいるのかい？」

私がそう訊いた。

返事はないが、身じろぎするけはいがしたので、いることがわかった。

「いつまでそうやってるの？」

私がまた訊いた。返事はない。しばらくして大へん遠い声で、

「ああ、疲れた」

と答えたような気がした。

「病気はたしかに治ったのかい？」

「ええ、治った」

今度ははっきりとこたえた。にじり寄って来て、卓にじっと体を支えた。

「でも、まだ疲れている」

「可哀そうに」

私がその髪に手をやって髪を撫でた。髪は乾いていて、饒多であった。妹は又つと立って厨(くりや)へ行った。水音がし、皿のふれ合う音がした。

「何だってそんなに忙しいんだ」

遠い声が水音にまじって反響した。

「何だってそんなに忙しいんだ」

腕時計を見たが、すでに出て行かなければならない時刻である。私は玄関へ行って、扉を排した。いつのまにか妹が背後に立っている。

「いってらっしゃいまし」

「今日はおそくなるかもしれない。皆がかえったらそう言っておいてね」

「うん」

「じゃあ行ってくるからね」

「いってらっしゃいまし」

妹は三和土（たたき）を下駄の爪先で軽く蹴って、ちょっとじれるふうな様子をした。……

私は待たせてあった自動車に乗って、町のあいだをしばらく往った。町はすでに灯は消していて、人通りがない。うつらうつらしているうちに、思い当ったことがあって、目をさました。思い当ったこととはこうである。

『今会って来たのはあれは幽霊だった』

こう思うと、胸を冷たい鉄のようなもので締めつけられるような気がした。身を乗り出して、運転台の背に両手をのばした。運転手にこう言った。

『今会って来たのは、どうしよう、あれは幽霊だ』

それは叫んだつもりが、声にすら出ない。相手に通じる言葉にならないことがありありとわかる。運転手の返事がない。私はその背に手をかけてゆすぶった。

運転手がふとハンドルを手から離してふりむいた。こう言った。

「そうだ。幽霊だ」

その顔は全く暗く、定かに見えない。忽ち（たちま）手がのびて私の腕をつかんだ。私の腕をつかんだものは、実は手ではない。爪が私の腕に刺って、そのほうへ私の体を引寄せていたのである。

卵

偸吉(とうきち)に、邪太郎に、妄介(もうすけ)に、殺雄に、飲五郎と来たら、飛切(とびきり)朗らかな学生だ。五人とものっぽで、大男で、ひどいガラガラ声で、大へんな怠け者で、学校へなんか出たことがない。五人とも端艇部の部員だが、合宿の時の生活をふだんにまで延長している。二十畳敷の部屋のある素人下宿を探し出し、その一間(ひとま)に出し合いで下宿をしているのである。この座敷は死んだ主人が、象皮病にかかったので、だんだん大きくなる体にふつうの部屋が合わなくなるのを心配して、建増ししたのだという話だ。五人は競争で朝寝坊をし、規律正しく万年床を守っていた。

偸吉は、いつも眠たそうな顔をしていて、友達のものを失敬する癖があった。彼が居眠りをしていると思うと、もう友達の机の下にあった栗饅頭の大箱が空っぽになっているという始末である。ある時などは、友達の制服をまちがえて着て出たのはいいが、紙入れに入っていた金がふしぎに多かったので、これは酔っぱらって誰かの財布を失敬したのかと思いちがえ、交番へ届けに行ったという美談が生れた。

邪太郎は、女には目がない男だ。これはと思う女を逃がしたことがないのだから、大したものだ。一夜ある女を追っかけて行ったら、二重橋の中へ入ってしまった。生憎宮内庁の門衛が彼の入門を拒否したので、濠へとび込んで、抜手を切って石垣まで辿りつき、こいつを乗りこえると、件の女が皇居の奥をめざして歩いてゆくところであった。邪太郎はなおもあとをつけてゆく。寝室の皇后陛下がベッドから白いおみ足を出して、眉をしかめておられるのが見える。女は毛抜を出すと、難なくそのおみ足から棘を抜いて、楽にしてあげた。毛抜を買いにお使いに出た女官だったのである。女官が宿舎へかえるとき、邪太郎は繁みにかくれていて抱きついたが、女が剪定鋏ほどもあろうと思われる毛抜を取出して、威嚇したので、意気地のない邪太郎は一目散に逃げ出した。

妄介は嘘ばっかりついて喜んでいる無邪気な若者だ。彼の嘘と来たらすばらしいものだ。

お日様は東からのぼり、お月様も東からのぼる、俺がこの目で見たから本当だ、なんて平気で言うのだ。俺は今日、年とったおじいさんを見たよ、俺がこの目で見たから本当だ、なんて言うのだ。今では誰も信じる友達がいないが、皆一応真に受けたような顔をしてにやにやしながら聴いている。昨日も、妄介は、プルターク英雄伝を読んだら、こんな面白い話があったと言い出した。アントニイがクレオパトラと釣に出かける。アントニイの鉤に魚が一匹もかからない。そこでアントニイは漁夫に内命を与え、水にくぐらせて、かねて獲れていた魚を鉤に附けさせる。ところがこいつをあんまり早く釣り上げたので、ペテンを見破ったクレオパトラは、その場は大まじめに讃嘆しておいて、あくる日、自分の内命を与えた潜水夫に、今度は塩漬の魚をアントニイの鉤に附けさせた。これが見事に釣り上げられて大笑い、という面白い話だ。ところが学識のある四人の友たちは、英雄伝を隅から隅まで引っくり返しても、こんな話の出て来ないことを知っていたので、目引き袖引き、笑いをこらえるのに大童であった。

殺雄は乱暴者で、無類の喧嘩好きである。小学校のとき、この乱暴者がチフスにかかって入院し、重湯をようようあてがわれていたことがある。彼は看護婦がおしゃべりに行っている隙を見て、ベッドから這い出して、窓に来ていた雀をわしづかみにし、これを自分の体の高熱で焼鳥にしては、一ダースも喰べると、病気がケロリと治ってしまった。中学時代には、学校の森でつかまえた青大将の鋤焼(すきやき)に舌鼓を打ち、それで精力をつけて、深夜就寝中の雷親爺の校長の禿頭に、鼠花火をすり込み、つんぼの両耳に大花火を仕掛けて、いっせいに点火するという壮挙に出た。校長の頭をしゅっしゅっと火花がかけめぐり、両方の耳からさしわたし一丈もあろうという花火の菊の花がとび出して色変りをした壮観は、今も語り種にのこっているほどである。しかしこの微温的な療法のおかげで、校長の禿頭にはふさふさと黒い毛が生え、つんぼは忽(たちま)ち平癒したので、殺雄は褒状をもらう始末であった。

飲五郎と来たら、稀代の呑助である。幼少の砌(みぎ)り、生家の造り酒屋の酒樽のなかへ落っこちて、危うく溺(おぼ)れかかったとき、見る見る酒樽の中の酒が減って、立ってようようお腹(なか)のへんへ来るぐらいまで干(ひ)てしまったので、難なく助け出すことができたのは、この子供が溺れるより先に呑むほうを選んだからであった。

さて、こういう五人が一緒に住んでいたのだから、界隈の騒がしさと迷惑は一通りではなかった。かれらには怖いものがなく、弱者のように夢みたりする暇はなく、賢者のように考えたりしている暇がなかった。五人が五人とも、ボートと自分たちの肉体だけで世界が出来上っていて、女とか酒とか食物とかは、出前専門の別の世界から、随時取寄せればいいと考えていたのである。確信を措いて、世界は存在しない。そこでこういう確信ある五人の青年が、青空を見上げて一どきに大口をあけて笑い出したとしたら、確信をぐらつかされた太陽はびっくりして墜落し、五人のうちの誰かの口の中へ落っこちて来て、その舌を焼くことになったにちがいない。

それればかりではない。五人の学生は、この陽気さと朗らかさと傍迷惑の無窮動を保持するために、衛生的な配慮をも怠らなかった。朝食の際、生卵を呑むのがかれらの日課であった。万年床の裾が足の先ではね上げられると、大きな茶袱台が中央に据えられ、五人は下宿の主婦が運んでくる朝食の膳に向うのであった。五人とも底知れない上機嫌で、五人の大あぐらが円卓を囲んださまは、まるで茶袱台そのものを取って喰おうとしているかのようであった。

主婦がひとりひとりの飯をつけ了るまで、兪吉は箸のさきで背中のかゆいところを掻き、邪太郎は箸のさきを味噌汁にちょっと漬けては茶袱台の上に怪しからぬ楽書をし、無邪気な妄介は口の両端に箸を垂らして牙に見せかけ、殺雄は箸で卓上の蠅を十疋も叩き、飲五郎は御飯などにはまるきり関心のない顔をしていた。

一同は奇妙な習慣をもっていた。行儀正しいガラガラ声で、いただきますと一せいに怒鳴ると、めいめいの前にある卵を小丼の端に一せいに打ちあてて割り、さてそれを一どきに吞むのであった。主婦はこの儀式がはじまる前に、あわてて階下へ逃げ去るのが例であったが、それはこの初老の女が明治三十二年製の古ぼけた鼓膜をいたわらなければならなかったからである。

近隣の人は、今ではいくらか馴れてしまったが、最初五人がこの下宿に移ってきたころは、もう午(ひる)ちかい時刻になるときこえる怖ろしい唸(うな)り声(ごえ)とそれにつづく魂切(たまぎ)るばかりの破裂音に、思わず家をとび出した人もあったくらいである。毎朝の卵の儀式の野蛮な大音響は、一里四方に隈(くま)なく届くのであった。

兪吉はものも言わずに卵を吞んだ。

邪太郎は、舌なめずりをしながら、「この舌ざわりのよさったら、まるで女だな」と感嘆した。

妄介は、「ひよこという奴は卵から生れるんだ、本当だぜ」と抜け目なく嘘をつきながら吞んだ。

殺雄は、にたりとして、「生き物はやっぱりうめえなあ」と凄いことを言った。

飲五郎は、「卵酒が吞みたい」といつも一言言った。

こうして五人は大いに満足の表情をあらわし、口の倉庫の扉をガラガラと左右へ十分押しひらいて、あるだけのものをぱくついて朝飯を了ると、毛脛を天井へ突き上げておもいおもいに寝っころがり、さて煙草を吹かす奴は隣りの友の額を、灰皿の代用にするのであった。

＊
＊＊

ある晩、五人は端艇部の先輩の家で御馳走になり、象の胡麻和えだの、目高の刺身だの、猫の唐揚げだの、黒い金魚と金魚藻に水すましを二三疋あしらった風雅な羹だの、麒麟の頸のぶつ切りの甘露煮だの、口につくせないほどの結構な山海の珍味のあとで、それぞれ十杯ずつ御飯をたべて、常よりもなお上機嫌になって、肩を組んで放歌高吟しながらかえって来た。酒はもちろん、五人の全身に、丁度オリーヴの樹の葉末にまで樹液がしみ入るように、丁度敵のゲリラ隊が味方の司令部の床下にまで滲透するように、万遍なく行きわたっていた。のこりの四人の友と同じくらいに酔うためには、飲五郎には格別の酒量が要ったので、今夜飲五郎は、日本酒一斗五升九合と、ビール二ダース半と、焼酎一升九合九勺と、コニャック三本と、ウイスキー五本を一人で呑んでしまった。それがものの五時間とかからなかったのである。そこで飲五郎は自分の胃の内側に小さい釘を打って、赤いリボンをつけた栓抜きをいつもそこへぶらさげておき、どんな種類の酒も罎ごと呑んで、胃で栓を抜いて流し込み、あたかも蛇が中身を呑んでから卵の殻だけ吐き出すように、あとから空罎だけを吐き出す工夫はないものかとまじめに考えていた。

飲五郎のかかる形而上学的思索を打ちやぶって、あとの四人はボート部の応援歌を声高らかに歌いだしたので、彼も亦、大きな噯気で拍子をとって、歌いはじめた。

禍津日のもと
ボートは生れぬ
姿は妖婦のごと
脂の乗りたる腹に
水を蔑して進む
　走れ！　われらがボートよ

すると飲五郎が、「げぶっ、げぶっ」と拍子をとった。一同は大いに笑い、歌いつづけた。

妬(ねた)み心は魔女なり
げにや負(ひ)けはとらじ
美貌も速力も
肉体も技巧(たくみ)も
誰か肩をし並べん
　走れ！　われらがボートよ
げぶっ　げぶっ

競い疲れし日は
静かなる岸に
木洩れ日を浴びつつ
すがしくも呟(つぶや)く
「男なんか要らない」
　走れ！　われらがボートよ
げぶっ　げぶっ　げぶっ

笑いさざめき歌いながら一同が肩を組んで下りて来たのは、先輩の家を出てしばらく行ったところにあるくねくねした坂であった。すでに深夜で、両側の高い石塀へ所まばらな街灯が光りを投げかけているだけであった。月も星もなかった。坂下は電車通りの筈であったが、電車の鈍い響きもなければ、自動車のクラクションの鋭い断続音もなかった。

終電車の時刻を二時間もすぎていたので、五人はおんぼろタクシーをおどかして、うんと値切って家までかえる心算（つもり）であった。おどかしすぎると、いつかのように、運転手がいきなり車を交番の前へつけて、金切声で五人を告訴するような始末になりかねなかったが。

いつまで経っても、電車通りは見えて来なかった。見知らぬ家並が斜面にひしめいている暗い湿った小路へ出て了ったので、一同はようやく道をまちがえたことに気がついた。その小路は五人が肩を組んで歩くことはとても叶わず、三人と二人に別れて行かなければならなかった。

「こいつをどんどん行けば、どうせあの道へ出るさ」

と一人が叫んだ。そこで五人はまた歌ったりわめいたりしながら小路を進んだ。

小路の両側には寝静まった家々が錯雑して建っていた。まだ灯しているとみえた小窓は、遠い街灯の明りを反射しているのにすぎなかった。マッサージ師や産婦人科の広告板が立っており、字は暗くて判読し難いが、「初診者歓迎」とか「往診午後、但し日曜を除く」とかいう字がおぼろげに見えた。殺雄はいつものように立札を見ると抜きたくなる衝動に駆られたが、肩を組んでいる手が不自由なので、よした。

小路の片側はときどき苔むした低い石垣になった。湿った黴くさい匂いがし、足許の土も過度に滑らかであった。

「今、そこで呼笛がきこえなかったかな」

と一人が言った。

「いや」

と別の一人が言った。

呼笛はたしかにきこえた。一つや二つではなく、多くの呼笛が入り乱れて、相呼応して近づいて来た。一同は目の前の曲り角から慌しい足音が乱れて来るのをきいて立止った。

五人の前に立ちふさがったのは数人の警官であった。警官たちは制帽を目深にかぶり、警棒をふりあげずに、手に握ったまま、斜め前のほうへ突き出していた。そして何も物も言わずに、一歩一歩学生たちへ向って来た。

豪胆無類な連中も事面倒と見て、逃げ出すために背後を一寸（ちよつと）振向いた。するとうしろからも帽子を目深に冠った警官達が詰め寄って来た。その数は前後にだんだん増して来るようであった。あとから追いついて来た者の、まだ息せききっているはあはあという声が群の奥にきこえた。

「何か御用ですか。僕らはこれから下宿へかえるところです」と偸吉がまず、眠たそうな声で、穏便に言った。

「君らを逮捕する」と先頭の警官が妙な黄いろい声で言った。

「僕らは何も悪いことをしていません」

「君らを逮捕する」と警官は同じことを繰り返した。

偸吉は仲間の顔を眺めわたして、素速い目くばせをした。元気な若者五人はこれを合図に、一せいに前後の警官に飛びかかった。この乱闘はまことに目ざましく、五人が五人とも大車輪の働らきをして、敵を取っては投げ取っては投げしたが、ただときどき暗闇のなかで固いものが壊れたり破裂したりする音がきこえるだけであった。そのうちに、踏んでいる地面がひどく滑り易くなって来て、足をとられて転倒した一同は、大勢の相手にたちまち手錠をはめられてしまった。

警官たちは一人一人の腕を両方からとって連行した。路はその三人が漸くとおれる広さのまま、行手が徐々に上りになった。先頭の兪吉は、路の曲り角にある街頭の明りで、自分の腕をとっている警官の横顔を何の気なしに見た。すると、彼は背筋に水を浴びせられたような感じがし、見なければよかったと後悔した。どの警官も目深に帽子を冠っている。その帽子の下には顔がなかったのである。

警官に取り巻かれた一行は粛々と小路を昇った。兪吉はほかの騒がしい連中も大人しくしているのは、自分と同様、警官に顔のないことを発見したからだろうと思った。しかしすぐ先程からの酩酊を思い出し、今度は断乎として自分の目の錯覚を訂正しようと決心した。

彼は今度は、反対側の左側の警官の横顔を見た。横顔は目も鼻もなく、くっきりと白い正確な楕円形をえがいていた。その白い肌は丸い頬らしいふくらみを持っていたが、甚だ硬くて、表面にくすんだ光沢があった。

「あ、こいつらは卵だな」

と兪吉は思った。彼は咄嗟に自分の石頭をそれにぶつけて、顔の殼を破ってやろうかと考えた。すると卵の警官は、うまく顔をよけて、兪吉の攻撃を外らした。

昇り坂が尽きると、崖の上に壮麗な建物が現われた。先輩の家を訪ねたことは一再ではないのに、このへんにこんな建物があるのを五人とも知らなかった。建物は野球場のような形をした白堊の新らしい円形の建築で、野球場とちがうところは天蓋（てんがい）の丸屋根がこれを覆うていた。建築技師がこの円満な形に反抗を企てたくなったものか、一方に望楼のような角（つの）型の部分が地上からほぼ四十五度の角度で、支柱もなしに長く天空へむかって延びていた。

一同は重い扉を排して内部へ導かれた。内部は甚だひろい円形劇場のような構造をもっていたが、仄暗（ほのぐら）くて冷え冷えとしていた。はじめは何も見えず、ただ何か大ぜいの者の集まっている気配が感じられ、衣摺（きぬず）れの代りに、象牙の牌（パイ）の触れあうような音が鏘然（そうぜん）と起った。

一同は円形の中央の部分に引き据えられた。すると目の前に厳そかな白い壇がおぼろげに見え、そこに三人の裁判官が坐っているのが見えた。黒いガウンについている金糸が明滅した。裁判長の顔は、痘痕（あばた）のある赭顔（あからがお）の一段と大きい卵であった。居流れている裁判所書記も廷丁も検事も弁護人も悉く（ことごと）卵であった。目が馴れて来た五人は、堂に充ちている数千の傍聴人が皆卵であることに気づいた。

検事の卵がいきなり口を切った。と云っても口なんかなかったので、内にこもってきこえる黄いろい声がこう言ったのである。

「被告兪吉、被告邪太郎、被告妄介、被告殺雄、被告飲五郎これら不逞なる五学生に死刑を求刑します。被告共は、卵の神聖を冒瀆し、卵に対する破壊的行動を恣にし、これを食用に供するのみか、進んで毎朝一せいに卵を割ることによって、その音響を以て、卵を食用に供することの普及宣伝に努力したのであります。卵が食用に供せられて以来、この汚辱の歴史は永いが、かくの如き露骨尖鋭なる表現を以て卵が呑まれたことは、嘗て見ざるところであります……」

弁護人の卵が立上った。これはまことに貧弱な、旨くなさそうな卵であった。

「検事はそう言われるが、卵の殻はこれら五被告の皮膚より固いのであるから、弱い皮膚のものが固い卵を割るのは、弱肉強食と云わんよりは、むしろ反抗的行動と云われたほうがよさそうに思われる」

「固さは脆さであります」と検事は力説して、ついで感傷的な語調になった。「われわれは形式に於て卓越しているにもかかわらず、被告等は思想に於て卓越している。思想は多少に不拘、暴力的性質を帯びるものである。……」

「しかし被告等は、御承知の如く端艇部部員である。かれらが思想を抱いているとは、社会通念上、考えがたい。腕力と言われたほうがよさそうに思われる」

「腕力こそは最初の思想である。もし腕力が最初に卵の殻を割らなかったら、誰が卵を食用に供しうるという思想を発明しえたでありましょう。かれらの腕力はかかる危険な思想的行動と見做(みな)さざるをえない。否、むしろかれらは、卵は食用に供しうる、という思想にみちびかれて、腕力を揮(ふる)ったのである」――検事は昂奮して来て、その内部から殻が微光を帯びて紅潮した。「小官は断乎、五被告に死刑を求刑するものであります。即ち偸吉は卵焼きの刑に、邪太郎は煎(い)り卵(たまご)の刑に、妄介は茹卵(ゆでたまご)の刑に、殺雄は目玉焼の刑に、飲五郎は卵酒の刑に処せられんことを要求するものであります」

この求刑をきいて傍聴席に喜びの動揺があらわれた。多くの卵がカチカチとぶつかりあう音がし、多くの黄味が殻の中で笑っている波動が伝わった。五人の学生は不平な顔つきで口を尖(とが)らせていたが、飲五郎だけは幾分この求刑を歓迎する風を見せていた。

「検事はかくの如く求刑されたが」と貧弱な卵の弁護人は反駁(はんばく)した。「いかなる方法を以て、人間を卵的に処刑せられるか、その具体的方法を伺いたいものである。人間は果して卵焼きになるべき卵的成分をその蛋白質に含有するものであろうか?」

「当然である」と検事は堂々と主張した。「われわれを毎日一ヶずつ呑んでいる以上、人間を焼けば卵焼きができることは科学的真理である」

「それでは人間の体内に分解された卵がまた卵になる可能性を認められるか?」

「然り。従って卵的処刑が化学的に可能である」

「もし然らば、かかる処刑は、再組成されたる卵を、卵自身の手によって再び虐殺し、以て人間用の卵料理を作るにすぎない矛盾を犯すものである。むしろ死刑の代りに、五被告の中から卵を蘇生せしめて、かれらに呑まれたる卵の遺族に、福音を齎らすべきではないのか」

「暴論だ!」――卵の検事は激昂して、顔を柱にぶつけ、あやうく殻を割ってしまうところであった。「われわれは報復すべきだ。絶対に卵焼きだ。煎り卵だ……」

こんな阿呆陀羅経のような議論に呆れ果てた五人の学生は、ようやく場内を冷静に見廻す余裕ができた。事実、酔いも醒めかけていた。邪太郎は傍聴人の中に美しい女が居たら色目を使おうと思って見廻したが、いくらか大小があるだけで、個性がまるきりないのでがっかりした。卵の女たちは衣裳だけで個性を表現しようと努めているらしく、衣裳の雑多なことはおどろくばかりであった。ある卵は十二単を着て、ボンネットをかぶっていた。一方、妄介は退屈して、足を踏み鳴らしていたが、靴が床にぶつかって、金属的な音を立てるのにおどろいた。

「この床は鉄だぜ」と彼は友に囁いた。友だちは本当にせず、鼻の先でせせら笑って、足を踏み鳴らしてみようともしなかった。妄介は躍起になって、あたりを見廻した、するとこの建物の前へ来たときに見た望楼のように突き出た細い部分が、急な昇りの傾斜の歩廊になって、円形の部分からつづいているのを認めた。それは丁度、円形の部分の枠についている柄（え）のようであった。妄介は霊感を得て、いつも嘘をつくときの嬉しそうな口調で友の耳に囁いた。

「おい、見ろよ！　この建物はたしかにフライパンだぜ」

四人はそう云われて、漠然と望楼のほうを見た。しかしフライパンの中から見ると、フライパンは、フライパンには見えにくいものである。また妄介の奴め、嘘をついて喜んでやがる、と四人は思った。

白いおぼろげな壇の上で、裁判長の卵が左右に少し揺れた。左右の裁判官の意見を参酌しているらしかった。やがて裁判長は判決を申渡すために立上った。満堂の聴衆は緊張し、ために場内の冷ややかさはひときわ募った。裁判長は同じように黄いろいが、しかし荘厳な黄いろさのある声でおごそかに口を切った。

「弁護人の意見は、卵の道徳を逸脱して、人道主義的誤謬（ごびゅう）を犯している。依って検事の求刑どおり、五被告に死刑の判決を下すものである。刑の執行は、卵刑訴第八十二条により即刻これを行う」

傍聴人たちは歓呼のかわりに、耳も聾（ろう）するばかりに殻を打ち合わせてガチャガチャ言った。十人の警官が学生たちのほうへ近づいて来た。妄介は、何をぐずぐずしてるんだ、やるんだ、と力のこもった低声で叫んだ。あとの四人も、已（や）むなく妄介の嘘を信用することにして、手錠のまま、一せいに望楼のほうへ逃げ出した。歩廊は鉄の溝になっていて、紛う方ないフライパンの柄だったので、五人はその突端まで駈けのぼると、柄の先端に一どきにぶらさがった。五人の体重は、平均三十貫ほどで、都合百五十貫の錘（おもり）が柄に下ったわけである。そこで場内は大混乱を呈し、フライパンは見事に引っくりかえり、轟然（ごうぜん）たる音を立てて数千の卵が雪崩（なだ）れ落ちた。その音は百里四方までひびき、眠りをさまされた人々はのこらず夜明け前の戸外へ飛び出した。数千の卵はお互いにぶつかり合い、地面に叩き落され、粉みじんに割れ、黄味と白味は攪拌器にかけたように完全に混り合って、貯水池ほどの溜（たま）りになってしまった。そのとき附近を、石油会社の素敵な水色の油槽車が通りかかり、それが都合よく空だったので、厖大な卵の池に対する所有権を断然自認した五人は、大わらわで卵を油槽車に一杯つぎ込んで、下宿まで運んでもらった。

それから毎朝、兪吉と邪太郎と妄介と殺雄と飲五郎は、卵焼きばかり喰わされることになった。めいめいが座蒲団ほどの卵焼きを平らげても、材料はいつ尽きるとも知れなかった。近所の人たちは、毎朝例の唸り声だけは依然としてきかされたが、破裂音のほうはついぞきかなくなって、いくらか助かった。こういう次第で、愉快な連中は毎朝一つずつ卵を割るたのしみを失ったが、一どきにあれだけ割ればそれも仕方がないさ、と諦めた。

緑色の夜(よ)

お爺(じい)さんは、熱いお茶をぐっと一杯のむと、そばにいる私に向って、「もう一寸(ちょっと)ストーヴに石炭を入れてお呉れ」と、やさしく云って、いつものように話をはじめるのでした。

「儂(わし)がまだまだずっと若い頃のことじゃ。勿論、こんなに腰も曲って居らんでな。白いひげなんか、一つもなかった時分じゃ。いつ頃のことか忘れて了(しも)うたが、その晩は全く妙な夜じゃった。

月はうまそうな朧月(おぼろづき)じゃったとおぼえとる。星が沢山々々儂の家の屋根にあつまってての、まるで話しでもしとるようじゃ。

儂はひょんな事じゃと思うたから、下駄をつっかけて庭へ出て、一生懸命星を見とったが、どうも不思議でならん。それでな、上を見て、ぼんやりしとった所が、おやおや何と気味の悪いことじゃ、足下の叢から人の声が聞えてござらっしゃる。

じーっと見て居ったらの。龍胆の葉のかげで、小人どもが踊っているのじゃ。真中に、角力の土俵のようなものが有って、一人が踊ると、踊らん小人らは恰好をなおしたり、注意したりして、まあ、やかましいのなんのってお話にならんのじゃが、その中の一人がこんなことを言いよったのじゃ。

『今晩〝萩ヶ丘〟でやる舞踏会はな、十二時きっかり始まるで、それまでによう練習しとかんといかん』

儂ゃこりゃうまい事をきいたと喜んでな、萩ヶ丘ちゅう所は夜になると猫の子一匹通らんこわァーい所じゃが、行くことに決めたんじゃ。

夜十一時前ごろにな。家を出て、萩ヶ丘へ走って行ったで。儂が丘へ来て見ても、どうもないのでな、こりゃ、どうしたことかと思ってのう。もしかしたら夢じゃないかとさえ考えて、うでを抓って見たが、矢張り痛かったわ。

すると、その時じゃわ、丘のはじっこにある大きな岩がの、みしりみしりと動き出したのじゃ、みしりみしりとな。

あそこは、全く萩の花のきれいな所で、夜は螽蟖(きりぎりす)やら、蟋蟀(こおろぎ)やら一杯ないての、それはそれはよい所じゃったのが、岩がうごき出すと、すぐ、すぐに、虫どもが泣き止むし、萩の花がやんわりとしぼみ居った。

わしゃおどろいたわ。たまげて、腰がぬけて了(しま)いそうになったが、一生懸命こらえての、よっく見とったら、岩はどんどん動いて、すっかり動き切ったら、その下に小さな小さなお城が見えたのじゃ。まるで小さな子の玩具(おもちゃ)のようでな。『これはとんだものが出て来たわ』と笑って、そばへよろうとしたら、萩ヶ丘のものは何でも動くのが好きと見える。その城もびくびくと大きゅうなって来たのじゃ。今まで何もなかったような堀が見えての。そいつが、始(はじめ)は糸のようじゃったのが、紐になり、帯になり、溝になり、とうとう水が一杯入った本当の堀と同じになったと思ったときは、儂はいつの間にか丘の裾(すそ)の方へ追ッ出されての、儂の目の前に広い堀があって、あの広い丘をすっかり取巻いとる。

こりゃ不思議じゃと思って上を見ると、さっきの城はすっかり大きくなって、前庭は美しい花壇で埋められて、秋だちゅうに、春の花が一杯に咲いとる。

おまけに城の中には明るい灯が美しゅう光っとって、まるであたりが昼のようじゃ。儂はどうにも中が見たくって仕様がなかったから、こっそりと、泥棒のように、堀にかかっとる橋をわたって、城の大窓の下へしのびよったのじゃ。そこは舞踏室じゃった。室のまわりには幾十かの小部屋があっての、そこは用意室らしゅうて、妖精共がときどき出たり入ったりしとる。

なんというたらいいじゃろうか。

その綺麗なこと綺麗なこと。錦の布の金糸、銀糸をほどいて、それを細う切り、ぱアーっと散らばしたようじゃ。

気の早い連中がこんなにも多いと見えて、未だ一時間あるのにもう踊りのけいこをしとる。大分長い間たった。十二時十分前頃にかな。ほれ、珍客どもが揃ってござったわ。

湖底の洞(ほら)にすむ龍の背中で暮している小人は、龍のキラキラする鱗(うろこ)をつづって作った甲冑(かっちゅう)のような洋服を着て来居った。

橄欖(かんらん)の木に居る妖精は、葉の面を剝(は)いで仕立てた、つやのある、天鵞絨(ビロード)のようなのを、大きな樹の叉（また）に住まって山蚕を飼っとる小人は、そのまゆでこしらえた良い肌ざわりの絹の衣裳を着て来るのじゃ。

水晶の沢山ある山に住んどる奴は赤い木の実（こみ）をつぶして染めた紅衣裳に、水晶の粉をちりばめて来たが、まあ、その美しかったことと云ったら。口では話せんわい。

十二時五分前になったで、これでおしまいかの、と思うとるところへ、この舞踏会で一番大事なお客様の〝香水姫〟が、鼷鼠（はつかねずみ）の馬車でかけつけて来なさったのじゃ。

このお姫様には、美しい話があるのじゃ。もう百年も前かの。お姫様はかわいそうな、貧しい人々共を沢山にお救いになった。たすけて頂いた人たちは大へんにありがとう思っての、おれいをしようと思うたが、貧しいからどうすることも出来ぬ。それで山の頂上で神様にお姫様にたすけていただいた事をおつたえ申したのじゃ。神様も大変感心なさっての、何千人かの人々の願いを入れて、姫の一番お好きな香水を小百合ヶ谷に満たして、その中にお姫さまをお住まわしになって、姫のお顔の美しさが世の末までつづくようになさったのじゃ。

それ見い。お馬車が城門についた。皆が迎えに行っとるわ。

おーや、ここまでよい香りがして来るわと思うとるうちに、儂の前をしずかにお姫さまがお通りになったのじゃ。あまりお美しいので、まぶしゅうて見ておられぬ。

やっと舞踏室へおはいりになったと思った時、銀色の月光の色が、元気な木葉のような、いやそれ以上はっきりした緑色にかわったのじゃ。そいじゃて、儂も緑色になる。城も、堀も、庭も、みんなみんな、緑じゃ。空気もをしぼると、緑色の水が落ちるように思われた位じゃ。丘はすっかり緑になり切り、さて舞踏会が始まった。


足が乱れるわい。音楽が、水の流れるように、たまらない良い気持になったわ。

もすそが胡蝶の羽根のように舞うのじゃ。部屋中のともしはバラ色じゃて、皆の顔がバラ色にほてって見えよる。

金・銀・赤・白・紫・緑……

儂一人ではかぞえ切れん程の色がここに集っとる。なんという美しい会じゃろうと思うて、ひょいと時計を見たらの、もう三時過ぎじゃ。

夜明けも近いて、未だ三時じゃが、早う止めねばと考えとると、案の定、ラッパがなりよった。

舞踏が終ったのじゃ。

それからは皆で話しをしたり菓子をくったり、遊戯をしたり元気なことじゃ。そんなことが、知らぬ間に一時間半もたっとった。

その前に、月はもう、ぐうぐうとねて了って、星の子たちは、黒い寝巻を着て、ベッドへ入って行くから一人々々減って来居る。

ところが、一人だけ今目をさました星がござった。その星はおじいさんでの、白いひげを長う生やして、帚(ほうき)にまたがって、宙を飛んどる。

そいつは明(あけ)の明星じゃった。

すいすいとんで、窓のそばへ来ると、空から大きな声でよびかけたのじゃ。

『朝ですよ』とな。

それから蜂の巣をついたようなさわぎになった。皆、あいさつもせねで、逃げ出すのじゃ。中には窓から飛び出るのもある。しかし、〝香水姫〟だけはやっぱり違う。しずしずと前と同じに城門をお出になると、おみ送りの人々に送られて、はつかねずみの馬車におのりになり、〝小百合ヶ谷〟へと空中をとんでいらっしゃったのじゃった。

すっかり人が出切って了うと、さあてまた大変じゃ。城がちぢんで来たのじゃ。全くさっきと同じに、ちぢみ出した。そして、小さな小さな城になると、岩がみしりみしりとかぶさって来て、儂だけがのこされたのだ。

それから、待ち焦(こが)れていたように朝が来た。秋の寒い寒い朝じゃ。露を置いた胡枝子(はぎ)の花がゆっくりゆっくりゆれとる。わしは家へぶるぶるふるえてかえって来た。

何、岩をあとでどけて見たかって？　そりゃ、ちゃんと苦労してどけて見たわ。中に何があったかって、はははは、何もありゃせん」

鵲

⁂

もう体がひだるうなって、儂のような老いぼれには、歩むのも大儀な夏の盛りのことと思いなされ。城から三里ばかり離れた平地に、金庾信の率いた軍が今宵の陣営を張ることになり申した。そのころ金庾信どのと云えば、慶州はおろか、新羅の国中に……いや異国までもその名が響きわたって居った。そうじゃわ、二十七世善徳王の御代のことじゃが、此の程は百済を討とうずと、五万の大軍を率い申して、かしこのわたりまで進んだが、今宵一夜の仮の宿を置こうというわけじゃ。されど此のわたりは畿内の入口なれば、たまたま敵の人影が、さてはあの岩山の陰から、さては林のうちより現りょう事もある。

　されば一夜の宿りとはいえ、そこここに屯（たむろ）する兵士（つわもの）どもの眼（まなこ）も何かこう鋭う見えて、三、四尺置いて遠くまで連なる木々の間には、白い剣の光りがちらちらと輝いてお座る。早や昼日中の烈しい日の光りも衰えて、赤銅（あかがね）の盆のような夕日が次第に石竹色の雲の褥（しとね）のなかに身を埋め、羽毛の衾（ふすま）をかけようとするありさまが兵（つわもの）どもの眼にうつると、彼（か）の五峯山の谿間（たにま）から颯々（さつさつ）と涼しい風が湧き出て参り、樹々の緑に浸（ひた）ってゆるやかに流れて来る。皆々思わず吐息して今更に暑かった昼の日を語り合うて、なんと涼しい風よと、夕映空を仰ぐころあいじゃ、西の方（かた）より一羽の鳥が黒い翼を羽撃（はばた）いて翔（かけ）って参った。豆粒のほどに見えたが、小石ほどになりさて近寄うて見ると、小ぜりあいのほんに童（わらんべ）ほどもありょう鵲（かささぎ）で、やおらはたはたと靡（なび）く大牙（たいが）の上にとまるや、鴉（からす）のような声で囂（かまび）すしく鳴きたてたと思われい。わたりの兵（つわもの）どもは、軍（いくさ）の門出になんと不吉な声であろうと、口々に呟（つぶや）くほどに、金角于どのはしばしじっと見つめておったが、やがて天にも響かん大音声（だいおんじょう）で呼（よば）わった。ここな化生の物よ、などて大夫の軍中に入り来るかと、背の太刀を引き抜いて、夕陽（ゆうかげ）で血のように映ゆる切先を鵲に差し向けた。忽（たちま）ちに彼（か）の鳥はばたりと地に墜（お）ちたと見たが、忽然として人の姿に変ったのじゃ。

すわや化生にあろうずと、皆々刀の柄に手をかけて馳寄ったが、これは実の百済の王女桂仙でおじゃった。

＊＊＊

茶を一杯下されい。えらい喉が渇き居った。

――ああ美味い茶じゃ。……さて話をつづけよう。

百済の王女桂仙と申せば、天人の生れ変りじゃと下様のものの間まで噂があるほどじゃて、黒水晶のような瞳、熟れた尊い木の実のように赤い唇、珊瑚の瓔珞をつけたつややかな黒髪、どれをとっても比いなく美しくおじゃる。ほんに三国一の美人というても嘘ではないであろ。その上に女のか弱い身で、幼ない時から剣術、神術を修め、このほど自勇兵器と申す恐ろしいものを造ったのでおじゃる。全身を鋼で覆うて、中には人の二人もはいりょう空所があり、牛も馬も、人の力も用いずに、己れの力で戦の庭に走り、その眼から火をふいて敵の者を殺すのじゃが、その走るのは、南国から渡来の駿馬とて迚も及ばぬ早さの上に、目にも止らぬすばしこさで敵をたおすのは、見ておっても気持のよいほどだとやら。そしてこれまでも幾度強敵を破ったか知れぬくらいじゃ。父の百済王はこの娘を愛(め)でて封じて桂陽公主と名乗らせた。公主となってより五ヶ月たち、見渡すかぎり若草の山に、古代紫の花弁(はなびら)が秀でておったのが、濃い蜜のような天道様のかがやきのうちにけだるい藤の花房の藤色さえ揺れることもない葉月とはなっておじゃった。

一日、百済王は金庾信の来襲を知って、何としたものかと、さし迫った事ながら、悶々として憂いの色を深うして、宮殿の庭を歩んでおじゃった。陶器(すえもの)の涼亭(ちん)に二十八の風鈴を下げたのが、微風にちりりと時を同じゅうして鳴りわたり泉水の魚がはねて涼しい波紋がひろがったに、じっと頭を垂れて居った天子はそうじゃと膝を打って云うには、桂陽公主に詢(はか)らん事を忘れて居ったわ。

呼び寄せられた公主は、何事もなげに言い流したのじゃ。金鈴をまろばすような声で、いかな軍のときにも油断は恐れねばなりませぬが、こちらには自勇兵器がありますれば、天(あま)の下はいかな強者もかなおう筈はございませぬ。金角于の勇将の誉がどのように高かろうと、必定(ひつじょう)かなおう筈はございませぬ。一先ずわたくしは彼の地の模様をさぐってまいりましょう、と申したと見る間に、その黒い瞳は琥珀(こはく)のような色に、形の良い唇は大きな嘴(くちばし)に、体は白い羽毛に埋まり、諸手(もろて)は黒い翼と変って、巨きな鵲の姿に幻ずるや、駭(おどろ)きさわぐ父の天子を下に、はたはたと羽撃きして、黄昏近い空に飛び去ってしもうた。二三回城の上をまわったが、やがて東の方に向って矢のように飛んでゆき、その姿は夕暮雲のうちに消えたのじゃ。

＊＊＊

思わぬ方に入り道してしもうた。扨て後にかえって話しつりょう。

――金庾信どのは、人に変じた鵠を見やると、からからと打笑い、百済の王女桂仙桂陽公主に向って申した。そなたの自勇兵器とやらで我が三軍をうち破ろうとは、恰かも隆車に向う蟷螂のようなものだ。我が軍はやがて、幾山河をこえて、そなたの父の王城を打ち崩すであろう。

さればこれより、われらの向う山々の道を直らし、清くして、この金庾信を迎うる用意を怠りのう為るがよい。そなたの命は、戦の庭で頂こうぞ。その時までは、わたしは新羅の国の一将軍、そなたは百済の国の王女なれば、厚き礼にてもてなそう。と言うや、軍備陣営を悉く見せ、いささかも礼を失するところはのうて、その後陣営の入口に伴い、いで帰られいと言い捨つると、金角干どのは直ちに己れの席へ戻って行った。陣営の入口から彼方には見渡す限り荒野が展けて所々に野薔薇の紅が夕べの微風に吹かれておったが、その野の果てには、ぎらぎらと夏の日輪があまたの夕影山に守られて溶けかかる脂（あぶら）のように消え去ってゆくのじゃ。この戦いの前の夕べに塒（ねぐら）に帰る鳥等の姿は何処にも見えぬのでおじゃった。桂仙はひとり夢見る人のように茫然と立って御座った。今更に、彼（か）の角干の雄々しい男柄に思いを馳せておるのじゃったが、彼方には薄紫の雲に囲まれて、遠い扶余山の影が見え申した。

遠い故郷の影がじゃ。桂仙は己れの敗れたのを知りなしたが、今ははや雲の上にでも乗っておりょう、果敢（はか）なげな心もとない気持でおじゃった。

されど、故国のことを胸に想うともう居ても立っても居られぬのじゃ。

桂陽公主は再び鵲に身を変えると、日輪の大いな火葬が行われる、西の空に飛び去った。はたはたと力の限り羽撃いたが、早や力の失せたその体は容易に飛ぼう術（すべ）ものうと、程近い五峯山の麓（ふもと）までまいったころ、きりきりと舞い落ちると、一筋の小川の辺りにその屍（しかばね）をよこたえた。

やがて日輪の火葬の火は衰えて、夕霧と夜の衣が厚くこのわたりをとざしたのでおじゃる。その一羽の鳥の屍は闇の下に見えずなって、沈黙（しじま）がすべての上にひろがった。

されど、百済の王女桂仙の霊は、この五峯山を高くとびこえて、故国の扶余山にかえったげな。

——朝鮮慶州の古伝説より

花山院

「顕証（けそう）にこそありけれ、いかがすべからむ」　大鏡巻之上

ゆうべからいくたびとなくお思いまどわれた。道兼（みちかね）はまたしゅうねく御催促まおし上げた。花山寺（はなやまでら）では御出家（おんすけ）の準備が、夙（と）うからととのうていると申し上げた。しばらくひとりにさせておいてくれと仰（おお）せられるので、道兼はきつう御念をおして下（さが）った。

藤壺局（ふじつぼのつぼね）のなかは月がしろじろと明るかった。紙燭（しそく）のかたわらにおすわりあそばされて、なすこともおありなさらなかった。おおかたそのわずかな灯でさえ、この現世やさまざまの身近なおたのしみへの、幽（かす）かなたよりでおありになったのであろう。仏道は月のようなものではあろうが、それをごらんあそばしはしない。じっと紙燭をかこまれて、うつろに油のもえ

てゆくのを眺められた。

おりおりの歌のつどいの、華やかな衣摺(きぬず)れの音もお思いうかばせたもうた。歌のつどいといえば、このほどは「富士の雪解(ゆきげ)」という題でもあろうか。尾根のきわみから栄耀(えいよう)な旭のなかに、崩れおちる雪の奔流がきかれよう。それはもろもろの峯から、河の流れにまじらい、音たかませる朝夕のひびきとなろう。……そしてまたそうしたのどかなやすらかな気持におなりになることをあやしく思われた。

悟りに近づいた平静さであろうと、お考えあそばすことはいと易かったが、もしやこうした不幸なさびしい成行に自分が美しさや、架空な物語を感じているのではないか、そんな物語の主人公としての自分をかんじているのではないか、とお思いなされると、にわかに身ぶるいする心がなされた。そういうお考え方は、お若い身を、いたくみじめなものにお見せして、ふと袖をぬらしたもうのであった。

紙燭の油がつきてきた。小戸(こと)のそとに道兼のちいさな咳払(しわぶき)がきこえた。御催促まおし上げるのである。この油がつきてしまうときに出で立とうとお思いになる。——なにかそんな動機があやうい機会(おり)がおありにならぬことには、みだれまわっている独楽(こま)のようなお心のお決りなさるときとてない気持がなさった。そんな動機におたよりなさり、まぎらわせ、お心をそらすことで、ただわずかなたよりを索めておいでになった。

しみとおるような油の尽きぎわの音がきこえた。お立ちになって小戸をひらかれた。まばゆい有明の月であった。朝のけはいは前栽の草の下葉にながれていた。けれども朝告ぐる雞の声はまだなかった。道兼はじれ切ってひどく不機嫌におせき立て申し上げた。ふしぎに晴れやかな気持に、いつしかとらえられておいでになったおん目には、この奸妄な小人な道兼の姿が、たいへん小っぽけな馬鹿げたものにおうつりなされた。

小戸からおいで立ちになると、築山の岨ぞいの、噴井のおとを耳にされた。すこやかに清水はあふれていた。粉にたしぶきが、水の花火のようにちらばってあたりの夏萩のうえにこぼれた。螢がその茂みの葉末に、光りながらいこうているのをあわれと思し召した。萎えた花を残したひと本の葵も、このうえないはかないものに思し召した。

ふと夜気がおん身をおふるわせした。そうした月の光りのなかにただずんでおられると、光がおん瞼のうらや、おんおよびのさきざきにしみいって、しだいにおん身が湖のような月のひかりに満ち、さざなみの音に耳をみたされたもう御心がされた。竹取のむかしから、月をみて女性をおもい出されるたとえは、繁くあったことであろう。弘徽殿の女御の、ありし日のおもかげが、たゆたいうつろうているように思された。もとはといえばこの御出家も、女御のみまかられてから殊更に思い沈まれた無常が、お促がせしたものであった。

あの実務家の兼家父子（おやこ）が女御おかくれの日から、何かにつけてお悲しみをあおりつのらせ、古詩やふるうたのたぐいから、そうした悲しみの節々（ふしぶし）を書き抜いておすすめするなど、柄（がら）にもあわぬ振舞のかずかずを、いまは怪しいことにお思いあそばすのである。あれといい、これというも、一時に激し一時に沈まれるおん若気のせいだとお思いなされると、出家（すけ）のことなどを道兼に御はかりなされたことどもも併せ思い浮ばせたもうて、そぞろに齢（よわい）のすくなさをお怨（うら）みなされるのであった。

このきわになっての冷たいおこころのまどいを、女御がどこやらで責め愁しんでおいでになる……そんな御心が、そこへまたひょいと兆しておいでになる。あふれようとする御泪（おんなみだ）をおおさえあそばしながら、何か仰言（おっしゃ）らぬことにはみ心の決りがつかぬ思いがされて仰せられた。有明の月のあかるさを御覧ぜられて、

「これではひどくあからさまではないか、どうしたものか」と仰せになる。

道兼はといえばたいそうせかせかと、

「何と仰せられます。今からお思いとどまりあそばす場合ではございますまい。御璽（ぎょじ）も御（み）剣（つるぎ）も、もうおわたしあそばされた上でございます」とおこたえ申し上げた。道兼があわてさ

わいだことも道理であった。御出(おで)になるさきから、神璽宝剣は、じぶんで東宮のおん方にとうにおわたし申し上げてしまってきて、いまおかえりあそばされては大変だと考えたので。

御庭(ぎょてい)いっぱいの月影のさやけさに、まぶしさを感じさせられると、むら雲がうすうすとかかってきて、庭面(にわも)はにわかにあおざめ、藍染(あいぞめ)される布のようにくらがりかけた。

「わたしの出家(すけ)はきっと成就しよう」と仰せられて二、三歩あゆませたもうと、ふいに「ああ、一寸(ちょつと)」と云われてあわただしくおはいり遊ばした。道兼は仰天した。いまおかえりあそばされては水の泡になる。もしや戻ってこられぬと……と考えると、自然(じねん)にその方で涙がこぼれたが、それをとりつくろい別の意味の涙に装いながら、

「ああこのおりをおすごしになったら、またさしさわりも出来ましょうに」などと言ってそこに佇(たたず)んでいた。……そのとき奥ではありし日の女御のおん文の、破(や)れのこして朝夕となくよみかえされてはおん歎かいをあらたにされておられたものを、さがしておいでになった。御衣(おんぞ)におさめたもうて早やばやとお戻りなさったので、道兼は安堵した。……

***

「御門前(ごもんぜん)にみくるまをすえましてはこんな夜半(よわ)とは申せ、人目がうるそうござります、ほ

んの一、二丁ばかりおひろいの程を。……なに、二番目の小路にみくるまをお待ちいたさせておきます」と道兼は奏し上げた。角立つのをうるさく思し召して、ああそうか、とおおせられる。土御門をおでになると、夏草の一むらに露が繁くおりていた。蛍が幽かに草の葉を離れ、遠ざかるにしたがって星にまぎれた。かたぶいた月影は御身と道兼の、ながながしいおん影をくゆらせた。雲が通ったのである。

安倍晴明の門前をおとおりあそばすと、灯をけしてしずまっている軒々にひき比べ、灯があかあかとついて、なにやらさんざめいている模様である。つづいてはたはたと主人晴明の手をたたく音にまじって、みずからの声で、

「御退位の天変がはや実際にあらわれたわ。奏せずばなるまいに、車の装束を早う、早う」

といっているのを聞し召して、ふとおん涙をおこぼしになった。その御様子に流石に道兼も、ようおせきたてするお言葉とてない。

「取あえず式神ひとり内裏へまいれ」とつづけて言う声の終らぬかに道兼はぎくりとした。目にみえぬものの押しあけた戸から、灯が道へ流れ出してひろがった。みるまに黒い羽搏きがおこって、そのわたりの夜気を息苦しくふるわせながら、土御門のほうへ舞いのぼって了った様子である。

帝(みかど)はなんともおおせられない。みまいらせたところではお口もとにわずかなおん微笑(ほほえ)みさえうかべておられるようだ。道兼はあたりにひしめく神の気配に愕然とした。仕草にこそ出さなかったが、一瞬道兼はおんすがたを心のうちに合掌申し上げたのである。

16・2・16

○追記　大鏡に親しんでから四年に近い。ことの起りは父の一高時代の抄本の教科書を、味読して、意味がわからぬながら、面白さと文体の雄勁さに深く打たれた。いつもながらの凝り性が、和紙和綴の帖面に、三条院までの現代訳を浄書させた。なにぶん辞書だけがたよりで、中学一年のやる仕事だから知れている。まことに誤訳だらけであった。原稿用紙には、それを小一条院までつづけた。後、註釈付抄本をよみ、自分の誤訳をはじめて知った。つづいて、三年の頃、三浦圭三という人の全篇の註釈本をよみ、今もそれだけに拠(よ)っている。三浦氏は、作者紫式部説を主張している。面白い論だと思う。

――小品「花山院」は、今とりかかっている敬語体の小説の練習のような意味で、敬語の美しさに惹(ひ)かれて作った。

説話体としての大鏡の模倣は、谷崎氏の盲目物語に刺戟され、「館」を私に書かせた。「館」から二年を経た今の大鏡の影響は、少しは諸家の模倣の域を脱したものでなくてはならず、その独自性についてはやや自信も抱いている。併し、内容が何とも畏れおおい場面であるから、帝の御主語は、最後頁に於て、一度しか使わなかった。これも日本語の有難いところである。御みずからの御心にたちいってのべる段ではあまりにおそれおおいことであるから、結末に、道兼の目を通して、見まいらす段に、はじめて御主語「帝」をもちいて唯一の御説明とした。主語省略については一度、「官女」で試みて全然、失敗した。ここにそうした不自然がなければうれしいことに思う。なお、大鏡の題材とはいえ甚だ多くの無知な空想を加え、虚実相半ばにした。御諒承ねがえれば幸いに思う。

黒島の王の物語の一場面

黒島の国の大王マアムウドの子たる年若きタルムウド王が父亡き跡従妹（いとこ）を妃として五年を経た頃、近き宵々妃がすすめる酒に不可思議な草の液から醸（かも）した睡薬が混じてあったのをタルムウドは抑え難い怒りと悲嘆を以て知るに至った。次の日の晩餐の折王は妃が背（そびら）を向けている隙（すき）に素速く酒を窓外へあけた。かくてその深夜、眠りを装うている王の耳に人もなげなる妃の高声（たかごえ）がひびいた。「眠っておいで。わたしがお前の心に鶏（とり）が音（ね）を与えるまで目をさますまい」言了（げんおわ）るや妃は床を蹴って起き上り、忽（たちま）ち美衣に着更えていずこともしれず立ち去った。

王はそっと身を起した。身装（みなり）をととのえ、剣を佩（は）いた。妻の足音頼りに跡をつけた。深き夜の間（ま）も宮殿の広間には星宿の奇怪な獣群を色美しくえがいた大円頂をば濡（ぬ）らすかとばかり立ち昇る噴水の音がたえなかった。宿直（とのい）の奴隷はメッカ製の絨氈（じゅうたん）の片隅に倒れ、槍を抱いて眠っていた。金色燦然（こんじきさんぜん）たる獅子の彫像の硬玉の瞳が爛々（らんらん）とかがやいた。悪しき妃は水のように音なく歩んだ。それ故これを追う王は幾度か立止って耳を澄まさねばならなかった。後庭へ通う七つの黄金の門をば妃は口に呟（つぶや）く呪文を以て次々と開けた。久しく愛して来た妻が忌わしい魔法使であるのを王は知った。軈（やが）て花園に通ずる青銅の小門が秘めやかな軋（きし）りと共に開いた。妃は夜の花園のなかへ隠れ去った。

この夜、月はなくて寂（せき）たる星群が黒島の国を領していた。花園には夜の鳥共が不吉な叫びを挙げていた。そこには又、花蜜を舐（な）めに来た夜行獣が湿った叢（くさむら）をかきわけるさざめきや、昼を咲き疲れた薔薇のする身づくろいが微かにきこえた。門側に身をひそめ、王は闇を透かして窺（うかが）った。林の中へ妻の後姿は消えた。林の下道はこんもりした生垣を左右に連ねている。王は別の道から先廻りして生垣のもとに忍んだ。

ややあって妃が見知らぬ男と連れ立って林の下道を来るのを認めた。妃は男に凭（よ）りかからんばかりにして歩いている。かなぐりすてたモスリンの面紗（めんしゃ）を左手に靡（なび）かしていたが、縫取の金糸銀糸が星明りのために遠目に煌めいた。髪がおぼめく顔のまわりに暗い焔のように乱れていた。男は印度の土人である。その肌は夜の如く黒く、半裸の身には賤しい皮衣を纏っている。丈高く鬼々しいばかり腕は太い。時折蔑む笑いの口許に百合の如く白い歯が煌めく。

王のひそむ二、三歩手前で妃は立止った。瞳は烈しく男を見上げた。王族の女にあるまじき奔情の美しさに王は目を瞠った。「来方が遅いというのか。おお、わたしの黒い鳩よ。わたしの儘ならぬ身を知っておいでの癖に」と妃は口説き寄った。「今まで見せた愛のしるしで足りないとお前が言うなら、七つの都を湖の底へ沈めてみせることもできる。この王宮を日の出前に、鴉や狼の棲家にかえてみせることもできる。ああ、お前は昔それで私を飾り立てたあのやさしい言葉を忘れたのか。……」男は妃を避け生垣のそばへ身をすさらせた。怒りに炎えた王が剣を抜いた。忽ち巨大な黒人の咽元を刺し通した。黒人は銅鑼のようなかがやく目をみひらき、牡牛の叫びと共に倒れた。血は生垣の葉をかがやかせ、重く黒い滴を雪融けのように繁々と滴らせた。道の砂は斑らの雲形をえがいた。黒人は四肢を跳ね上げ、なおも血を、狂える噴水のようにあちこちへ迸らせたが、間もなく何ものかに固く縛しめられたかの如く動かなくなった。王ははじめて放心から覚めた。忙しく妃の姿を求めた。あたりは寂として気配がなかった。半ばは恐怖が半ばは狂気が王をして元来た道を走らせた。血刀を提げ、それを妃の、鳩よりも白い咽に当てがうために。

王は駈けた。しかし何にも出逢わなかった。古い池のほとりに出た時見まわしたが物影は有ること無かった。ただ藻の花と星影に充たされた池の心(こころ)に、白い水鳥が一羽浮び、うつらうつらと水に揺れつつまどろんでいるのを見たのみであった。王は尚花園の門まで来た。七つの黄金の門を次々と駈け過ぎた。噴泉の広間に入るや剣を投げ捨て長椅子の上に死したるものの如く凭(もた)れかかった。

王が去ると古き池の水鳥は三度羽搏(はばた)いた。こうこうと澄んだ声音で三度鳴いた。空の濃き藍(あい)を闌干(らんかん)たる星の一つが飛んだ。森の夜嵐に素馨(そけい)の花々は目をさまされた。白い水鳥に化していた悪しき妃は黒水晶の床の上に立つごとく藻の花に囲まれて水面(みのも)に立った。夜の水はこの荘厳な立像を支え、微妙な緊張を示してわなないていた。自ら与え自らそれを享(う)けた神秘な眠りの中から、更に神秘なものに充たされて愕然たる覚醒を用意しつつ、内部の薫高い混沌のゆえに、(それは精巧な彫金を施されたアラビア風の香炉が立ち昇らせる香煙に似た混沌であるが)、たゆとうている妃の立像を支えていた。葦(あし)のしげみのように、美しい細い指の悉(ことごと)くが戦(そよ)いで居った。無数の胡蝶の縫取ある黒き紗の裳裾(もすそ)を透かして大理石の如き動かざる荘厳な足が窺われた。顔にはまだ人の表情は蘇らず、深々たる星空と湖の密画を隠して重く垂れた妃の瞼は、菫いろの翳に暈されていた。水鳥たりし刹那の記憶が執ねく妃を苛なみつづけていたのである。

突然妃は深潭よりも妖しい魅わしを帯びた美しさ限りない眼をひらいた。妃に人界の心が還った。人のあげる悲しみの叫びのなかでかくも烈しく醇乎たる叫びはなかろうと思われる悲鳴が口を衝いた。水の上を妃は駆けた。きらびやかな裳裾は水面に曳かれゆき、水中の赤い小魚らが喜々としてそれを追うた。妃の裳裾は蓮をたおした。土や草間を妃は走った。そして林の下道に達し彼方に黒く横たわる男の屍を見出すと、更に一声叫びをあげて獲物に襲いかかる山猫のように屍へと馳せ寄った。慟哭し嗚咽した。耿々たる星空を仰いで嗟嘆し呪咀した。妃の美衣は泥と血潮に穢された。……しかしやがて悪しき妃は黒人を抱いて長い長い禱りをはじめた。口にはたやせぬ呪語をつづけた。星はまだ紅いさきぬ東の空より、日の出をまたで消えゆく露のように、一つ一つ薄れそめた。アラビアの夜明けは恐ろしき躊躇を以て来る。日輪は一ト度至るや、綱を離れたかがやく牡牛のように蹄の音高く靄を蹴立てて駈け来る。……

鬱蒼たる森のうしろから日の出ずる前、死せる黒人の頰にも不可思議な曙が来たのである。

「マスウド！　マスウド！」

絶望的な希望の声音で妃が呼んだ。

黒き情人の唇はふと憑（つ）かれたように動きはじめた。

「ああ……ゾベイダ？……」

「ああお前はわたしの名を呼んだ！　お前はわたしの名を呼んだ！」

狂おしい歓喜が妃の顔に耀（かがや）いた。屍は徐（おもむ）ろに身を起した。

＊＊＊

同じ時宮殿内の噴泉の広間に於て赫奕（かくやく）たる旭にめざめた宿直（とのい）の奴隷は、身近の長椅子にうたたねさめやらぬ王の姿を認め、身にふりかかるべき刑罰の恐怖に戦慄した。しかし更に一歩王へ近づきその姿をば凝視した時、名状しがたい畏怖を奴隷は浴びせられた。王は己が変身も知らず極度の疲労の麻薬が与えた甘美な眠りを貪（むさぼ）っていたが、（おそらく妃の呪咀の力であろう）、その腰から足尖（あしさき）に至る下半身は、彫（きざ）みがたき凝結を経た漆黒の大理石に変っていたのである。

【千夜一夜物語より】〔——二〇・六・六〕

伝説

青年が語り出した。——

十三年むかし、僕が十五の年です。春休みでした。僕は父母に連れられて旅行に出ました。M島を見物し、その晩、H市を出る汽船で、九州のBという温泉町へゆく予定でした。生憎（あいにく）とその夜のH市は防空演習で、暗い街を電車がめくらのようにのろのろ歩いていました。警報の鳴るたびに、ごとりと止ってしまうのです。僕たちがやっとのことで桟橋にたどりついた時はやはりおそかった。船会社の人が煙草の火をかかげて、まっ暗な桟橋まで、気休めに案内してくれたのでしたが。……

その晩は、地上の小ざかしい防空演習を嗤っているかのようなすばらしい星空でした。母は肩掛を手にかけてぼんやり立っていました。父もパイプを吹かしながら黙っていました。そして僕は桟橋に置いたトランクに腰かけて何ということなく沖のほうを眺めやっていたのです。

沖の汽笛。遠い灯の明滅。……

そこにこの時刻には当然僕たちの居る筈であった華やかな船室、はじめての船旅にあこがれていた船室ばかりを、僕は思いえがいているのでした。僕の目はありありと見ていました。夜の海を遠ざかる一つの華麗な虚しい部屋を。誰もいない、ささやかな明るく灯ともした密室を。

その時、一つのことを思いついて、僕の頰は燃えて来ました。あの船にこそ、僕が一生に一度めぐり合い、心と体をささげ合う女が乗っているのだ。あの船に乗ってさえすれば、僕はその人と会っていたのだ。その人ともう一生離れることはなかったのだ。……しかし僕は、「さあ、行こう」という父の声でよびさまされました。

僕の目に沖の緑の灯がにじんで来ました。

「……僕は乗りおくれてしまった。とうとう会えなかった。僕は一生その女に会うことができないだろう……」

――青年が語るのを、少女はしずかな神秘めいた様子で聞いていた。編んだ髪を胸の方へ垂らして、昔の少女が胸の十字架に触れたように、それにそっと手を触れていた。そして不意に、愕(おどろ)きと喜びとが篝火(かがりび)のようにそのなかにもえている黒いまばゆい瞳で青年をみつめて語り出した。――

その年です。その日です。その同じ夜のことです。

私は五つでした。当時父の任地であったH市に私たちの家族は住んでいました。B町に近いS……というところが父の故郷ですが、そこから祖母の死を告げる電報が来て、父母はいそいで出立の用意をしました。私たちはその夜H市を出る汽船で発ちました。

今でも母はよく言うのです。船が出るときから、私が泣き出して泣きやまなかった、と。まるで大人が別れを惜しんで泣くように、五つの女の子は、何の理由もなく泣き出しました。

「船にはじめて乗っておどろいているんだろう」

父は祖母の死に心急(こころせ)かれて、私の泣くのにかまってはくれませんでした。そしてうるさそうに船尾の集会室へ雑誌を読みに出てゆきました。私が泣きやまないので、母は船室の窓のそばの椅子に掛けて、彼女の膝の上に私を立たせて、窓から夜の海を見せてくれました。海の上をうごく灯を見せて、むずかりを紛らせようとしたのでした。

私の赤い小さな靴下は母の膝のあたたかさを私の足に伝えました。私は涙でびしょびしょしている頬っぺたに、おかっぱの髪の毛がうるさく貼りついたのを憶えています。

「ほら、むこうをお船がとおる。きれいだことね。お祭のようですね」

私は少し泣きやんで、母の顔をじっと見ました。涙のなかから見たので、母の顔はきらびやかな白さでした。

「おうちはどこ?」

「それで泣いていたの? 早く言えばいいのに。――お家(うち)はあっち。さきやとワンワンとがお留守番をしているの。お嬢ちゃまお船に乗んのしていいこと、って、さきやがうらやましがっていますよ」

「おうちはどこ?」

母の返事には満足できずに、私はまた泣き出しそうになってくりかえしました。こんなざわめいている夜の水のむこうにおうちがあるなんて信じられなかったのです。

そればかりではありません。私は「おうちはどこ?」と言いながら、実はおうちのことを母にたずねていたのではなかったようです。私は言葉を知らなかったのです。悲しくて、ただ羊のように泣いていました。私は何と言いたかったのでしょう?

今こそそれがわかりました。港に取残された貴方にお会い出来なかったことが、ふしぎな力で、幼ない私を泣かしたのです。生れてはじめて、取返しのつかないつらい別離が、まだ会わなかった私たちの別離が私を泣かせていたのです。

――「十三年たって、こうして僕たちは会ったわけですね」

青年は質朴な厚みのある掌に、少女の百合のような掌をとって叫んだ。

「ほんとうに伝説のようですわ」

と少女は呟いた。それから、静かな力を帯びた眼差で青年を見上げて、

「でも、これで伝説は終ってしまいましたのね。私たちは伝説を作り終えてしまいましたのね。お会いしないでいたら永久につづいた伝説を」

「いや、まだ終っていはしない」

青年はいとしそうに少女の不安をなだめた。

「僕たちは永久に伝説のなかにいるのです。僕たちの出会ははじまったが、まだ終っていはしない。僕たちはまだ本当に出会ってはいないのですよ。あの夜僕が呼び求めた、『まだ見ぬ貴女』と、五つの貴女を泣かせた『まだ見ぬ僕』とは」

「その二人が会ってしまったらおしまいだと仰言るのね」——少女はなお不安そうにたずねた。

「その二人を永久に会わせないようにいたしましょう。そのためには私たちはどうすればいいのでしょう」

青年はいきなり少女の体を抱きしめて、鹿のような素直な背をやさしく撫でながら耳もとでささやいた。

「こうすればよいのです」

檜扇（ひおうぎ）——友待雪物語之内 第一部

不知周之夢為胡蝶与胡蝶之夢為周与　荘子

そこへ私がいつ来たのか、それともいつのまにかここへ生れ出て久しい眠りののちに目覚めたところであるか、と朝毎に訝（いぶか）るのが常であったこの北欧の一角らしき小都会に、領主フォン・ゴッフェルシュタアル男爵の帰来が伝えられていた。男爵は死の為に皈（かえ）るのであると人々は噂した。

おそらく支配という言葉のなかで男爵の所領のそれほど、ある間然するところない完璧さと同時に超自然風な響きをそなえているものはあるまい。市街は中世風な窄路（さくろ）を数多くのこしていたが、概（おおむ）ね近代の造りであった。城廓は頽（くず）れはてて影をとどめず、男爵の留守を、宏壮な、といっても一国の宰相の住居にふさわしい程度の、明るい西班牙風な邸宅が守っていた。とにかく男爵がわが所領たるこの小都会を始終留守にしているらしいのはたしかである。しかし、いずこの空を、又なんのために、周遊していられるかという問に対しては、何人もただ無言で頭を振るばかりであった。市街のどの辻からも、あの魚の肌をおもわせるさまざまの色彩と光沢がまじりあった山脈が眺められた。霧につつまれた夜などは辻のゆくてがすぐさま山の岩壁でさえぎられてでもいるように思われ、からりと晴れた日には山とその頂き近くの空の色合の紛らわしさに山と空とはどちらが我らから遠いのであろうとさえ思われる。

……

さて、街衢の下すべてが山から流れをあつめる雪解水の蜘蛛手にめぐらされた暗渠であった。その証拠には、鋪道をあゆむ足音はうつろにひびき、乾いた石造りの家並にひしとかこまれた袋小路や、秋の日ざしがゆたかに落ちている市場の一ト隅などで、人は突然わが胸奥にわきおこったとあやしむような潺湲たる声をきくのである。のみならず町はずれの、幾層にも区切られた牧羊地へ降りようとする桟道の柵に凭って見下ろすと、思いもかけぬ遠い下方に明るい緑に包まれた大きな排水口がのぞまれ、そこから噴煙をさながらの繁吹をちらしながら純白に泡立った奔流がかなたの山の端に沈もうとする入日をうけて妖しいほどにさえかえった緑のなかへたぎり落ち、やがて森林地帯を出たころは大河の趣をそなえつつ荒涼たる平地をよぎって黄金いろのまざった萌黄(もえぎ)の夕靄(ゆうもや)のなかをいずこへともしれず流れ去ってゆくのであった。

フォン・ゴッフェルシュタアル男爵の所領の、あの奇妙に明るい憂鬱な雰囲気については、ただそこを訪れた人のみが知るであろう。中世風な怪談趣味を全く離れたものがそこにあった。古城の代りに西班牙風の閑雅な邸が、森の代りに公園が、猶太(ユダヤ)町の代りに銀行が、そうしてあらゆる中世の代りにあらゆる近代があった。私のいたホテルは——季節外れで客と言っては私のほかに二、三の外国人を数えるばかりであったが——、この小都会きっての高廈(こうか)と称せられているだけに、バルコンからは町の眺めの大方を、瞳に収めることができるにつけ、しずかな秋の朝(あした)の、木立に埋(う)もれた屋根々々の輝き、一せいにまわっている風見の黄金(きん)、町の一つの特徴をなしている、辻毎の優雅な噴水、そして今し一台の荷車がはっきりしすぎるような影をおとしてのろのろとうごいてゆく甃(いし)の鋪道、……そういうものに目を落すと、外貌の度外れな明るさにも不拘(かかわらず)、ああこの街は何かに憑(つ)かれている、と私はいつも呟(つぶや)かずにはいられなかった。あるいは、何かが欠けている、と云おうか。そんな気持を起させるものは住人たちの物腰にも秘(かく)されているらしい。領内で使われているのはかなり都会風なゲルマン系の言語であったが、住人たちは突如として一ト言も見当のつかない言語をつかい出すことが屡々ある。かいなでの旅行者にそれと気附かぬ人がめずらしくないのは、異邦人に対するとき住人特有の呪語めいた言葉は努めて避けられるからでもあろう。私がはじめてこの奇怪な通用語を耳にし得たのは滞在廿日にわたったころであったが、その日需めたステッキの鄙びた意匠と持心地のよさに誘われて、ついぞ行かない下町の路次を、古びた飾窓ゆかしく徜徉っているうちに、とある曲角で立話をしている主婦たちの、異様なききなれぬ話声が耳につき、非人部落へでも迷い込んだのではなかろうかと刹那立ちすくんだ私を見返りざま、女たちは怒ったような表情をして口をつぐんで、やがて流暢な都言葉を聞えよがしに交わしはじめるのであった。この都会の住人が二様の言葉をもっているという私の想像は、二度三度の体験によってますます確かめられたようにおもわれた。微恙の真夜中水が欲しくなってひねった水道の栓がこわれていた時のこと、今頃人を起すことの気の毒さに、水道のあるボーイ溜へ行こうとすると、何やら意味の一向にとれぬひそひそ声。思い切ってはいって行ったら宿直をしていたのは私の部屋附であったが、土地ッ子の彼はどんな突嗟の間投詞にも、いわゆる土地の標準語を使いそこなうことはなかったのだ。私の闖入を迎えた二人のボオイのいくらか不快気な表情まで、先達ての洗濯女のそれと、気味わるいばかり似通っていた。

……

住人たちにはもう一つ変った天性がある。彼らは時々話しかけても返事をせぬ事がある。その時瞳は悲しげな灰色に澄んでいる。そういう瞳は何も語らなすぎる。鋭く切れる疾風が来て、双の瞳を運び去ったとしても、なおうつろにみひらいた目の奥には、無為なまでに明るい山河が、さびしくありありと映っていそうにおもわれる。

劇場で私は周囲の桟敷をみまわした。と、胸を締めつけるような懐かしさが俄かに私を襲うのであった。もうとうに亡くなった祖母や曾祖母たちが古風な衣裳をまとって何かしめやかに話していた。じっと耳をすましているとその人たちは、明日ひらかれる鹿鳴館の夜会の噂だとか、短冊は京都の某という廛がとりわけてよいようだとか、あるいは售り払った土地のことや召使への事こまかな非難など、とりとめもない話題のかずかずに耽っているのがきこえるようである。多くの老婦人はやさしい眼差をこちらへ投げかけ、いまにも乾いた声音が私を呼ぶようにおもわれる。それらは戦国の恐怖と迷信の時代を、しずかにしかも来世の夢を匂わせる贅沢華麗を以て生き抜いてきた奥方たちの、あの一抹の侘びしさをとどめている。それらは往昔の女性である。それは古くしてけだかい女性である。……しかし私はすぐさまわが錯覚を認めねばならない。彼女らは北欧の異邦人にすぎぬ。その瞳は青く、その髪は黄金(こがね)である。……さて、劇場はしばしば私を惹(ひ)きよせた。偽りの幻とわかっていながら、私には故里の生ける奥津城(おくつき)の住人が、今宵も一人のこらずそこに座をつらね、古風な扇を波立たせ、窓々を染める灯火に影をゆらめかせて、私のための空席のまわりにいつまでも私を待っていてくれるような気がしたのである。……

今このような小都会に男爵の帰来が伝えられているのであった。なぜ男爵は帰るのであるか。ある明るく晴れた午後のこと、私は街の常ならぬ気配を感じた。店という店は閉ざされて、劇場の前にも人影がなかった。住人たちの顔にはいくらか苛立(いらだ)たしいようなあらわに暗い表情がうかんでいた。

その日は朝早くから山の方角で雷がきこえていたが、それは轟然(ごうぜん)たる雷雨にはならずに、黒ずんだ杏色(あんずいろ)の雲を累々とつつみかさねながらなお胸のときめくような青い空をその間にのぞかせていた。その為に街全体が影と日ざしとのすさまじい斑(まだら)に染めわけられた。日の当っている部分はそこから謐(しず)かな白光を発しているかのようであった。木々の緑は夢のなかにあらわれる色のような狂おしくも明るい緑であった。教会の焼絵硝子(やきえガラス)をおもわせる一条の光がホテルの私の部屋へさし入った。……

私はわけもなく憂わしい気持になった。ステッキを腕にひっかけて、ぶらりとホテルを出た。ホテルの旗が不吉な音を立ててはためいていた。恰かも聖体をおさめた柩のように雲のすさまじい隙間から光りの征矢が四方に放たれており、その光りが氷りついたように動かなかった。しかもそれらの照し出すいかにも物悲しい風景は、中世のあの最後の審判の絵を思わせた。

私は長い塀ぞいに歩いて行った。するとこの日暮れとも夜明けともつかぬ時間のなかを、乳母車を押した老婆が近づいてきた。老婆は私の様子を不審そうにじろじろと眺めながら、この世のものではないように明るく日のさしているゆくての広小路へと、このものうく薄暗い、路ばたには堆く芥の積まれた道をいそいで行った。その明るい辻へさしかかろうとしたとき、私は老婆の体がのけぞるようにして止るのを見た。一たん離してしまった手が、すぐ前の乳母車の把手をつかめずに、祈るような恰好をして空をさぐっていた。蟹のぬけ殻のように白い長い爪を私はみとめた。そうして瞳は追いすくめられたように、何もない広小路を凝視していた。老婆は傍らの私に血走った目をむけると、声を低めて、いかにもじれったそうに叫ぶのであった。

「男爵だよ。ゴッフ男爵だよ(土地の人はこう呼ぶのが慣わしである)」私が返事をせぬのを見ると殆ど狂おしい嗄がれ声で、「分らないのかい。ゴッフ男爵のお通りだよ！」そう云いながら老婆は閴とした白昼の大通りをちらとながめやると慌てて目を伏せて、乱暴に乳母車の向きをかえ、今来た方へ憑かれたように駈け出すのであった。乳母車が歯ぎしりして鳴きすぎる奇怪な鳥のように、人影のない風景の奥へとその車輪の響きをとおのかせてゆくのを見送って、私はなにか漠然たる不安を覚えた。今しがた目のまえにおこった悲劇が見当がつかなかった。しかし幌のなかで泣き出しもせずに不思議そうに私の顔をみていた幼児をおもい出すと、何やら心がしずまるのであった。ステッキをもちかえて私は悠然と明るい広小路へ出た。そこには人の足音も警笛の声もなかった。……

　雲の彼方に突然柩車を引きずるような轟きがおこるにつれて、大通りは又あわただしく翳りはじめた。閉ざされた銀行の鎧扉に影がみるみる這い上った。こういう変化の多い天候は一年を通じてこの街には稀らしいことである。同じように人通りのない銀行街の角をまがると私は雷鳴ではないしかもそれに似て重苦しく陰鬱な音響を耳にした。その音は一様に閉めた家々の戸に反響し夕闇のようにほの暗い鋪道に反響した。それは大勢の走って来る靴の音であった。私は身近の噴水のわきにかくれて一群をやりすごしたのであったが、彼らは概ね老人であり中に若い男も主婦も少女も幾人かまじっていた。老人たちは古風な正装をしており、若い人々もこの地方特有の礼装に身を固めていた。そうして口々になにかおめきかわしながら、――それは紛う方ない例の知られざる言葉であった――そのなかでもゴッフ、ゴッフという単語が際立ってききとられた。見ればこのステッキを買ったステッキ屋の主人も角の煙草屋の肥った主婦も「×市街案内」と書いた地図をホテルの前で押売していた老人も皆その群の一人になっている。彼等が血走った目を前方にむけて傍目もふらずに走り去ってしまうと、きょうに限ってその美しい繁吹を吹き上げていない噴水のかげから、私はおそるおそる身を起した。と、知らぬ間に二、三人の大男が私の後に立っていた。彼らは気味のわるい目附をして私を頭の先から足の先までながめだした。その人たちの間から急に白い厚意をもった手と、快活なフランス語の挨拶がとびだした。私はどぎまぎして握手をした。彼は同じホテルの客の仏蘭西人であった。他の二人は恐縮して私に握手を求めた。

「一体どうしたわけです」

「あなたこそどうなされたんですか。……いや実は私共は巴里で心霊学の研究をしておる者ですが、この都会の奇怪な現象をなんとかしてつきとめようと思ってこうして街へ出てまいったのです。手っとり早く申せば今この人たちはあなたをフォン・ゴッフェルシュタアル男爵と間違えたのです」

「御尤もです、この胡乱な恰好では」私は苦笑してズボンの塵を払った。

「お宿までお供をしてよろしいでしょうな。抑々心霊学はヨオロッパに輝やかしい伝統をもっております。日本ではどうですか。フムフム。しかし我々の研究しておる心霊学は世上に間々あるような杜撰なものとはちがうのでして、近代科学の有力な地盤の上に建てられております。心霊の出現はエテルの変動と切っても切れぬ関係があるのです。このことは心霊学が心理的な内容のみでなく物理的な内容を多く兼ねそなえているという説を裏書するものです。それでは心霊の影像は単なる心象にすぎないのでしょうか。それとも網膜に印せらるる可視の対象でありましょうか。あなたはどうお考えです。フムフム。成程そういう考察も許されましょう。しかし……」

「ドクトル、私は一寸用事があるのです。ここの角でお別れせねばなりません」——いつもホテルにいるときはむっつりした得体のしれぬ男で、同宿の人達に嫌われていたこの仏人の、殊のほかな闊達さから、それから又、二人の伴侶の意味ありげなモノクルや山羊鬚から、私はやっとのことで遁れるのであった。

街にはやはりあの妖しい光線と寂寞とが漲っていた。のみならず風にあおられる祭壇の織幕のような雲のあいだに、強い光を放つ昼の星がもえさかっていた。その星のまわりの青空はふしぎにものうげな色に澄んでいた。星は険しい雲の塁壁に包まれて薄明の深淵に鏤ばめられた虚無の歯のようにおもわれた。相倚り相こぞりながら建築はその星の方へにじり寄って高まった。窓——とりわけ天に近い小窓の数々が、きょうほど暗澹とみえたことはなかった。空と山脈との凄まじい色調を窓という窓が映していた。窓とは地上なる人間の生活の灝気への通路ではなくて、却って宇宙の畏怖すべき手がノックする人間生活への戸口ではあるまいかと思った。印度の数万の手をもった仏像こそ、数しれぬ窓にさしのべられる宇宙の手の象徴であろう。……どこかで鶏のなくのがきこえた。それは怖ろしい不吉な声であった。一匹の真白な猫がいま身悶えする鶏をくわえて人通りのない街路をのろのろとおってゆくのである。猫がふとこちらをむいた。私は猫の顔が白々とした頭蓋骨であるのをみとめた。半ば悲鳴をあげながら、私は夢中で反対の街路をかけ出した。街はひときわ薄暗くなり又雷がとどろきそめた。向うの飾窓に大ぜいの人影がうつり、ゴッフゴッフという言葉が又私の耳を射た。私は頭をかかえるようにして町から町へ逃げた。ある角で同じような、しかもおそろしく大人数の一群に遭遇した。彼等は無言で私を囲んでかけつづけた。私もいつのまにかその一人になってゴッフ、ゴッフと叫びながら駈けていた。……

　気を失っていた間に、なにかつながりのない夢をみたと覚えている。猫の顔の白い骨は冷えきった一片の骨になった。目のさめるほど美しい白骨である。それが一輪の白菊に化身した。菊はうつくしい。冷たく白くいくらか固い。そこには死の薫りがある。白菊はたくさんかさなり合いもつれ合った。どこをみても白い菊がひしめいている。日本の秋が思い出された。墓地の径の苔に閑雅な日ざしが零っている。澄んだ空の一ト隅で、斧のひびきがきこえる。林が拓かれる。木の粉がマグネシュウムのように立つ。林の奥に林の出口がかがやく。そのかなたには海がみえ一点の白帆がみえる。しらぬ間に帆は見上げるほど大きくなり香りの高い森の風を一ぱいにはらんで、緑と金の盲いるほど明るい森のなかを、悠々と大きな帆前船が辷ってゆく。帆は美しくはためく。それにつれて風にふくらんだサアカスの天幕が思い起される。火のなかを虎が身軽にぬける。それから虎はボックスに歩み寄る。見知らぬ観客。きらびやかな服装をした女王のような女。彼女は虎の背にとびのる。虎は天幕を出、街をとおり岬へ駈ける。岬には新月が出る。月にてらされて海はきらきらと輝き顫える。「どこへ」と私が訊ねる。女は笑い乍らなにか熱帯風な燃えるような地名をいう。岬の森が黒々と静まりかえってみえる。星座がしずかに下りてくる。あらゆる星座がしずしずと形を崩さずに。湾には白鳥座が下りる。私の指環のなかには蝎座が納められた。ある美しい少女の髪に琴座が沈んでしまった。彼女は頭が重くて痛い。宿命の冠。あるとき王の錫杖が夢のなかへ忘れてこられる。夢へ入ってゆくには王位をすてねばならぬ。錫杖をもっていない者は王ではない。「王さまよ」と魔法使がいう。「あなたの夢と結婚しなさい」かくしてふしぎな結婚式が挙げられる。その夜から王はいなくなる。その代り人々の夢のなかで王は美しい少年になって美しい姫と虹の国で踊っている。人々の世界から虹はつかのまに消えてゆく。人々は虹を追って旅に出る。その王国はなくなって了った。こういう話をかいた絵本があった。その表紙は炉辺でよむとき懐しく匂った。最後の頁には物語がない。この上もなく複雑な唐草模様（アラベスク）で埋められている。一日（いちにち）、私はそのなかへ紛れ込んで了う。ほのかに明るくてひいやりとしている。アラベスクの叢（くさむら）に私はかくれる。葉は銀灰色で槍のようだ。しかも絹のように優雅だ。アラベスクの森はしじゅう夕暮である。いつまでも灯（ひ）のともらない永遠の夕暮。賢い切れ長の目をしたアラベスクの兎が跳んだ。栗鼠（りす）が蔓草（つるくさ）づたいに来る。かれらは厚みをもたない。冷たく優しい。その眼差は埃及（エジプト）人の眼差に似ている。それは月の女神の眼差である。……

　目が覚めたのは例の町外れの牧羊地附近であった。私は疲れ果てていた。身を起して街をのぞむとかすかな霧のなかに常のごとく点々と灯火（あかり）がともりはじめた。しかし空はなお美しく、昼間の雲は跡形もなく拭い去られて、あの排水口の河が流れてゆく方角は、艶（あで）やかな夕映えの最中であった。それは私が街へ通う石段を上って、例の柵に凭(よ)りかかりながら疲れも忘れてながめ入ったほど、華麗な夕映えであったのだ。雲は山の端(は)に幾片か泛(うか)んでいるばかりだったが、真珠母色に茜(あかね)が射して、紫や黄や瑪瑙(めのう)の光を反映し、鏤められた螺鈿(らでん)のように動かなかった。そういう虹の微粒子がくまなく浮游している薄靄(うすもや)のあちらには、輝ける河が金剛石の首飾のように燦然(さんぜん)と横たわっていた。山々の褶襞(ひだ)は彫刻の鮮やかさをみせて連なり、森の黝(かぐろ)い緑は古代の絨氈(じゅうたん)のように荘重な色合を呈していた。やがて雲が蒼(あお)ざめてうすれてゆく。山の姿はシルエットの趣をそなえはじめる。泉の音をどこかにさせながら牧羊地も暮れて行った。私の周囲にだけ濃い宵闇の迫ってこないことから、私は傍らの街灯が灯ったのを知った。ホテルへ還ろうにも疲れてものうい。途方に暮れていると、「殿村さん殿村さん」と私の名をよぶものがあった。一人の背の高い痩せた男が佇(たたず)んでいた。

「あなたは誰方(どなた)」と私が訊ねた。

「フォン・ゴッフェルシュタアル」

「何ですって」

「あなたにお逢いしたくてやって来ました。日本の方ですね、あなたは」

私は改めてゴッフ男爵の姿を眺めた。それは夕闇のなかで、影絵芝居の人物のようにたゆとうていた。刹那それは中世の武士とみえた。しかし兜と思ったのはこの地方特有の猟の帽子であり、剣とみえたのは鞭であり、中世風な袴らしきものは乗馬ズボンと長靴であった。その長靴は極めて優雅なつくりで、黄金の拍車が淡い電灯の光を受けておぼろに煌めいていた。……

男爵の顔はあのグレコの描く肖像画を思わせた。青ざめてやつれた、夢見勝ちな瞳の持主。いかにも冷たそうな迫持を形づくる白い額。植物性な髪。男爵は私の目を避けるようにして次第に闇のなかへ身を退らせ乍ら、

「では明晩、『槍持の酒場』でお待ちしています。しかし私についての一切のことを、……」

「決して申しません。男爵……」答はなかった。男爵の姿の消えた跡をなにか大きな滑らかな影が追った。それは巨大な外国種の猟犬であった。……

さるにてもその夜の町の、昼間にかわる賑やかさ明るさは、私を一そう妙な気持にさせた。ホテルへかえるまで何人の酔漢が、私の肩によろめきかかり衝き当ったことであろうか。店という店が、その飾窓にありたけの商品を飾り立て、天使をえがいた蠟燭を軒から軒へかけ

連ねていた。昼間の奇怪な労働の疲れの色さえ見せないで、煙草屋の主婦はその肥ったからだにいつも乍らの着物を着て、私が煙草を買いにはいると、けろりとして、「旦那、いいところへお出かけなんじゃありませんか」なぞと軽口を叩くのである。ホテルへ帰って床に就くとその日の異常な経験のあまり到底寝つかれまいと思ったのが、目がさめたときはや美しい日ざしが、ブラインドの高みにあざやかな鎧戸の影をえがき出していた。常に似合わぬ朝寝を気づかってか、ほとほとと控え目に扉を叩いているのはボオイであろう。朝食を摂ろうとして、はじめて私は、体の節々の筋が、念入りな小包の紐のように結び目だらけであるのを知った。身動きもならぬ痛みである。すがる杖さえとぼとぼと、私は聞いたことのない酒場「槍持」へ、教えられた夕景の路次を辿った。

それはこの町の全く人に知られていない一角であった。重い樫の扉を押すと、内部から濃厚な闇が溢れ出した。けたたましく犬の声がきこえた。と奥の戸が明いて手にしたランプで顔だけが赤く彩られた老人があらわれた。老人の近づいてくる足もとにあの大きな犬が、蜘蛛の巣だらけな天井にうつろに反響する吼える声を以て、うるさくまとわりつくのがみられた。老人は私の耳もとへ口をよせて囁きかけた、その姿を何だか陰鬱な肖像画が一杯にかけてあるらしい部屋全体に投影して。

「男爵は御加減がわるくていらっしゃいますが、たってお話し申上げたき儀がございまするそうで。何卒あれへお通りを」

私は辞退した。御全快の折に又お訪ねすると逃口上を張った。老人は古い貴族の家の老いた召使によくみる慇懃な執拗さをつくして私を引きとめた。と、何か凶いしらせのような陰々たる鈴の音がひびいてきた。それは瀕死の人の喘鳴のようにとぎれがちに鳴りひびいた。私はぞっとして背後の月かげのない道路と、その白っぽい凸凹な路面を、そして今にも一人の羽根ある影が先ずその怖ろしい顔をのぞかしそうな暗黒の町角をふりかえった。しかし犬の予期したものはちがっていた。彼は銀いろの長毛がふさふさとした鋭い耳をきっと立てた。躊躇なく微光の洩れた奥の部屋へと駈けて行った。老人は暫らく待ってくれるようにと念をおしつつ後ずさりに犬のあとへついて入った。

この殊更に陰気に作られた家の内部に私は幾分の好奇心を以て目を走らせた。扉一つで戸外に接する眼前の部屋は鋪道とかわらぬ凸凹の多い甃であったが、一面に滲み出ている水――それは犬のかける時ひたひたというしのびやかな音がするのでもわかった――の腐ってゆくらしい匂いが鼻をついた。奥から洩れる微光でうかがうと、深い亀裂のはいった壁際に、たいそう古代めいた酒瓶が凭(もた)せかけてあり、その上には肥大した専制君主のしじゅうものにおびえたような暗い横顔が剝(は)げかけた金色(こんじき)の額縁に納められてかかっていた。酒場とは名ばかりである。何の気なしに戸口の欄間を仰ぐと、原色の色どりを施した銅版画の、ローマの槍持のえを書いたのを、看板のなごりとも云いたげに、貼りつけてあるのがおぼろにみえた。

　老人がまたひたひたと帰ってきた。手を撚(よ)って哀願するのである。それさえふり切ってかえるとき向けた背中にこの犬の年経た牙がおそいかかりそうに思われてもう断るわけにはゆかなくなった。後ろに閉められる扉の音が鈍くこだまするのを耳にしながらじめじめした甃をわたって私は奥の戸口に立った。そこは一段高くなった広い部屋で、ふしぎな香気と沈んでゆくような冷たさがあたりを領していた。灯(ひ)と云っては奥にちろちろともえている煖炉のほかに何もなかった。その火のそばの古い椅子に身をうずめてゴッフ男爵とおぼしい人が奇怪な啜(すす)り泣くような呻(うめ)き声(ごえ)をつづけていた。犬は男爵の足もとに倦(だる)そうに横になりながら火に照らし出された横腹をぴくぴくと痙攣(けいれん)させていた。

「男爵、お加減はいかがでしょうか」――この言葉をまちかねていたかのように男爵は痛々しく身をおこすのであった。その顔には昨日にも増した死相がみられた。額の際の毛は萍(うきくさ)のようにただよい、顳顬(こめかみ)や頬や頸筋(くびすじ)に黒ずんだ斑点があらわれていた。しかも男爵が強いて笑いをつくって私をみ上げたとき、なぜかしら私は恐怖をこえた懐しさが湧くのを覚えたのである。椅子をすすめて後(のち)男爵はかすれた声音で——二言三言喋ってはその青い咽喉(のど)の奥から啜り泣くような呻きをもらし乍ら——物語って聞かせるのであった。

かつてロンバルジヤ高原を越えて男爵はミラノへ旅したことがある。花守(はなもり)伯爵夫人の美しさに心を奪われたのはこの土地に於てであった。当時夫君の伯爵は外交官として伊太利(イタリー)に在ったが、所用の為夫人をのこして日本へ皈っていた。夫人は名門の出でその美貌にふさわしく病弱であった。日本からつれてきた婢(はしため)一人をお供にヨオロッパ諸国を周遊してミラノを訪れたのである。ある初夏の夜の舞踏会に夫人は数多(あまた)の小菊を縫取った裲襠(うちかけ)風の舞踏服と手には古雅な檜扇(ひおうぎ)を持った姿であらわれた。宴(うたげ)の庭には百千(ももち)の薔薇が今をさかりであった。健康のすぐれぬ夫人は踊りのひまにぬけ出して薔薇かおる園の一ト隅、大理石のアトラントが雲間(くもま)をもれる月光に濡(ぬ)れている影おおきベンチに腰を下ろした。フォン・ゴッフェルシュタアル男爵はそのころから激しい偏頭痛に悩まされていたが、折から室内の喧騒をのがれ出て奥深い庭の結構の面白さに糸杉にかこまれた水蓮の池や鳩の住むなよやかな灌木林を徜徉(もとお)りつつ葡萄畑の緑こい籬(まがき)づたいに薔薇の花園の方へ歩み寄ろうとしたところであった。と、薔薇の一族と見紛うような美しい貴婦人が蒼(あお)ざめた項(うなじ)もうつむきがちに所在なさそうに檜扇をひらいたりとざしたりしているのが目に映った。それはうつろいゆく秋の薔薇のように美しかった。夢想家の病める北欧の男爵は、はからずも東邦の病める貴婦人と相語る機会をもったのである。その貞節なやさしさと西欧人の目にはギリシャ風なものとみえる端正な応待とは、男爵のような命衰えた人にとっては、派手な明けっぱなしの南欧の女たちよりも更に艶(えん)美(び)なものにおもわれた。

――夜鶯(ナイチンゲール)が鳴いた。星のふるような空へ花守夫人は目をむけた。と、繊細なダイヤの指環に飾られた夫人の指は一つ一つ夜鶯のこえに夢みたのであろう。絹をすべる仄(ほの)かな音(おと)の夫人には聞かれずに檜扇は落ちようとして男爵の手に支えられた。その時薔薇の葉叢(はむら)をこえて花やかに連なる明るい玻璃窓(はりまど)から油然(ゆうぜん)たる楽の音(ね)がおこった。男爵は夫人を促して立上り、胸に挿した花かげに扇は素早くかくされた。……

扇のなくなったのに気附いた夫人はあたりが暗くなるような思いであった。それは夫伯爵の家に伝わる名品であり同時に夫人に対する許婚(いいなずけ)の贈物であるだけに取りもなおさず貞節のしるしであった。夫人は男爵のいるホテルへやさしい詰問の手紙をば二日にあげずもたしてやった。しかしそれは男爵をして花守夫人に近づけるのに役立つばかりであった。夫人はいつとしもなく男爵と逢わぬ日は心たらわぬものを覚えはじめた。やがて男爵はスイスに古城を購い、夫人と二人で社交界を全く離れた生活に入った。再び任地へかえってきた伯爵は、扇の紛失をよい折に夫人との永い別居を決心した。彼が任終って日本へ旅立ったそのころからこの夢想家の愛人同志はお互に憂愁の繭のなかにこもり出した。湖のゆくてに沈む入日をみて男爵と夫人は同じ恐怖で身を震わせた。たそがれかけた湖ぞいの径を二人が黙って歩をはこぶとき、高い杉の梢の一枝に幻のように最後の余映がかげろうているのを、男爵はふと立止ってまじまじとみつめながら夜の帷が落ちつくしてもまだその姿勢を変えなかった。夫人はそのとき聡明な瞳を縹いろに暮れてゆく湖の上におとして何ものかの襲ってくるのをしずかに耐えている人のように身じろぎもしなかった。二人の間にはだんだんと奇妙な連関が結ばれはじめた。ある日の朝食に夫人は男爵の袖に大きな蜘蛛がついているのをみとめた。夫人は何ともいわなかった。あくる朝の朝食にも男爵は袖のおなじところに蜘蛛をつけていた。夫人が指さすと男爵の目にははじめてそれが宿ったように突然はげしく啜り泣きながら男爵は館のなかを駈けまわった。しかし蜘蛛はとれなかった。夫人が手をふれてみるとぽろりと除れてしまったそれは死んで半ば空ろになった蜘蛛であった。……こうした生活は人の心にとって麻薬のようなものである。夫人の心にこの麻薬は却って華麗な郷愁をよびさました。冬のおわる頃男爵は強い酒精飲料のせいかそれとも何人かによって混ぜられた睡り薬の作用によってか三日三晩を昏々とねむりつづけた。目ざめた朝、部屋々々には黒布が張られ、人々は喪服を着て蹌踉と歩いていた。夫人の部屋の花に包まれた黒い柩が、入ってゆく男爵の目を幾度か疑わせた。とうとう男爵は柩に躍りかかってその黒布を破き去ろうとした。飾られた夫人の写真は落ちて硝子がこわれた。大勢の召使たちが目くばせをしながら男爵の体を懸命に押えた。

――そこまで話してきて男爵はたえられないように呻きはじめた。その瞳には忽ち無垢な涙が昇り、蒼ざめた頬を次々と雫が伝わった。

「あれの埋葬についてはもうお話しする勇気をもちません。私はしばらく死人のように打ちたおれたまま朝夕をすごしました。……けれども殿村さん」

男爵は骨のはみ出たような指を私の胸にさしつけながら、

「しかしそのころから私には一つの信仰が生れたのです。信仰というよりは一つの確信が……」

それから男爵はあらゆるとるにたらぬ証拠をあげて次のような事実を告げるのであった。

夫人は日本へかねてから帰りたがっていたし、男爵の親族たちは夫人との同棲による男爵の病状の悪化をおそれていた。夫人に対する男爵の愛情は時あって狂おしくもえさかった。

冬ちかいある宵に、ひざまずいて夫人の手に接吻しながら果ては頭をたおやかな膝にもたせかけて男爵はこのまま夜を明かしたいと云い出した。しかし、東の空が枯れかけた木々の梢に白むころ、まだわが手をひしと握って、飽かず眺め入りまた接吻（くちづけ）する男爵の姿を見ているうちに、夫人は疲労のあまり気を失った。――そういう異邦の美しい貴婦人に、親族たちは尊敬にちかいような同情を抱（いだ）きそめていた。……

今や男爵にたしかな疑念が萌（も）え出るのであった。親族たちは男爵を睡らせそのひまに夫人を故国へ皈らせたのである！　さりながらこの「事実」は、夫人の男爵に対する愛をば偽りと告げるであろう。死も失寵（しっちょう）も男爵の心をおびやかす度合は同じである。だがついに生ける失寵へと男爵は祈りをささげるのであった。夫人は壮大な東邦の女人（にょにん）である。彼の祈りは東邦への祈りであった。死せる美しい女人をもとめて宛（さなが）らあのオルフォイスのように彼はヨオロッパを遍歴した。そこには美の墳墓と窈窕（ようちょう）たる美の廃墟のみがあった。しかも男爵の求めるものは死ではないのである。東邦は達せられずして彼のまえに、そのほのぼのとした綾織の絵巻をば徐（おもむ）ろに閉ざしかけている。なぜならば死は、逆に男爵その人を襲いつつあるのであった。

「死の為に私は帰ってきました。が、屋敷へ帰ることはできない。あそこは死の住家（すみか）になっているのです。死は屋敷の戸口に立って私を待ち焦がれ、更にこの小都会を嵐のようにかけまわって私の帰来をしらせているのです」

「お頼みとは何ですか」と神秘な気持になって私は問いかけた。しかし憑かれたもののように男爵は呻きながら言葉をつづけた。

「この領地は幾年も前からフォン・ゴッフェルシュタアルの所領ではなくて死の所領になったのでした。死は住民の一人一人に宿りはじめ、『死』の言葉が――ああ怖ろしいことではありませんか――現身(うつそみ)の人の口から語られるようになったのです。あなたは一日も早くこの忌わしい都会をお離れにならねばなりません。その節に一つあなたの故国までお持ちかえりねがいたいものがあるのです。それは屋敷においてある檜扇です」そこまで言って男爵は口をつぐんだ。その手はわなわなとうちふるえ崩れおちようとする額を支えていた。この支えを失ったら斬罪に処された人のそれのように悩める首は前へ転がりおちるかとおもわれた。

「檜扇をあれに届けてやって下さい。あれに死ぬまで私が愛していたと伝えて下さい。――やがて屋敷へかえった折にあなたをお招きして檜扇はお渡ししましょう。私の部屋の黄金(きん)の手函のなかに……」

そのとき扉がひらいて老人が腰をかがめた。皺枯(しわが)れた声で迎えの馬車が来たのをしらせたのである。男爵の顔には苦悩にみちた高貴な美しい表情があらわれた。それは紛う方なき暗黒時代の貴族たちの表情であった。突然彼の愛していた美しい日本の貴婦人の面影が、ふしぎなほどまざまざと私の心に泛んで来た。その人は死することをしらぬであろう。その人は再び私たちの前に立つであろう。小菊の縫取りに沈香をかおらせながらその裳裾は再び私たちの前に曳かれるであろう。――黒い斑点に彩られた男爵の顔が一瞬美しく輝くのを私は見た。私は追ってゆこうとした。しかしその部屋の閾の際で男爵は長い手袋をはめた手でおしとどめた。路上には凄々たる月が照っているらしかった。ひたひたと男爵の足音がとおのきその拍車の煌めきが水に映るのもつかのまに、彼方に見える路筋の隈なき月かげをよぎって従う猟犬と共に消えて行った。きこえてくる嘶きもなく轣轆の声もなかった。……

老人に送り出されてホテルへかえるまでひっきりなしに私はいやな幻に嚇されつづけた。ホテルの門に立つと例の心霊学者の部屋だけには強いて蔽いかくしたようなほの暗いあかりがこの深夜というのに灯されていた。私は部屋へかえった。二日間の疲れが全身を鞣していた。椅子に埋ってうとうとしかけると扉をノックして山羊髯の男がはいってきた。私は露骨な不機嫌さを叩きつけた。

「何しにやって来たんです」

「お帰りをお待ちしていました。先生も大そうお待ち兼ねです」

「私は疲れていますから寝かして貰います」

「まあ、そう仰言らずに」

「君、失敬じゃありませんか」私は思わず叫んだ。男が私の腕をとらえてつれて行こうとするのである。痩せているにも不拘、その男の膂力は私を打ち負かした。

「まあ、待ち給え、一体私をどうしようというのです」

「――これは失礼しました。実は先生をかこんで私どもは定例の降霊術を試みておった所です。その結果について一寸あなたにうかがいたいことがあると言われるのです」

「それならドクトルが来られればいい」

「いや、今先生は憑霊が去ったばかりなので身動きもできずに寝ていられるのです」

私はふとそこに今までたえまなしに経験してきた神秘のつづきをよむような気がした。それは再び力強く私を魅した。

「よろしい、うかがいましょう」ネクタイを締め直しながら廊下へ出ると自分の影についてくる山羊髯の男の影が重なるのが不快なままに厚い絨氈を敷いた階段を下りて心霊学者の部屋を訪れた。山羊髯の男は重病人の病室をあけるように勿体(もったい)ぶって扉をひらき、先ず身をすべらせて入ってから鄭重(ていちょう)に私を迎え入れた。暗い赤光が私の目を射た。モノクルをかけた弟子が急がしく道具を片づけていた。それは恰(あた)かも幕が下りた後の奇術の舞台のようであって、部屋のそこここには消えやらぬ神秘の影が一種特異なそそるような雰囲気を醸(かも)しているのである。今し大きなフラスコが抱えられて、その中にはいった玉虫色の液体をきらきらさせながら倉庫がわりの小部屋へ運ばれて行った。山羊髯の男が電灯の複雑な覆いを外(はず)した。と、一つ一つ荘重な瞑想に沈んでいた部屋中の調度はたちまち色褪(いろあ)せてしまうのであった。霊界通信に用いる卓はただの安手な机であった。そうして妙な形をした各種のペン——それは霊媒の憑霊筆記に使うのである——が、異様な排列を以てならべてあるのがみとめられた。部屋のおくに黒布を垂れた一角があるのを、不審そうにじろじろとながめていると、山羊髯の男は事もなげにその黒いカアテンを左右へ引いた。するとアラビアの侏儒(しゅじゅ)の女王がやすむような思い切って華奢(きゃしゃ)な、そして支那趣味を少なからずまじえたロココ風の驚くべき寝台が燦然(さんぜん)としてあらわれた。私は危うく吹き出すところであった。そこには小肥りにふとったドクトル、ジウゼッペ君が目のふちを黒くして恨めしそうに私をみつめながら口をきく気力もなげに横たわっていた。

彼は手をあげて坐ってくれと合図した。むしろ快活な気持になって私は腰かけた。するとモノクルの弟子が二人の珈琲(コーヒー)を運んできた。珈琲を一匙(ひとさじ)々々口に入れてもらいながらジウゼッペ君は云うのである。

「もう珈琲にあれはいそうもないか」

「はい、きょう検査をしておきました」

「なんですか」私は珈琲茶碗を口から離さずにはいられなかった。

「なんでもないのです。昨日でしたか、あなた、私から落ちた矮(ちい)さな霊が珈琲の袋のなかへかくれてしまいまして、それを追い出すのが一苦労でした」

「好い加減にして下さい」いらいらして私は叫んだ。

「まあお気をわるくなさらないで。今晩おいでをねがったのは外でもないのですが、貴方(あなた)ゴッフ男爵にお逢いになりましたね。——お驚きは御尤(ごもっと)もです。これは我が科学の正確無比な実験によってわかった処(ところ)です」

それから彼はそれを証明する幾多の現象や憑霊の言葉や、またそれを知るべき難解な学理をば、口頭試験にこたえる優等生のように問わず語りにまくし立てた。私はといえば今宵はそのこけおどかしの講義をも素直な心持できいていることができた。ジウゼッペ君の人柄のよさと、そして実験の、偶然にもしろ正当な解答とが、私を喜ばせ、尚のこと私の神秘に対するひそかな嗜好をもえ立たせてくれたからである。のみならずフランスの田舎のブウルジョアによくみられる彼の小肥りに肥った容貌は、この怪奇な道具立のなかで中世の銅版画にえがかれた従者や農民の顔立を髣髴とさせるものがあったのである。しかるにジウゼッペ君の夢は、産業革命のとおい末裔であるところの、機械の神力と万能とに関する夢によってその大部分を占められているのであった。彼は心霊学者であるよりは、錬金術師の子孫たる特許発明家のおもかげをそなえていた。彼のもつ神秘はパテントをくっつけていた。

「大丈夫、誰も聞いているものはありません。弟子たちも寝かしてしまいました」いくらか疲労が回復したとみえて彼は少しばかり体をもたげて冷たくなった珈琲を舐め舐めしながら私の顔をうかがうのであった。「殿村さん、――と仰言いましたね。あなたは勇気をおもちですか。……フム、フムまあ、この種の勇気はだれしも少しはもち合わせているものです。とにかく私と共同作業をしていただきたいのですな。弟子にも打ち明けてない計画ですが、貴方の御都合のよろしい晩にでも、私は男爵邸に忍び入ろうと思うとるのです。

貴方が男爵とどういう約束をしておられるかしりませんが、その折にそれを果たされるもよし、私は私で実地の踏査によって研究資料を蒐集しまして、明春、巴里の心霊学会で論文を発表するに便ならしめようと思うのです。明晩はいかがですか。フム、フムお疲れのようですな。では二、三日お休みなさるがよろしいでしょう。しかしお逃げになってはお為になりませんぞ」彼は黒い目のふちを硬(こわ)ばらせて私を脅迫した。思わず失笑し乍ら私には却って新らしい熱情がもえはじめた。それに一人でゆくよりもこの案内者は頼母(たのも)しそうである。

「ドクトル、あなたこそお逃げにならんで下さい。金曜日の夜の十二時に私はあなたの扉を叩きましょう。縄梯子(なわばしご)と大工道具は、どうかドクトル、あなたの方で揃えておいて下さい」


　金曜を含む三日間はふしぎなのろい速度で経過した。男爵からの招待を私はどんなに待ったことであろう。伯林(ベルリン)の骨董商から来た売立の招待状さえ、その冠冕(かんべん)の金箔(きんぱく)を捺(お)したマァクを以て、もしやと思う私の胸をときめかせた。街は何事もなげに平和であった。冬が山脈を荘厳な色に染め更えだしていた。虚空の深淵のあたりから一本の青い旗がひらひらと舞い下りてきそうな澄み切った高い天空が、日毎にわれらの頭上にあった。木々の葉はおちつくし、梢に凝(こご)る雲の色合は青味がかった灰色(グレイ)であった。街頭芸人が錆びたオルゴルを鳴らし乍ら風のためにがたぴし云っている窓の下を通った。……

　金曜日は朝から寒風が空をわたり、雲が低く垂れていた。男爵の招待状はついに私の部屋を訪れなかった。今宵私は不逞な招かれざる客になるであろう。

折から霏々とふりだした雪に鹿の子まだらに染まった蝦夷松の木立や紋章附の黒い鉄柵に囲まれた男爵の館はジウゼッペ君と私の眼を得体のしれぬ重苦しさを以て充たすのであった。縄梯子は要らなかった。裏のくぐり戸は嘘のようにするりと開いた。……

囀りが枝々の雪を散らせた。庭の灌木に睡っていた小鳥たちがおどろいてとび翔ったのである。西にそびえ立つ一棟の望楼をのぞいては何の変哲もない建築である館の、暗い庭の灯火が窓に映えて、玻璃に映るささめ雪はしんしんと室内にふりつんでいるようにみえる。ドクトルは足許に落し穴でもありはせぬかとひっきりなしに懐中電気を点滅していた。と、その末広がりの光のなかだけに美しい飛白模様がえがかれた。

屋敷の一つの扉が又わけもなく開いたので今度は却ってそれが私たちを不安にした。わずかな塵もとどめていない家具の類いは、さっきまで人の住んでいたことを示してあまりあったが。

しかも人のけはいは私の五感には感ぜられなかった。鼠があわただしく天井を走った。その音は四、五日まえの群衆の跫音を気味わるくも思い出させた。

「一体留守番はいないのでしょうか」

「フム誰も居らぬようですな」

対話は心のゆるむにつれてその声の高さを増した。私たちは不自然な螺旋をえがいている中央の階段をのぼって行った。二階には宏壮な廊下が連なっていた。ドクトルの懐中電気に導かれて男爵の居室と思しい広大な部屋の扉を私は押した。

見たところ開けた貴族の書斎らしい平凡な一ト間であった。死はもうここを立去ったのであろう。しかしこの部屋をすいすいと流れていた時間は中断されて、その断面のみしらぬ紋様が部屋の到るところにみられたのである。あらゆる抽出はあけられたままであり、書棚の書物は一冊のこらず床にちらばってしかも閉ざされたのは一冊もなく今よみさしの様をしていた。足の踏み場もない書物のなかには、ヨオロッパで手にすることのできぬ稀覯書も幾冊かあったが、それにしても男爵がこれらおびただしい書物の一冊々々から探し出そうとした言葉は何であったか、なぜなら園芸の書も年代記も各国語の字引も細菌図表も更に釣の書物までがそのなかに瞥見されたのである。繰った頁には南洋産の毒魚がえがかれ海底の言語にふさわしいような奇怪な長い学名が私の目を射た。

「何をみておられるのです」とドクトルはじりじりして私に話しかけた。「勿体らしい。これがゴッフ男爵の部屋ですか。わざわざ来るほどのこともなかった。……しかし殿村さん、我々はまだ落胆してはなりませんよ。私にはゴッフ男爵の日記をみつけ出す使命がのこっているのです。彼は一種の見神者であったでしょう。その日記は実に貴重な文献となるでしょう」彼はひとりごとを言いながら横柄に部屋のなかを歩きまわっていた。だが、ただ一つ閉ざされたものをやがて私たちはみつけ出した。それは男爵の乱雑な机の上にキャプテン・キッドの発見した宝島のように燦然と輝いていた。黄金の棺の荘厳を耀く手筥はそなえていた。宝石と金と真珠とに飾られて、死のように重く死のように華麗に。……

「開かない筥です」——冷然と私はいうのであった。ドクトルは体をまげて蠑螺と取り組んだ猫のように焦れていた。死も彼のように幾度この筥のまわりを苛立たしくまわったことであろう。「ドクトル、開かない筥です。呪文を知らないアリ・ババは役に立ちません」心霊学者はせせら笑った。「呪文なんて、あなた、笑わせないで下さい。近代の心霊学は呪術を追放したのです。科学的研究によって今や霊の本体は暴かれようとしているのです」「しかしもし呪文が要ると仮定したら」「仮定なんぞしなくても結構です、しかし仮定したら、……フム、この内容は何ですか」「檜扇」「つまり扇でしょう、紙の扇ですか羽根の扇ですか」「木の扇です」「それなら簡単じゃありませんか、その含有成分を計算して方程式を立てればよい。扇の方程式はどうなりますかね。——兎も角この方程式を呪文の代りに使えば蓋(ふた)はあきます」「扇の方程式を出してみて下さい」「ええ。五分ほどひまがあれば出せるでしょう」「ドクトル、私は本当の呪文を知っています。それはたった二音です。私の故国の王朝時代にそれはこんな風に発音されていたのです。……Kofi!」

すると黄金の蓋に鏤(ちりば)められたさまざまな宝石は美しくちかちかとまたたきだした。今まで動こうともしなかった真珠の縁飾は夢のようにせり上ってきた。ひめやかな暗い内部へ、灯影が朝の日ざしのように歩み寄った。蓋が開き切ると真紅の天鵞絨(ビロード)にやすろうている扇は二なく艶(えん)なものにおもわれた。畳み込んだつつましやかな影のかぐわしさは十二単衣(ひとえ)を見るようである。花やかな絵模様が古代紫の綾糸の糸の目ごとにうかがわれた。

私とジウゼッペ君は心々のためいきを洩らさずにはいられなかった。「恋」という一字の効能がこの西欧の精神科学者を驚倒させたのである。私はといえば花びらでも扱うように、扇をそっと双の掌にすくい入れた。しかしこの花びらはいたく重くいたく薫(かぐ)わしかった。……

蹄(ひづめ)の音がきこえてきた。近づくのが感ぜられる。私とドクトルは窓のそばへ駈け寄った。雪が窓を籠(こ)めて降りしきっていた。窓の下に窓の形におちた明りと、たった一本ほの暗く灯った庭の灯と。それらのかなたにさきほどまではしかとしまっていた鉄の門が、左右に大きく展（ひろ）げられ、そこから無蓋の馬車をひいた四頭の白い馬が軽快に走ってくるのがのぞまれた。馬の口からは白い息が雪を舞わして吐き出され、そのまなじり裂けた眼は黄銅色にはげしく輝いている。降る雪に任された馬車の緋色の坐席には人影がない。四頭の馬は鬣（たてがみ）を焔のようになびかせながら揃って脚を蹴立ててくる。うすく敷かれた雪の石道を、蹄の音は鼕々（とうとう）とひびく。玻璃のやぶれる音響も、板のメリメリと裂ける音もついに聞かれずに、四頭立の馬車はこの館に吸い込まれてしまった。

ジウゼッペ君は真青になった。ひきつった目が私の顔を訴えるようにみつめ乍ら、

「見ましたか、乗っていたでしょう、乗っていたでしょう、男爵が」

――ある転倒した衝動が私たちを不意に駆り立てた。その部屋を我がちに駈け出すと暗い廊下から廊下へ丁度放たれた蛾のように無我夢中で走りつづけた。どこもかしこも扉と壁の連なりであった。思いもかけぬところに青ざめた塑像が立ちすくんでいた。方角を誤まったものであろう。ゆくてに小さな扉の青銅の金具が光るのみで、壁に囲まれた一角に私たちは遮（さえぎ）られた。私の背中まで闇の漣（さざなみ）がひたひたとよせていた。闇はさまざまな異質物と流動物とに充たされておどろな聞えぬ叫びをあげていた。それは私たちの背中を押した。思わず扉の把手に私をして手をかけさせた。……

扉が軋(きし)りを立てて内へ動いた時、ずしりと重いものの落ちる音が反響した。正面の大窓の厚い帷(とばり)が落ちたのである。外の雪明りのせいであろうか、あるいは今地上を罩(こ)めるふしぎな灝気(こうき)の故であろうか、部屋のなかには稀薄な微光がさっとただようた。大きな卓の上に累々とつみかさねられた糜爛(びらん)した屍体が突然私の目に映った。それを見るなりドクトルは目をつぶってわけのわからぬことを呟きつつ手さぐりでスイッチをさがしだした。

灯(ひ)がついてみると卓の上には種々(くさぐさ)の果実がその一つ一つにささやかな灯火を宿してあふるるばかり豊かに盛ってあるばかり。檸檬(レモン)やオレンジや朱欒(ザボン)や葡萄や柑橘(かんきつ)類や仏手柑(ぶしゅかん)や龍眼肉(りゅうがんにく)や胡桃(くるみ)やバナナや桃や苺(いちご)や林檎や梨さては南国の名もしれぬ珍果にいたるまで堆(うずたか)く盛り上げられて異香(いきょう)の混じた、その為になかなかに死の匂いを思わせる、いかにも冷たく憂鬱な芳醇さをそなえていた。つくづくみればその姿は屍(しかばね)よりも畏(おそ)ろしい。果物はこのようにしていかなる夜昼を熟れまさってゆくであろうか。この果実を刻む時間は何か異様な旋律をもつであろう。果実の爛壊(らんえ)がはじまるときどんなにあやしい星の運行があり、どんなにすさまじい夕映えがあろう。……しかもこれらをして屍体のさまを装わせた雪明りを、窓の外に看取(みと)ろうとして目を上げると、静かな枯木は天空に、白々とその腕をのべ、雪明りはなくて冴(さ)えかえった月かげが窓玻璃をまともに照らしていた。霽(は)れた夜空に半月の姿があった。星はやさしく煌めきながら凍(い)てついた雲の名残を囲んでいた。

はじめて私は私の左手がかの檜扇をしっかと握り、かすかに汗ばんでさえいるのを見た。ジウゼッペ君は呆けたように椅子に凭(もた)れていた。月の光が私たちを爽やかな気持にさせた。あまつさえ窓のかなたに美しい星空を背景にしている望楼をみとめると、今宵の冒険の紀念すべき結末をばぜひともそこに登ることによって仕遂げたく思うのであった。

望楼には末枯(うらが)れた蔦(つた)がからまり錆びた鉄の匂いのする梯子(はしご)が斜めにその頂きをめざしていた。葉末に雪をとどめた針葉樹はきらきらと雫(しずく)を滴(したた)らせつつ望楼の周囲に鬱蒼たる気配を漲(みなぎ)らせていた。私が先に立って梯子をのぼった。蔦もろともそれはゆらゆらとゆれはじめジウゼッペ君の半ば禿げた頭に雪はしきりに零(ふ)りかかった。頂きは繊(こま)かい鉄柵をめぐらした円形の小部屋であって、きらびやかなドオムは、ふしぎな古代文字を象嵌(ぞうがん)して、この部屋を覆うていた。ドオムの真下に死人の書をえがいた大蠟燭がもえつきようとしてもえつきずに最後の焔はその繊巧な彫金細工の台座の上でのたうっていた。その為にドオムといわず床(ゆか)といわずたえず動揺する影がひらめいてみえたのである。私とドクトルは東を向く柵に凭れた。山の端(は)には白みゆく空があった。月はなお西空にその水金(みずがね)いろの光を失わずにいたが、あまたの星は、とりわけ東に残る星屑はきわめて徐々にうすらぎつつあった。そのなかでひとり孤空をよぎる蝶のようにひらひらと耀いて昇ってゆくのは金星であった。そのあたりの星は菫（すみれ）色（いろ）に明けてゆく空の色に吸いこまれ、高空（たかぞら）の深い紺をつんざいて地平に射かけられる流星は、あの菫色の裳裾のおもてにすばやく融け入ってしまうのであった。森林はまだ目覚めなかった。清冽な霧がそれらを包んでたゆとうていた。すべては暁闇の、やがて夜明けとなれば七彩の匂い出ずべき紫紺の内に、円屋根や塔や旗亭などの高廈（こうか）のみが、その輪廓をかすかに泛ばせそめていた。最も早く目覚める色は吹上である。辻々の常緑のかげ濃きところから、先ず有明の月かげに、更に星の光、東（ひむがし）の萌黄（もえぎ）のいろに、それは一瞬一瞬ほのあかる姿を変幻させつつ、美しく澄んだ繁吹をあげていた。ここからは排水口とそこに発する大河の流域とは薄墨色におぼめいてみえなかった。そして山肌ばかりが、霧が追われゆく羊群のように駈け下り、その間に雪と赤銅色と薄紫との斑（まだ）らになった大胆な模様を点綴している山肌ばかりが、色を用いることをただ一つゆるされた神の絵のように、明暗のうつろいつつある頂き近いあたりに刻明にながめられたのである。望楼の真上は、なお夜の雲を幾片（いくひら）か凝（こご）らせた美しい星空であった。百千（ももち）の星はそそり立つヒマラヤ杉の木立の上に豪華なきこえざる楽の音（ね）を奏でながらしずかに天の一角へとうごいていた。

ジウゼッペ君の心にはそのとき何が生れたか。彼は頭をかかえ満天の星には目もくれず冷たい床にひざまずいていた。私は鉄柵によりかかったまま星影のてらし出すべく手にした扇を空の方へかざしてひらいた。檜の古びた柾目が、えもいわれぬなつかしい色に明るんだ。そこに丹精をこらしてえがかれた大和絵は、さだかに図柄はわからぬながら、絵巻の一節ででもあるらしい。花のような霞が揺曳し、わが故国の幽婉きわまりない王朝の図絵を彩っていた。暁の星影にうちふるえる扇の霞のそのなかには、みわたすかぎり天地を埋める花の季節が、もはや人の目にはみわけがたい妖しい夢のように磅礴しているであろう。花守夫人は。そう思って私は慄然とした。彼女こそは中世の能の女人に復活した王朝の朽ちざる花の精である。彼女は花の精である。彼女は煩悩にあふれた寂しく華麗な。……

背後で蠟のもえつきる音が私をおどろかした。火は消えていた。そうして私の足許へあけ方の最初の蒼白い光が、あるかなきかの鉄柵の影を印しながら、水のように忍び寄ってくるのであった。

＊＊＊

伯林で。ある大学の歴史学研究室の午さがり、留学中の友人Aは私の質問にこたえる代りに呵々(かか)と笑った。

「フォン・ゴッフェルシュタアル家は今から百年以上も前に絶えて了っているのだ。北欧にその名を知られた名家にはちがいないが、中世のある戦乱で発狂した何代目かの当主以来、代々生活力を喪った狂える子孫が次々と家督を継いだ。最後の当主は独身で一生を送り自(みずか)ら長きにわたる光輝ある家名を放棄してしまったのだ。地球上に既にフォン・ゴッフェルシュタアル家の一族は一人たりとも生存していない。……ましてや殿村君、そんな扇の出所に君は軽々しく信を置くのか。僕は鑑定家ではないけれど、この扇が日本の王朝時代のものである位いはわかる。しかしそれがどうしたというのだ。花守夫人なんて夢のような……」

「旅券を今日、早速手配してくれ玉え。僕は日本へかえる。船は勿論スエズ経由で」

Aのしゃべっている言葉など何もきいていない私は、平気で彼の忠告をさえぎった。都に花守夫人のいることはもはや疑いを容れぬ事実なのである。

昭和十九年一月五日、午後五時

⇨

〔十八年十二月十八日〕

II　王朝夢幻、鏡花の縁（えにし）——戯曲篇

屍人（しびと）と宝　一幕の詩劇

――バルチャンタラ（印度（インド）の古い伝説より）

人物

商人バルチャンタラ
青鬼
赤鬼
黒鬼
水妖（すいよう）
老いたる山の女神
仏陀
合唱団大勢
女声独唱者
山の妖怪（ようかい）大勢
其の他

（開幕前、声のみの合唱。
幕は、古代印度の深山の景色を描く。
時、夜）

合唱

山路の、月の光りは、　山鳩の、色をしている。
梟の、夜の挽歌は、　灰色の、蟇に消される。
音のない、夜のざわめき、　魍魅等の、歌ではないか。
月影は、樹に遮られ、　星さえも疎であった。
……バルチャンタラ！
バルチャンタラ！

（印度の寒村の貧しい善良な行商人バルチャンタラ、旅に出て、道にまよい、山中にまよい込んで了った彼は、疲れた足をひきずって、下手から出て来る。
辺りを見廻し、思案の様子）

バルチャンタラ

一入に淋しい旅路、　迷い路は、果てしなかった。

身の内が慄え戦慄き、　寂しさに、泪が湧いた。
ふとあげる、眼の前に　月影が、明らかだった。
おお！（幕少しずつ左右に開け、廃寺、廃園が、木に囲まれて見える。——空舞台）
おお！　そこの林の間　荒れ果てた山寺がある！

合唱

……バルチャンタラ！

　バルチャンタラ！

（バルチャンタラ、山寺に走り寄る）

合唱

白壁は、見るかげもなく、門さえも、朽ち果てている。

小池なる、赤い蓮は、銀色の、夜露をうかべ……。

星がまた、新たに生れ、星雨が、ふりしきる夜だ。

荒寺の、壁の間に、　ただひとり、身を横たえた。

（合唱どおりの舞台、幕すっかり開かれる。合唱通りに、演技は行われ、歌い了ると、横たわっているバルチャンタラのみが、折から、煌々として姿をあらわした月の光りで、銀色に

てらし出される。蛙、鳴虫などの歌。——間。静かな音楽）
（突如、雲がまっくろにひろがり、月をかくして、雷（いかずち）の如き音が、遠くにきこえ、段々に近づいて来る。バルチャンタラ、駭（おどろ）いて、身をかくそうとし乍（なが）ら……）

バルチャンタラ

不思議な音が、響いて来たわ！
雷（いかずち）に似た、激しい響だ！
——地を踏む足に、大地は罅（ひび）入り、
差し上げる手に、夜空はおののく。
月も星らも、怯え、隠れて、
唯（ただ）、黒雲は、空駈けめぐる。
風は不吉な、口笛をふき、
黒い翼で、翔（か）け去ってゆく。
あの物音は、小池の水を、
暗い飆風（つむじ）で巻き上げて行く。

合唱

バルチャンタラ！　バルチャンタラ！

気をおつけ！　不思議な音に。

バルチャンタラ

不思議な音が、響いて来たわ！

雷に似た　激しい響だ！

（此の時上手より、山中の種々の妖怪、雷の音に怯え、耳をおさえ、ころびつつ、下手に駈け去る）

水妖

此の森奥の、　渓間では、
銀を浮べた、　湖が、
緑い大樹に、　囲まれて、
静かにひとり、　目を閉じる。
わたしは昔、　この湖で、
日に夜をついで、　歌い、まい、

歓楽（よろこび）の日を、　すごしたが、
この一年（ひととせ）は、　恐ろしい、
黒い涙を　運（も）って来た。

老いたる山の女神

おお！　又しても、　あの唸（うな）り。
暗い夜空は　尚くらく、
黒の中には、　黒がある。
夜の唸りは、　恐ろしい！

（再び、雷鳴。二人逃げ去る）

合唱

……バルチャンタラ！
……バルチャンタラ！

バルチャンタラ

近づいて来た、　雷（いかずち）の音。
神よ！　神さま。　援（たす）けたまえよ。

（雷はげしく、大きな音おきる。赤鬼、青鬼登場）

合唱

とうとう来たよ。大きな「恐怖（おそれ）」が。

（鬼二人、バルチャンタラには気附かず、庭にぐたりと、足踏みしめる。赤鬼は小さな、銀の小匣（こばこ）を、青鬼は白い人の屍（しかばね）をかい抱（いだ）いている）

赤鬼

俺は「恐れ」だ、この森奥に、
巨大な力を　貯えている。

青鬼（赤鬼の存在を知らぬ様子にて）

若し「災い」が、此の世のなかを、
拡がり覆う　朝（あした）が来たら、
最も威ある　その王者は、
この儂（わし）を措（お）き、外（ほか）にはあるまい！

（赤鬼、青鬼の居るのを知り、駭く様子。だが、にやにやと、狡猾（ずる）く笑いつつ、彼に近づいて行く。奇妙にして奇怪、多彩な音楽）

赤鬼　これは異(ふしぎ)な事もあるもの。

青鬼　お前は誰だ？　さても真赤な！
　（大きな声でわらう）

赤鬼　ああ！　ああ貴様は、盗人(ぬすっと)だろう。
　俺の大事な、その屍を、
　一体何処から、盗んで来たぞ！

青鬼　何を云うのだ、ここな狂人。

赤鬼　いやいや、お前は、大盗人だ！

青鬼　そうは云わせぬ。そうは云わせぬ。

（じりじりと赤鬼により、その腋下を見てはっと驚いた様子に……）

赤鬼

おお！　おお！

青鬼

お前が其処に、抱えた匣は、
儂が岩屋に　隠して置いた
如意の小函に、相違はないぞ。

赤鬼

おお！　おお！

（青鬼、赤鬼につかみかかり、二人でころがり合って争い始める。激しい地鳴り、突如大きな雷鳴）

（……此の頃、バルチャンタラは、あまりの疲労に、恐怖を忘れて寐入って了う）

赤鬼

あの足音は、　何物だろう。
稲妻まじえて、雲は拡がり

黄色い月を、　隠して了った。
森の獣は、　穴に逃げ込み、
鳥はその巣に、ちぢこまっては、
雛鳥（ひなどり）たちを、　羽根で覆って、
恐ろしそうに、目を光らせる。
翼は凋（しぼ）み、　視力（め）は衰えた、
老いた鷲らは、崖（きりぎし）の上、
大樹の梢（こずえ）、　沈黙（だま）った儘（まま）で、
力を奪（と）られた、其の哀しみを、
暗い夜空に、　訴えている。

青鬼

宝を守ろう！　宝を守ろう。
俺らの宝を、　黒い悪魔が
攫（さら）って行かぬ、その内に、
ああ！（俄（にわ）かに雷鳴止み、景色は一変し、なごやかな春の夜《沈黙の象徴》となる）

夜空は晴れて、　星の瞬き。
広い地平に、　流れを発し、
煌(きらめ)き流る、　銀河のおもて、
大地の貌(かお)が、　映って見える。

合唱

森の端には、　月の面輪(おもわ)が
雲を遁(のが)れて、　浮び上った。
　――バルチャンタラ！
　……バルチャンタラ！

女声独唱

目をお覚ましよう。　バルチャンタラ。
そなたの瞼は、　幼ない瞼。
青い羅布(うすもの)を、　幽(かす)かにかぶり、
黒い宝珠を、　覗かせている。
目をお覚まし！　バルチャンタラ。

そなたの眠りは　嬰子(みどりご)の様だ。
そなたは「恐怖(おそれ)」を、忘却(わす)れたのかえ。
山の隈(くま)では、　緑の雨に、
濡(ぬ)れつつ、仔栗鼠(こりす)が、そなたの目覚めを、
歌い乍ら、　待ちつづけている。

合唱

小山の端(は)には、小暗(おぐら)い森が、
森の上には、　月が漂う。

（幽玄な音楽。人々の背後に、黒い影が浮び上る。非常に巨きく、前の鬼達の二倍もあろうかと思われる。然(しか)し、青鬼、赤鬼は気付かず、又、バルチャンタラは眠りつづける。影は段々前方へ来て小さくなる。急激なる音楽。せり上りにて、影を背にして、黒鬼登場）

黒鬼（影と共にゆらゆらと揺めき乍ら）

山のなかにも、　森の内にも
黒い肉食禽(とり)らに、　守り囲まれ、
「沈黙」たちは、　生きていたが、

それらは、或る夜、地獄の王に、
神の力を、　与えられた！
それらは混り、　一体となり、
天を貫く　力となった！
俺こそそれだ。　神の力だ。
静まるときは　静寂(しじま)の姿。
されど怒れば　この両腕は、
忽(たちま)ち天の、　雲を巻き上げ、
人間どもの　塵(ちり)の世界を、
叩き潰(つぶ)すぞ！　ハッハッハッハ。

（赤鬼、青鬼、駭きて、後ずさりする）

黒鬼 兄弟！　兄弟！

赤鬼 （逃げようとあせり乍ら）何の御用で？　森の王様。

黒鬼

否（いや）、お前らは、　何故そのように、
おののき乍ら、　逃げようとする？
我が身に恐れが、　若し、ないならば、
逃げずに凝（じ）っと　坐っておれよ！
――いや、お前らの、　瞳の光りは、
唯ではないぞ。　唯ではないぞ！
こちらへ寄って、　諸手（もろて）をひらけ。
――や、貴様らは、　俺の屍（かばね）と、
俺の小匣を　盗んで来たな。
嘘を吐（つ）こうと、　その目でわかる。
常に真実（まこと）な、　「過去」たちが、
そっと、囁（ささや）き、　教えて呉れるわ！
どうして呉れよう、　此の盗人（ぬすっと）ら。
千尋（ちひろ）の海に、　叩き込もうか。

「地獄の犬」に　　さて喰わしょうか。
鮮紅(あか)い生血を、　吸わせてやろうか。
高い雪山、　その頂きに、
くくり縛って、　置いて来ようか。
いやいや、それでは、　未(ま)だ足るまいぞ。
どうして呉れよう。　此の盗人奴(め)！

青鬼

そう云うならば、承知は出来ぬ。

赤鬼

腕力(ちから)があろうと、容赦は出来ぬ。

青鬼

智恵はさっぱり、あるまいからな。

赤鬼

それでは俺等も、一言あるぞ。

青鬼、赤鬼

お前が手にもつ、金の靴は、
一足(ひとあし)百里の、　宝の靴だ。
世に二つとある、筈もないに。
俺らの守った、暗い洞(ほら)から、
よも盗んだと　疑われても、
口もきけまい。　ハッハッハッハ！

黒鬼（激怒して）

なに！　なに！

（三人、入乱れて争おうとする。そのとき寐ているバルチャンタラの所へ、一匹の羽虫がとんで来て、鼻の上にとまる。バルチャンタラ目が覚め、大きな嚔をする。三人の鬼、一度に振向いて）

鬼達

誰だ！　誰だ。

バルチャンタラ

おお。（逃げようとする）

青鬼

逃げずともよい。これ人間よ。
今日は俺らは、　腹一杯だ。
お前が死人(しびと)で　ない限りは、
喰われる恐れは、皆目ないぞ。

赤鬼

それより俺らの、この争いの、
仲裁役を、　頼みたいのさ。

黒鬼

恐れずに来い、喰わぬと云うに。

（バルチャンタラ、意外の体(てい)にて、そろそろと戻りかけ、立ち止って、思案しているが、軈(やが)て決心の様子にて、鬼達の方に近づく）

バルチャンタラ

確かに喰わぬと　仰言(おっしゃ)るならば、
度胸を決めて、　参りましょうぞ。

青鬼
これこれ旅人、こういう解だ。
（バルチャンタラの耳に口をよせて、何か咡く。バルチャンタラ頷く）

赤鬼（青鬼をおしのけ）
やいやい。お前の、囁くことは、
自分勝手な、たわ言ばかり。
それ、人間よ。こういう訳だ。
（青鬼と同じ仕草。バルチャンタラ頷く）

黒鬼
旅人。旅人。そこな侏儒よ。
儂の言葉を、聞きもらすまいぞ！
（前と同じ仕草）
（バルチャンタラ、静かに立上って）

バルチャンタラ
さてお話の、三つの宝。

此処へ並べて　下さるまいか。

青鬼

ほれ、ほれ！

赤鬼

よいしょ。　（宝を運ぶ）

黒鬼

この通りだわい。

バルチャンタラ

煌き光る、この金の沓（くつ）は？

黒鬼

一足（ひとあし）百里、　退（ひ）けば五十里。

宝のなかの、　得がたい宝。

それぞれ大事に、履いて見て呉れ。

（バルチャンタラ、履いてじっとその場にいる。何事か考えついた様子。小さく微笑）

バルチャンタラ

輝き瞬く、銀の小函は？

赤鬼

これこそは、それ、如意の小函。
思うがままに、思うたからを、
取り出し与える　名高い小匣。
落さぬように、大事に持てよ。

（バルチャンタラ、右手にもつ）

バルチャンタラ

蒼（あお）い屍（しかばね）、悲しい死人（しびと）を、
一寸（ちょっと）拝見、致しましょうか。

青鬼

此の屍を　口に入れねば、
ただの二日も　生きてはおられぬ、
大事な、大事な、儂らの宝！

鬼達

大事な、大事な、儂らの宝！

（バルチャンタラ、それに節をあわせつつ右手に死人をもち）

バルチャンタラ

それでは、こう履き、こう手に持って、
一足（ひとあし）百里。　一足百里！

ハッハッハッハ。

（バルチャンタラ、百里向うに行きて、突然姿を消す）

鬼達

あ、あ！

（鬼等、駭き、怒り、果ては呆然とする）

合唱（段々近づいて来る）

これで皆、元に還った。　誰ひとり、不足はない。
善き人は、宝を得られ、　悪人は、凡（すべ）ての物を、
その悪しき、所業の為に、悉（ことごと）く、失い去った。

御仏(みほとけ)は、蓮の御花を、　もろびとの、上に投げられ
喜びの、鐘の音(おと)をば、　天に地に、響かせられる。

(鬼ら、上手を見て、おどろき、周章(あわ)てふためき、下手へ逃げ去る。

このとき、合唱団始めて姿をあらわす。

古代印度の服装をした男女の侍童(じどう)。大勢の僧。大勢の比丘尼(びくに)達。その後から仏陀あらわれます)

仏陀　もろびとよ。悪鬼は去った。
喜びの、梵鐘(ぼんしょう)の音(ね)は、
天に地に、響き渡るぞ!

(――鐘の音。

朝日がきらきらと上る。

印度風音楽。菩提樹(ぼだいじゅ)の散華(さんげ)のうちに――)


――幕――

あやめ

時——永暦元年夏

所——深草なる菖蒲前が実家

（八橋をめぐらし夥しく菖蒲をうえたる池。奥に檀の木立。午後より浅宵に及ぶ）

螢　わたしはこうして昼間から飛ぶ。五月闇のなかでは昼もわたしのすがたがうつくしい。

蟇　きょうも降りそうで降らぬままに半日がすぎてしまった。——螢よ。おまえはどこから来た。

螢　とおいところから。

蟇　わたしの目にはおまえの様子のいい姿が都そだちとみえる。

螢　東三条の森の小川から。

蟇　それは御苦労なことだて。

螢　東三条の森を知っていますかね。

蟇　何でも鵺の出るという。何でも夜な夜な黒い雲に乗ってその森から内裏のほうへとぶという。

螢　わたしは鵺と懇意にしている。あれは気のいい化物だ。わたしはあれの猿の頭に乗って南殿の上まで行って来たことがある。

蟇　ほう、それは豪儀なことだ。

葵　もしもし……もしもし……。

螢　だれかよんでいる。

葵　もしもし……もしもし……。

蟇　葵がよんでいるのだ。あの女のところへ行って話してやるがいい。あの女はむかし宮仕えをしていた。今は捨てられた、みよりのない女だ。あの女はすこしよくない匂いがするのだ。

（——間）

螢　——来ました。

葵　ようこそおいでくださいました。あの、何でも話していただけますね。
螢　ええ。
葵　内裏(うち)は大へんでございましょうね。そうして、あの、菖蒲前さまはお覚えがめでとうございましょうね。
螢　はい――いいえ。
葵　もしもし……。
螢　はじめのお訊ねにははいと云ったのです。次のお訊ねにはいいえと云ったのです。
葵　「いいえ」と?
螢　……………。
葵　それは全体ほんとうでございますか。
螢　お上の御不例のことは御存知でしょうに。
葵　いいえ。
螢　菖蒲前の局(つぼね)を移したことは御存知でしょうに。
葵　いいえ（泣く）わたしは知りません。だれもわたしに教えてくれはいたしませんもの。
螢　――まあおききなさい。春ごろから菖蒲前の御寵愛(ごちょうあい)がおとろえました。局を移したもうて、菖蒲前のお声もきこえぬようにあそばしました。そこへ夏に入ると夜な夜な怪鳥(けちょう)のためにお悩みになられるようになりました。ひとびとは菖蒲前が妖術(ようじゅつ)を使われたのだと申しております。

葵　おお。

螢　――まあおききなさい。菖蒲前はだまって泣いてばかりいらっしゃいました。ある夜のことこういう夢をごらんになりました。このお庭の檀の木立のかげからわかい武士があらわれて菖蒲前に会釈をしました。菖蒲前はおどろかずに、名を名乗るようにと注意なさいました。武士は、わたくしは頼政と申すもの、主上の御悩みを払いにまいりました、とこたえると姿を消してしまいました。菖蒲前は人を通じてその由を申上げ、身の濡衣(ぬれぎぬ)をなげいて、もしその頼政という武士がみ心を安んぜぬようなら御暇をいただいて尼になりたいと存じます、と奏上しました。上も不愍(ふびん)に思(おぼ)し召(め)して、頼政という武士を探すように御いいつけあそばしました。果して夢のすがたに似た骨柄ひいでた若侍で、頼政と名乗るものがございました。菖蒲前は神の御加護かと打喜び、弓の上手と知れた頼政には、怪鳥を射よとの勅命が下りました。たしか頼政の鵺退治は昨晩ときまったもようでしたよ。わたしはきのうの夕がたむこうを出て来たので、あとはどうなっているかわかりません。

葵　では菖蒲前さまはすっかりだめにおなりなすったのですね。内裏でも皆様から爪弾き(つまはじき)されておいでになるのですね。ああ、好い気味ですこと。あの池いちめんの、時を得顔の菖蒲たちをごらんなさい。あれはこの庭のおん主(あるじ)が更衣で一の御威勢だということを鼻にかけ、わたしをこのような端近に追い出して、すましかえっているのですもの。……それも永いことはありますまい。又わたしの時勢がめぐって来ますね。螢さん。もしもし……、あらどこかへ行ってしまった。

菖蒲たち　おほほほほほほ。

微風　…………。

菖蒲たち　おほほほほほほ。

（——間）

檀　わたしはまだ若木だ。菖蒲前さまがあの菖蒲の身丈ほどに穉(ちい)さくいらした時分、手ずからお植えになったかよわい苗がむかしのわたしだ。来る年ごとに深草の香りたかい露にはぐくまれ、黒ずみ、巌(いわお)のごとく固くなり、さしのべた枝々は鬱陶しいほど青葉をつけるようになった。いまわたしは花咲く。わたしの花ざかりは人目にはそれと知れない。池にはあやめ、野には卯の花、さつき闇世を統(す)べる五月のころに、わたしは昼も小暗い葉ごもりの蕾を咲かせる。わたしは雨後の月にぬれてとぶ時鳥をなんどもきいた。わたしは時鳥に恋したことがある。鮮やかな雨後の月を仰ぐと、わたしは前生でもあのおなじ月をみたという心地が、しらずしらずうごかしがたいものになったのだ。

別の檀　そうだ。このお庭にはなにか前生をおもい出させる気配がある。風にいくたびおのが枝葉を鳴らしても、気分はまたしっとりとしめってしまう。雨のあいまを倦そうにとんでいる羽虫のこえ、水のおもてにおとずれる夕あかり、ひとつとして気分を引立てるものはない。

又別の檀　それに見たまえ。このお庭はひどく窶れている。末枯れた下草は小菊としれるが、ことしの秋の花はもうおぼつかない。下部が手入をすることもたえてなくなった。菖蒲前さまは親御さまをお持ちにならないのだ。つい去年の秋までいられた元気なお年よりの御母さまもなくなられた。お庭をこまやかに愛された御年寄方はつぎつぎとおかくれになってしまった。

檀　このお庭の春も渝らぬ落葉のうえにはさまざまのものが埋もれまた生い出でた。このお庭はいつもあたらしくいつも旧い。そうしてとりわけ五月雨の頃——こもったみどりの香が高くなり、花藻が水のながれにただよい、繁みという繁みはうれわしさのすみかとみえる五月雨の頃——このお庭を歩むものは前生の思いで胸がいっぱいになる。

別の檀　菖蒲前さまはお穉（ちい）さいときから檀の木をお好きだった。このお庭にはむかしから檀の木が多かった。その枝から枝へ綾糸をかけ鈴をつらねて、お遊びになった。

檀のさ枝に
綾糸かけて
引くや鈴
りんり
引く鈴は
おもしろやの
引くや鈴
りんり

こういう唄をお作りになったのもあの頃だよ。

又別の檀　おや、わたしの幹に螢がとまっているな。

螢　はい。とまっていますよ。

檀　ここの池のほたるはまだ飛べずにいるが、おまえはよその沢から来たのだな。

螢　おまえさん方のしらないとおい沢から。鬼火のもえる沢から。椿の葉で身を鎧うて立歩く狼もいれば、猫の耳をもった座頭もいれば、翁顔したわかいはだかの女もいれば。……それにあの森では首のない小鳥がたくさん、梢を飛び交わしているのです。

老鶯　勝手な熱をお吹きなさい。だれもあなたを相手にする人はありません。でも、あなたは気軽なよい人ね。

螢　さようなら。――

別の檀　そらあの人は行ってしまった。あなたが余計なことをいうものだから。

老鶯　鶯が余計でないことを言うとでも思っているのですか。

（――間）

微風　…………。

菖蒲たち　おほほほほほ。

老鶯　だれも構ってはくれなくなるでしょう。今よりも、もっとひどく。……むかしの浮気とえりごのみのむくいに、今となってはいけすかない水鶏が色目をつかうだけになりました。火のような恋がまたしてみたい。わかい檀さん。たとえばあなたのようなひとと。……ああもうすこし我慢して頂戴。そんなに邪慳に枝をゆすぶらないで頂戴。……あなたが伐りたおされて、きれいな白い弓になって、あかい鎧を着た人の手にとられて夕狩に来るでしょう。わたしを見付けたとき、矢がつがえられるでしょう。わたしは胸を射ぬかれて真逆様に卯の花のなかへ落ちてくるでしょう。ああどんなにうれしい気持で死ねましょう。あなたに射たれて死んだとおもえば。

檀　（笑う）――。

年老いた檀　いや却々そうしたことがないとはいえません。むかしこのあたりは真鳥という豪族の所領で、儂等ばかりのこってしまったがこの一帯は、結構な檀林になっていた。なかにすぐれて丈高くうるわしい檀があった。それは弓につくられた。真鳥の家に伝わる名弓「春月」といえば、世に知らぬ人とてない。――またその弓には霊力があった。

檀たち　…………。

年老いた檀　月にむかって弓弦をならすと、いかなあたら夜にも雲がかかった。月はあの弓をおそれていた。……死にゆく人のかたえに横たえれば、その人の死顔は安らかになった。春おそい野に携えゆけば、若菜ははつはつと地に萌えた。しかし廿年あまりも前、真鳥の家が火に包まれたとき、春月も灰になったという。わしには信じられない。……わしには信じられぬ。あのような稀代の名弓は、世の転変にはかかわりない。わしはあの弓がどこかで生き長らえているようにおもう。末世の相にもかかわりない。

老鶯　わかいお人。わたしを見捨てないでください。

檀　だれがあなたを捨てることができる。わたしはいつまでもここにこうしているばかりだ。

老鶯　いつまでも？

微風　…………。

菖蒲たち　おほほほほほ。

（——間）

螢　わたしはまた戻ってきたよ。

菖蒲のかげの羽虫　ひがしの空も西の空も雲がさわやかに移ってゆく。空が霽（は）れかかる。木々はよい匂いを放つ。池水も潦（にわたずみ）もにわかにかがやかしく物影を宿しはじめた。空の青は池の深み花藻の奥で玲瓏（れいろう）とねむっている。竹林では竹の滴（しずく）がしんしんとおちてくる。ひとり菖蒲の花々は、みどりこい衣桁（えこう）に懸けた、舞いつかれた舞衣のような紫の羽二重を、しどけないばかり艶（あで）やかに垂らしている。檀の根方を金いろに染めているのは、雲間（くもま）洩れるひくいひくい夕日だ。八橋や土橋のうちがわを明るませているのは……。さあ俺の羽根もかわいた。星のやつらが蝶のようにたくさんうるさく飛んで来てのみ干してしまわぬさきに、菖蒲連の花蜜をのみに行くとしよう。

螢　ああ何もきこえなくなった。だれもものを云わなくなった。一日のうちにはこういう時刻があるものだ。

土橋の下の茸（きのこ）　わたしは云う。わたしは物まおす。

螢　かわった奴がいるな。

土橋の下の茸　わたしはからだがむず痒（がゆ）い。土橋のうえをだれかが通るまえには、必ずわたしのからだが痒くなる。

螢　とおるとはだれが？

土橋の下の茸　二人。

螢　では人だね。

土橋の下の茸　それが人らしくもあり、人らしくなくもある。

螢　化物だな。

土橋の下の茸　まあそんなところだろう。しかし人というものがあるものだろうか。わたしはそれを信じない。人と茸とどこがちがうのだろう。世間にはわたしのように、橋の下を宿りにする人もたんといるというはなしだ。

螢　どいてくれ。水がのみたい。

土橋の下の茸　乱暴な。あの男はわたしの顔を蹴とばして行った。

（――間）

螢　あそこの水はたいそう苦かった。口直しに甘い水をさがそう。ああ、日が暮れるな。水のおもてがどんどん暗くなってゆく。

水　わたしは喪服を着た。

夕星（ゆうずつ）　おまえの喪服にわしは涙を縫取する。

藻　夜空はまったく曇るにかぎるて。今晩も星がうるさくからだにひっかかってねられやしない。

螢　わたしはもうすこし飛んでゆく。

螢の影　そんなに走らないで下さい。息が切れるから。

（――間。老鶯の囀（さえず）り）

蟇　おや十間さきで跫音（あしおと）がするわい。かかりあいにならぬうちに寝込むとしよう。きょうはほどよく湿って寝心地のよいことだ。蟇の一人ぐらしほど気楽なものはない。妻というものはほんとうに無駄なものじゃとわたしは思う。

（──水の音。河鹿の声。──間。──一声時鳥啼く。──月出ず。庭明るむ）

菖蒲前　にわたずみがございます。お気をつけなされませ。

頼政　おお、みごとなお庭でござりまする。

菖蒲前　お気に召しましてございますか。

頼政　はい。（云いかけてわらう）いかにも気に入りましてござりまする。

菖蒲前　…………。

頼政　お気に障えられな。なぜか手前、このお庭へ一度来たことがあるような心地がいたしまする。

菖蒲前　（寂しそうに打ち消して）そのようなことはございますまい。──さあ、こうおいでなされませ。

頼政　八橋でござるな。

菖蒲前　（八橋を先に立って歩みながら。面映ゆげに扇をいじりながら）鵺をお仕止めなされたとき、わらわはおどろきはいたしませんでした。御見物の御公家衆は、手に汗を握られたでもございましょうが、わらわはひとり安らかな心でおりました。こうなるとより他のことを、わらわは思いもいたしませせなんだ。

頼政 御褒美におん身を賜わると御沙汰あった時の、手前のよろこびをお察し下さい。夙(と)うからおん身は手前のゆめに、しげしげとおはこび下されました。恥かしながら、ゆめのお姿を絵にえがき、日もすがら眼(め)かれせずうちまもることが常になりました。

菖蒲前 (かくいう頼政をじっと見戍(みまも)りつつ)見れば見るほどあなたさまは、あの夢におあらわれなすって、あの檀の林からにっこりとなさったおすがたに生写し、……それとみるよりわらわには以前どこぞでお目にかかった・どこぞでお姿をみたという心地がしましてございます。

頼政 このお庭へ足踏み入れるより、手前にも似た心地がいたしました。このお庭をどこかでみた・一度ここへ来たと申す心地。

菖蒲前 (笑いに紛らして)ほほ、それは紅葉狩(もみじがり)のかえさにでもあの破れた垣ごしにお目にとまったのでございましょう。

(間。月いよいよ明るく照りわたる)

頼政 おお月が美しゅうございますな。このお庭には別して檀が多いが、露を含んだ葉末が月に照って、鬱蒼とみえるのは趣のあるものでござりまする。

菖蒲前　はい、これは由緒のある林なのでございます。真鳥の家の「春月」という弓は御存知でいらっしゃいましょう。

頼政　名は聞き及んでおりまする。春月が焼けましたは、手前の出生の前の年かときききますれば、廿年あまりむかしのことでござりますな。

菖蒲前　その春月をつくった檀は、この林から伐りましたものなそうにござります。

頼政　さようでござりますか。

菖蒲前　わらわはうないのころ、みどり色こい檀の枝々に、綾糸をかけ、鈴をつけ、それをならしながら唄をうたって、あそぶのが好きでございました。

頼政　おん身はどうして檀のお話ばかりなされるのでござりまする。

菖蒲前　なぜというわけもございませぬが……。

頼政　手前はおん身のことより考えもしませぬものを、おん身は手前をば要らぬもののようにお扱いなされます。

菖蒲前　ああ、そのようなおそろしいことを。

頼政　手前がおん身にきいていただきたいことは山ほどあるに、おん身は手前の口を、語らぬ先からふさいでおしまいになります。

菖蒲前　ああおそろしいことを。

（頼政土橋を足早にわたりかける。菖蒲前とめる。頼政ふりきって行こうとする。そのはずみに菖蒲前橋から落ちょうとする。頼政あわてて抱きとめる）

頼政　（抱きしめ乍ら）早速罰がおあたりになりました。おん身が水におちたら、正真のあやめになって了うところでございました。

菖蒲前　（水のおもてをみていたが、かく云われてうっとりと頼政の顔をふり仰ぐ）あやめに？……わらわがあやめに？……ああ、そうして……いつまでもそうしていて下さいまし。

頼政　手前は離れはしませぬ。

菖蒲前　頼政さま、わらわは檀の木かげに咲いたあやめのようでございますか。

頼政　ああそなたは正真のあやめじゃ。二つとないほどあでやかなあやめじゃ。

菖蒲前　頼政さま、こうしておりますとつよい檀の枝に抱かれたしあわせなあやめのような心地がいたします。

（——時鳥啼く。——うたきこえる）

……檀のさ枝に
綾糸かけて
引くや鈴
りんり
引く鈴は
おもしろやの
引くや鈴
りんり

狐会菊有明（こんかいきくのありあけ）

春夫大人（うし）の出雲阿国（おくに）がめでたさを
近つ世ぶりにまねび草
　それは高峰の雲
　　これは沼田の泥

其一

月はつれなやはや暁の鐘にうらみはのこれども世を秋草とよそ人はみやこの花に臥（ふ）さなくに薪に臥すをしら浪の立つや浮名に大星が昨日（きそ）の時雨（しぐれ）に濡（ぬ）れ傘もしとどに重き畦（あぜ）づたいその千鳥足一力（いちりき）のかえさとこそはしられけれ。

其二

ふりかかる村時雨かな百菊(ひゃくきく)は黄菊白菊乱菊が濡るる顔なる女郎花(おみなえし)桔梗(ききょう)にまじる葛(くず)の葉の宿す色さえ有明やうらみてかえすおだまきも雨と月との白襲(しらがさね)みなれぬけしき訝(いぶ)かしし。

其三

傍(かた)えの紅葉(もみじ)が下枝(しずえ)をば時に合うたる隠れみのそよめく萩の花間(はなま)よりさもこうこうたる残月に影はおぼろの立姿おもかげに立つ彼(か)は誰(たれ)や。

其四

ヤアそちゃお石。エエお懐かしゅうござりまする。

其五

かえろやれ籬(ませ)の白菊あとにみてのこる月かげ衣手に移ろう萩が花ずりも乱れそめしはそさま故。エエ小唄とは胴欲な。

其六

さらぬ別れの去り状をわすれ草とは誰(た)がいいし草葉に宿る秋の蝶身を露霜にかこちつつさながら氷る涙川越すに越されぬ冬がれに春の渡しのおぼつかな。

其七

きこえませぬとばかりにて後(あと)はことばもなく音(ね)さえむすぼおれては解きかぬる繁き思いの糸竹の一トよに合わす横笛(ようじょう)や田の面(も)のあらし颯々(さつさつ)と葉もかれがれの松が枝(え)に通う浦風あらねども。浜松のおとはざざんざ、折から明る叢雲(むらくも)を羽うちかわしゆく雁(かり)のたよりを松のこえはざざんざ。

其八

ハテ措(お)かしゃれとふりきる袂(たもと)おい風に露を払いてもののふは心なみだの大星がゆかんとするを引とどめ。

其九

そんならどうでもお行きゃるか。行かいで何としょうエエうじうじと推参なすさりおろうトきめつくる。お石はあたりをうかがいて、仰言るな大星さまこう申す私をお前は石と思うてかエ。ナント。まことは野干。エ。イエサ館づとめということわいなア。

其十

あやしみつつぞ行きかかる。又も葉をうつ片時雨しぐれの色の木草より思いは千々に踏みまよう乱菊や露分衣かおるがに。

其十一

来しかたは影もあらしの鐘の音もそぞろ身にしむ有明の。

其十二

菊、月輪にかかるとみれば郁々たる雲翳なり、星、花脣に銜まるとみれば燿々たる露滴なり、折しも背（そびら）に声あって。

其十三

水仙に狐あそぶや宵月夜、かように詠みしも蕪翁（ぶおう）が心、宵ならぬいなのめ近き野明りにまよい出でしは女狐（めぎつね）の深き仔細のあればこそ。

其十四

忽（たちま）ちもゆるあやし火のくるくるくるくる車菊おもいとこいにこがれゆくわれも浮世の片小舟エッサッサエッサッサ。

其十五

西は田の畦あぶないさ。我がすむ森の隠水（こもりず）の下葉がくれに狐殿、小紋の羽織をちょとかけて。人が傘をさすならわれも傘をさそうよ。ぬるるをいとう日傘さえひまもる月は隈（くま）もなき晴れておう海（み）の片瀬波よるよるうかれ出て候。

其十六

仔細とは。仔細というはこれなる状。さし出す文（ふみ）を手にとりて、ナニナニ主人師直（もろなお）帰国の願い叶い。近々（きんきん）本国へ罷帰（まかりかえ）る。万端よろしく御執成り頼上ぐ。祐筆。斧九太夫（おのくだいふ）殿。ハテこれほどの大事の文、いやしき野干の手に入りしは。さればいのう。

其十七

思いそめしは染井吉野の花ざかり、遊楽のあと狼藉（ろうぜき）として霞ににおう月白にみ山は名高き狐塚なく音（ね）たよりの夕占問（ゆうけど）い。かいとこたうる占方（うらかた）は。

其十八

手練手管も孫呉の術に負けて待たるるその朝（あした）。すりゃうき様は大望の。

其十九

おもいは恋か忠義かと尾花もふりみふらずみの雨のよし野に秋立てばさすがにそぞろ住み

うくて。

其二十

桔梗に暮れなんとして狐雨。あすは都へ出で船の渡しでききし噂には。花の祇園でうき様がおかるとやらと色模様友禅もよう加茂川の水に流せぬ恋の意趣。

其廿一

瞋恚の焔に狂い咲く菊かきわけて一力の籬にしばし身をひそめ思い返せばイヤイヤイヤ。浅い心に怨念のきざすも到らぬ恋の道、こなたはいやしき女狐の、どうで成らぬは世のならい、あらあさましのわが身よな、いっそ流れに捨小舟、おおそうじゃト足爪立ててしおしお。ウタここに哀れをとどめしは安倍童子が母上なり。音〆につられよろよろとゆくてにしのぶ人影は。

其廿二

九太夫とみるより近き萩叢にうかがうことも白髪の頭なにやら肯きうけとる文。忠義はここと足もとへなげやる石につまずいて痛や痛やの老の腰さする袖より落ちしともしらずに過ぐる柴折戸（しおりど）に音ききつけて仲居の人数、手に手にかざす雪洞（ぼんぼり）にお大事ないかといたわられ後（あと）もみやらで入りゆく。

其廿三

拾うた状をどうぞしてお届けしたやと思えども露にぬれたる褻（けごろも）のかくそうすべも有明や更えし姿はお石さま化生（けしょう）のものとおぼされな是（こ）は乱菊の文使い。

其廿四

かたじけなやと大星がいただく状の墨の色はやうつろえる東雲（しののめ）にくだかけの声朗々とたなびく空も横雲の峰にわかるるうきわかれ。

其廿五

その日はすなわち冬ながら空よりちりくる六（むつ）の花、人のしるべき香（か）をとどめ誉は高き天河（あまかわ）のふたたび君に合言葉。

其廿六

いのうやれ、わが住む森のふる里へ野こえ山こえゆく影のさらばといわぬばかりにて夢のなごりかぬばたまの夜はほのぼのと明けにけり夜はほのぼのと明けにけり。

――一八・一二・二一――

（古歌古文によるところ多し）

Ⅲ　澁澤龍彦とともに――対談・書評・書簡篇

鏡花の魅力

〔澁澤龍彥〕

鏡花と女性

三島　今日は、いわゆる鏡花ファンというのは、ちょっといやらしさを感じるんで、いやらしくない鏡花を理解してくれるであろう澁澤さんを引っ張り出したんですよ。

澁澤　鏡花ファンのいやらしさというのは、結局どういうんですかね。

三島　お互いにしか通じない言葉で喋り合う都会人だとか、いやに粋がっている人間だとか。

それから鏡花自身が田舎者で、金沢から出て来て東京にかぶれて、江戸っ子よりももっと江戸っ子らしくということを考えた。またその周りに集まる鏡花ファンというのは、つまり通人で「鏡花はいいですね」と言う時に、もうすでに淫している。そういう鏡花支持者というのは好きでないですよ。

澁澤　ムード的な人だから、支持者はどうしてもそういうふうになりがちかもしれませんね。

三島　鏡花ご本人は、僕は知りませんけれども、やっぱりチヤホヤされることが好きだったんでしょう。水上滝太郎なんか鏡花のパトロンですから、陰に陽に鏡花を支持して、その周りに、鏡花の前へ出たらば、鏡花世界だけに没入する人間が集まってたんだろうと思うんですよ。鏡花はおそらく外界に触れるということのなかった作家だし、外界に触れようともせず、触れるチャンスもなかったんじゃないかな。

澁澤　よく言われることは、要するに母親への思慕というようなことですが、芸者などの女主人公が必ず凛（りん）としているのは、古くてもまた新しいですね。

三島　女の凛々（りり）しさとか、女の男っぽさとか、なんかきりっとした感じ、ああいう美しさというのはずっと忘れられていたんだね。凛然として人を寄せつけない、そして惚（ほ）れた男のためには体も張るけれども、金力、権力には絶対屈しないというイメージですね。

澁澤　それからもう一つは、必ず男が頼れる男の庇護者。頼りきっているわけでもないけれども。しかし、鏡花の男というのは二つのタイプがあって、一方はいやらしい男で、一方は弱々しい男と、必ずなっていますね。

三島　それで弱々しいほうに女は惚れて、女が庇護する。その弱々しいほうに正義があるんですよ。

澁澤　だから、三島さんはこのごろ、フロイドを目の敵になさっているけれども、フロイドの図式が非常にうまく当て嵌まるようなものがあるんじゃないですか。

三島　いや、全然当て嵌まりませんね。フロイドのほうが間違っている。フロイドは、つまりそういうものは母的なものというでしょうが、僕は女性的なものと規定してもいいと思う。女というもののフロイドの考えは、性欲を、もう一度近親相姦を通して、父だ母だというものへ結びつけなければならない。つまりセックスと支配権力構造というものをいつも考えるんだ。

澁澤　だけど鏡花の意識では、母ぐらいの線にしかいってなかったんじゃないですかね。

三島　鏡花の意識では、支配権力構造は別にあって、つまり、女の支配なり庇護というのは、この世の支配権力構造と違うんだろう。

澁澤　だからそれを描いちゃったわけですね。

三島　鏡花が特別なんじゃなくて、女ってそういうものかもしれない。

澁澤　アフロディテがそうですね。

三島　そう。女は可愛らしい、か弱いもので、がっしりした男がぐっと庇護して愛するというのは、ハリウッドとその前にはヨーロッパの騎士道なんかのイメージがきっとあるんだろう。アングロサクソン的なものだろうね。

澁澤　母とは違いますね。

三島　それは違うよ。そういうイメージで女というものを思っていて、それが一番ノーマルだと思っているだろう。

澁澤　それはそうですね。

三島　庇護しなくったって、本来こっちは庇護されるはずのものなんだからね。同時に恐怖を与えるでしょう。「高野聖（こうやひじり）」の女みたいにね。

澁澤　僕は「照葉(てりは)狂言」を最初に読んだんですよ。ものすごくロマンチックで、あれでまいりました。「龍潭譚(りゅうたんだん)」というのは、「高野聖」の完全な原型ですね。神隠しにあって、つつじの原っぱをどんどん行くと、変な羽虫が飛んでいて、それに刺されるんです。子供なんですけれども、それが幻覚になって、結局お稲荷(いなり)さんのあるところへさまよいこんじゃう。ひょっと気がつくと部屋に寝ていて、非常に高貴な女に添い寝してもらってるわけです。

三島　何度もああいう原型からバリエーションを作っていますね。僕は今度、この全集を編纂するんで「縷紅新草(るこうしんそう)」を読み返してみて、本当に心をうたれた。あんな無意味な美しい透明な詩をこの世に残して死んでいった鏡花と、癌の日記を残して死んだ高見順さんと比べると、作家というもののなんたる違い！　もう「縷紅新草」は神仙の作品だと感じてもいいくらいの傑作だと思う。どんなリアリズムも、どんな心理主義も完全に足下に踏みにじっている。言葉だけが浮遊して、その言葉が空中楼閣を作っているんだけれども、その空中楼閣が完全に透明で、すばらしい作品、天使的作品！　作家というものはああいうところへいきたいもんだね。江戸文学なんかのドロドロしたものから出発しているんだけどね。

澁澤　随分気持悪いのもありますからね。

三島　それでいて、妙に新しい。サイケデリックみたいでしょう。変な字の使い方は別として、鏡花を今の青年が読むと、サイケデリックの元祖だと思うに違いない。

澁澤　今の人には、きっとついていかれないんじゃないですか。

三島　僕も子供の時、非常に困りました。祖母が鏡花ファンで、初版本を揃えていましてね、中学二年ぐらいの時、「日本橋」の最初の三ページ読みだしたんですが、人間がどこへ行ったのかさっぱりわからない。（笑）

澁澤　「日本橋」は筋が重層してますからね。今でも、時々わからないのがありますよ。しばらく読んでいくと、アッそうかって……。だからかまわずどんどん読んでいくとしまいにわかりますね。

三島　「日本橋」は一種の大衆小説的なもので、「風流線」でもそうだけど、あれがわかるなんて、ある意味じゃあのころの読者はすごい言葉の教養があったのですね。澁澤さん、鏡花の芝居は嫌いですか。「天守物語」なんか。

澁澤　あれは最高傑作ですね。

三島　一度新派かどこかでやりたいと思っている芝居が一つあるんです。不思議な芝居で、ある奥さんが、亭主が嫌いになって逃げて行くんです。その奥さんは自分の若い時の恋人と会いたいんですよ。そこにだけ自分の生涯の幸福があると思っている。そして田舎へ逃げて行くと、たまたま彼女を追って、その恋人が追っかけてくるんです。そうしたらその話は幸福に終りそうなもんですが、田舎に変な汚ない爺さんがいて……。

澁澤　「山吹」ですね。あれはすばらしい。汚ない爺さんは、人形使いで彼女に鞭で打たれるんですね。

三島　すごい作品でしょう。彼女はその爺さんに愛着をおぼえて、別の世界へ連れていってくれそうな男はこれだと思う。過去の恋人は、ただの地上の恋愛にしか連れていってくれないけれどもね。

澁澤　その人は知的な興味しかなくて、つまり行動へ踏み出せない男ですね。最後にそういう台詞があります。

三島　それで女は爺さんの後について行っちゃうんです。今アングラなんかで、あれだけの芝居できませんよ。あの時代に書いたというのは、たいしたものです。

澁澤　あれなら簡単に上演できるでしょう。

三島　できると思います。鏡花は、あの当時の作家全般から比べると絵空事を書いているようでいて、なにか人間の真相を知っていた人だ、という気がしてしようがない。

澁澤　芝居の中には、そういうものが非常にナマで出ているんじゃないですか。

三島　もう露骨に出ています。澁澤さんが「山吹」を褒めてくれたのは嬉しいな。僕は今まで「山吹」を読んでいる人に会ったことがないんだ。

澁澤　「天守物語」とか、「山吹」とか、「戦国新茶漬」とか、「海神別荘」とか、「紅玉」とかみんなシュールレアリズムですね。結局、鏡花は理想主義者かなあ、天使主義者かなあ……ニヒリストじゃないでしょう。

三島　ええ。ニヒリストの文学は、地獄へ連れていくものか、天国へ連れていくものかわからんが、鏡花はどこかへ連れていきます。日本の近代文学で、われわれを他界へ連れていってくれる文学というのはほかにない。文学ってそれにしか意味はないんじゃないですか。永井荷風はやっぱりどこへも連れていってくれないですよ。

澁澤　じゃ谷崎潤一郎さんは。

三島　谷崎さんも、もうひとつ連れていってくれない。

澁澤　つまり地上しか……地獄へもいかないわけね。

三島　天国へもいかない。川端康成さんはある意味で、「眠れる美女」なんかでどこかへ連れていくね。

澁澤　地獄ですね。

三島　地獄ですかね。鏡花が連れていくのは天国か地獄かわからない。あれは煉獄だろうか。

澁澤　煉獄あるいは天使界か、とにかく地獄でも天国でもない、その中間の澄みきった境地じゃないですかね。

三島　スウェーデンボルグ流に言うと天使界かな。

澁澤　僕が恐いのは「春昼」。自分が出てくる。自分が出てくるというのは、鏡花の恐さの中によくありますよ。「眉かくしの霊」もそうですね。

三島　シモンズですか、文学で一番やさしいことは、猥褻感を起させることと涙を流させることだと言うんですよ。センチメンタリズムとエロですね。一方、佐藤春夫は、文学の真骨頂は怪談で、人を本当に恐がらせられたら、技術的にも文学として最高だと言うんだ。それはいろんな意味があると思いますがね。僕の説で言えば、むしろエロティシズムと怪談というのが文学の真骨頂で、涙を流させるのは、これは誰でもできますよ。

澁澤　鏡花は、どうしてあんなに医者が恐いんですかね。文化的英雄だと思っているのかな。

三島　知識階級に対する鏡花の劣等感というのは、あの時代の人間としてもちろんあったと思うな。だけど鏡花は、権威を恐がってみせて、自分は権威を恐がっているということを、フィクションの世界へ移しちゃうわけですね。だからもう権威はフィクションに移されちゃうんだ。それは悪魔であってもいいし、神であってもいいし、なにか抽象的なものになっちゃうんだよ。

澁澤　「夜行巡査」以来そうですね。

三島　そこが紅葉と違うところですね。紅葉は、金とか世俗というものをリアリストとして、身にこたえていた、あるいは見ていた。鏡花は、たとえあったとしてもそんなものに見向きもしない。

澁澤　そうですね、純粋観念だからな。

三島　純粋観念で、それを理解しようという気も起さない。それが近代文学者の食い足らなかったところで、キャラクターが類型的で世俗の権力や金力を代表する人間がまるで紙芝居ですからね。ただ悪い奴なんです。

澁澤　可哀そうなぐらい悪い奴ですね、肉体的にまで悪くしちゃうんだから。(笑) 鏡花は病気だって書いていますね。この当時肺病はものすごく恐かったもんですね。気持悪いのは「酸漿(ほおずき)」という小説。芸者が病院に見舞いに行った帰りの電車の中で、汚ない婆(ばば)がホオズキをグチャグチャやっていたんで、慌てて降りる。それからそば屋へ入って、天ぷらそばを一ロスッと吸ったら、ホオズキがその中に入ってたという幻覚を見て、呑んじゃったつもりになって、家へ帰って来てからガーッと吐くんです。それ喀血なんです。それで喀血するたんびに、ああホオズキが出た、ああいい気持と言いながら……。

三島 ああ恐い。(笑)

芸術家の不思議について

三島 鏡花で面白いと思うのは、デフォームすることね。人間を変えちゃう。トランスフィギュレーション……。

澁澤 メタモルフォース(変性)ですか。

三島 「高野聖」のなんかのをどう思いますか。

澁澤 アニミズムとかよく言われるけれども……動物に変わっちゃうのは、どうなんだろうな。

三島 一種の願望だろう。主役のお坊さんは変わらせられないで、助かっちゃうんだけれども、鏡花自身は、あの美女に駆使される馬だとか、こうもりだとかにいろいろ変わっているんだな。

澁澤　ジャン・ジュネなんかもそうだな。変身する文学と変身しない文学というのがあるかもしれないな。三島さんはしないですよ。

三島　僕は絶対に形じゃないと嫌なんだ。筋肉だって形だろう。なんでもちゃんと形がなければ嫌なんだ。

澁澤　しかし変身だって、必ずしも形がないというアンフォルメルとは、ちょっと違うんじゃないですか。

三島　鏡花はスタイルとしては、アンフォルメルの作家じゃないと言える。非常にビジュアルで、一つ一つの形態がはっきり出てくるんですけれども、その形態が変化するという感じはある。

澁澤　やはり天使界や地獄のちょっと手前まで連れていくというのは変わる世界ですね、だから天使だって変わるんじゃないですか。

三島　スウェーデンボルグの天使は、両方の性をもっている、バイセックスなんですな。いろんなものを包含しているんですね。

澁澤　その範囲で変わるんですよ。神、悪魔までいかないで、天使から動物までの範囲で。

三島　鏡花は、煉獄界で、いろんな形で変わっていく。ですから、たとえばお化けと人間との交渉も、「天守物語」の中で一番人間的なのは、お化けになっちゃうでしょう。ああいうアイロニーで転換しちゃう。ラストでは、純粋な愛というものを表現するのは、お化けの女と人間の侍、それを保障するのが芸術家の木彫師ですね。それで芸術家というのは、鏡花の場合、変なヒューマニズムがありますから、人間的な情熱とか、誠実とか、恋、美、純粋なものを保持する側に立つんですよ。しかしその正義が必ずしも人間の形をしてなくともいいんだね。

澁澤 人間の形してない正義なんてありますか。

三島 それは鏡花の実に不思議なところだよ。鏡花の人間主義というのは実にアイロニカルで、最終的にはお化けにしか人間主義がないことになっちゃうんだ。

澁澤 だから人間主義じゃないんですね。

三島 人間主義じゃないんだけれども、鏡花は人間主義に毒されているところがちょっとあるんだ。鏡花の欠点をあげつらえば、最終理念というか、どん詰まりで信じたものは、人間主義みたいなものに毒されていた。もうひとつ通り越していたら、もっと凄くなったろうと思うな。

澁澤 本当のお化けになっていただろうな。

三島　お化けが一番人間的というところで、相対性の世界に生きていた。だから転換すれば同じになっちゃう。

澁澤　純粋観念だとはいいながら、ポーなんかの世界とは全く違うでしょう。

三島　ポーはやっぱりネクロフィリー（屍姦症）の世界で、生きている人間を好きでないね。

澁澤　冷たいですね。鏡花はホフマンに近いですか。ホフマンもああいうようなスタイルですね。

三島　ホフマンに近いでしょうね。ロマンティケルというのは、どこか快活ですね。僕はあれが好きなんです。鏡花は快活な作家で、死ぬまで快活だったと思いますね。スプリーンというもの、世紀末的な憂鬱というものは鏡花にはありそうでない。

澁澤　僕はたとえばノヴァーリスなんかもそういう点で好きですね。

三島　ブレンターノも、アイヒェンドルフなんかも快活ですね。それがロマンティケルの一つの要素だな。

澁澤　病気になっていても快活なんですね。肺病で快活だなんていいですね。

三島　鏡花はそれをもっている。川端さんにはない。川端さんはスプリーンですよ。人間主義の信念とか快活さという点から言うと、鏡花はデカダンの作家じゃないんだよ。

澁澤　僕もそれは本当に感じるな。

三島　デカダンの作家じゃないものが、どうしてこんなにお化けだの、病気だの、死だのに一生興味をもって過して、そして自分が読者ぐるみあんな天使的世界へ飛んでいったんだろう。本当に芸術家の不思議というか、奇蹟みたいなものを感じる。デカダンなら、あるいはニヒリストなら話はわかるんだよ、脱却できるんだから。デカダンぶりもしない。

澁澤　ある時期にはかなり血みどろですからね。「日本橋」だってずいぶん毒々しいでしょう。

三島　草双紙趣味みたいなものがありますね。鏡花は、土くさいもの、野蛮なもののバイタリティというものは全部嫌った人ですね。そういうものに美しさを全然感じなかった。

澁澤　アニミズムといっても、室生犀星（さいせい）とも違いますね。

三島　違いますね。一つは、田舎から出て来て洗練されたいという気が強かったからそうなったんだろうね。都会人だったら、逆なものに面白みを感じたかもしれない。

澁澤　体質的なものなんだろうな。

三島　それと教養の背景がほとんどない。草双紙とか馬琴の「美少年録」とかいう教養から出ている。いわゆる普通の意味の基本的文学的教養は、はじめにはなかったからアカデミズムに対する劣等感がずっとあったんだ。

澁澤　ずっと後になって柳田國男を読んで、非常に面白がったそうですね。

三島　そういうところはジュネにちょっと似てるね。

澁澤　「黒百合」というのが、また凄いですね。

三島　これを僕は、ノヴァーリスの「青い花」と比べたんですよ。

澁澤　なるほど。だからさっきのメタモルフォースの話とも関連するんだけれども、そういう点は一種の自然崇拝者ですね。とにかく植物や動物に変わったり、桃源郷みたいなところの、花が咲いたり、木が茂ったり、沼があったりするというのは、ノヴァーリスですよ。

三島　日本じゃドイツみたいな森がないのに、鏡花になると深山幽谷がしょっちゅう現われる。

澁澤　魑魅魍魎(ちみもうりょう)の世界ね。

三島　「黒百合」の夢の場面で、崖を登っていって、黒百合を採るところね、鷲が出てくるところなんかロマンチック文学としての典型的なものです。

澁澤　ああいうものを日本人が創造したというのは凄いな。外国には類型があるわけでしょう。

三島　類型は十分ある。ですから鏡花を読んでいくと、伝統文学ってなんだろうかと思う。鏡花の中に、連歌的な発想、非常にわがままでダイナミックな文体などいろいろあるんです。お能がある、浄瑠璃もある。それが日本の近代文学では、他に全く継承されなかった。鏡花だけにそれがずっと流れ込んでいる。

澁澤　三島さんは前からそれをしきりにおっしゃってた。

三島　文体一つでもそうですよ。つまり志賀直哉の文体がいいと言われ、一部の田舎者の文学青年が、やたらに尊敬しちゃった。それは悪い文体じゃない。だけど日本的なものがどんなに削られてしまったか。日本が、いかに誤解されるかということだね。しかし、明治から以後は、鏡花もそうだけれど、田舎者が文学の中心を占めて、田舎者の文学を押しつけてきた。田舎者が官僚になれば明治官僚になり、文学者になると自然主義文学者になり、その続きが今度はフランス文学なんかやっているんですよ。あなたじゃありませんよ。（笑）

澁澤　ぼくじゃない。もっと偉い人ですよ。（笑）

タルホの世界

〔澁澤龍彦〕

逢わずにいたい人

三島　澁澤さんご存じかどうか、「日本の文学」の月報の対談は、その号に含まれている作家と、編集責任者が対談するのが、いままでの例になっているんです。亡くなった作家の場合は仕方ありませんけれども、現存の作家の場合は、お目にかからなくちゃいかん。ところが、今度は内田百閒さんと、稲垣足穂さんという、難物中の難物両作家、これが入っているわけです。僕はこの両作家の仕事に非常に傾倒していまして、どちらも天才だし、百閒さんの文章というものは、昭和文学の最高の文章じゃないかというくらいに考えているわけです。稲垣さんの文学者としての生き方の立派さから、思想的な大きさ、巨大さというものは、僕はこれからますます認識されると思うのですけれども、そういう真面目な話は別にして、僕は稲垣さんにお目にかかりたくないんです。

今日、その理由をあからさまに、この機会に申し上げようと思うんですけれどもね。二つ理由があるんです。一つの理由は、稲垣さんの昔からの小説をずっと愛読しておりますから、稲垣さんを、いまだに、白い、洗濯屋から返ってきたてのカラーをした、小学校の上級生だと思いたいんですよね、どうしても。そういう少年がどこかにいて、とんでもないものを書いているというふうに思いたいんです。つまり美少年がとんでもない哲学体験を持っているという夢を持っているわけ。また、向うからこっちを見ても、こんなむさ苦しい男が出ていって、稲垣さんに対談を申し込むというのは、はばかりがあるんです。それが第一の理由でお目にかかりたくない。僕は固く心に決するところがあって、一生お目にかからないでいようと思うんですね。

もう一つは、非常に個人的な理由ですけれども、僕はこれからの人生でなにか愚行を演ずるかもしれない。そして日本じゅうの人がばかにして、もの笑いの種にするかもしれない。まったく蓋然性だけの問題で、それが政治上のことか、私的なことか、そんなことはわからないけれども、僕は自分の中にそういう要素があると思っている。ただ、もしそういうことをして、日本じゅうが笑った場合に、たった一人わかってくれる人が稲垣さんだという確信が、僕はあるんだ。僕のうぬぼれかもしれないけれども。なぜかというと、稲垣さんは男性の秘密を知っているただ一人の作家だと思うから。僕はこの巻の解説にも書きましたが、ついに男というものの秘密を日本の作家はだれも知らない。日本の作家は、男性的な作家は主観的に男性的であるだけで、メタフィジカルに男性の本質がなんであって、男はなんのために生まれて、なんのために死ぬかを知らない。女を書くのがうまい作家は、一種の女形作家で、男の気持というものはまったくわからない。そして僕は、男の気持というものをメタフィジカルにわかって、男の秘密から発するものが天上と地獄をかけめぐる場合、どこででもちゃんと鉤でもってひっかけてくれるのが稲垣さんだという確信を持っている。上のほうだけでひっかける人、あるいは下のほうだけでひっかける人は何人もいる。けれども、天上界から地獄まで通じている人は稲垣さん一人だ。僕はそれを思うから、稲垣さんというのはすでにメタフィジカルな存在、これはそーっと会わないでとっておきたい。これが、僕が稲垣さんに会わないという二つの理由なんです。

澁澤　三島さんのほんとうの愚行に到達するまでの小さな愚行がいくつかある（笑）。その点については、稲垣さんかなり辛辣なことを、現におっしゃっていますけれどもね。ほんとうの愚行が出れば評価は逆転する。

三島　稲垣さんという人はテレ性ですからね。僕がほめればほめるほど僕の悪口をいうんです。

澁澤　そうですね。僕はそれを非常に面白いと思う。

三島　面白いと思うな、じつに。僕が稲垣さんを持ち上げれば持ち上げるほど、なんだ、あんな小僧というんで、非常に悪口をいわれる。これがまたじつに愉快ですよ。でも、最終的には、僕はあの人しか信じようがない。わかりますか。

澁澤　稲垣さんはわかっているはずだと思いますがね。

三島　と思いますね。あんな不思議な人はいないですね。とにかく男性の秘密を打ち立てて、それを本にして出しちゃった。僕は、歴史が続く限り、西洋人、日本人を問わず、男というものは黙っていたいはずだったことだと思うんだよ。なにが秘密かというと、宇宙と男性との間の関連性の問題でしょう。いま月飛行士が一生懸命月へ行ったり、失敗して帰ってきたりしますけれども、あれは一つの象徴的行為なんであって、月ぐらい行ったってなんにもならないんですよ。もっと宇宙の深遠の中に、男性原理の根本的なものとのつながりがあるはずなんですよね。それを稲垣さんは言っちゃった人ですよね。恐ろしい人だと思うんですよ。

澁澤　そうですね。生理学からメタフィジックまで、みんな言っちゃったんですね。

三島　こんなことをやった人は世界にいないんじゃないか。

澁澤　一般人にこれが理解されないんですよ。

三島　わからないでいいんじゃないですか、永久にわからないで。稲垣という作家がわかるということは、なんか気味の悪いことですよ。ほんとうはわかってはならぬことなんですからね。いちばんの、大神秘ということをいっちゃっているんですからね。いま稲垣足穂が受け入れられるいろいろな要素は、一種のモダニズムとか、一種の金属的な美学ですね。少年愛もそうですし、ある意味で、非常に新鮮な形で伝統と科学的に接触していくあの形とか、はじめから風土的なねばねばしたいやらしさというものから、あんなに関係のない人いないね。

澁澤　不思議ですね。あんなに風土的なものから、足を蹴って飛んでいるんですね。空中滑走なんですね。

三島　昭和初年代でも、いわゆるモダニズムの作家といわれているのは、みんな軽薄でね。都会の表面現象だけしか知らない。稲垣という人は、本質的なことだけやっているんですよね。変な人ですね。

澁澤　それがまた痩せ枯れた論理だけの、針金細工ではなくて、ふくらみがあるというところがね。

哲学小説への誘い

三島　非常に官能性が豊かで、感覚が新鮮で、それこそ白い衿をした昔の小学生みたいな感覚がまだ残っている。どういう作品があなたはお好きですか。

澁澤　僕はやはり「弥勒」かな、いいですね。

三島　あのへんの哲学小説が非常に重要だと思いましてね。これはちょっと自分の趣味で、非常にかわいらしいというんで、「フェヴァリット」をまず入れまして、それから「地球」と「白昼見」と「弥勒」と三つの哲学小説を、一種の連作としておきまして、それから「誘われ行きし夜」という天狗の話を、「山ッ本五郎左衛門」の前に序章としておきました。一種の考証的なもので、小説じゃありませんけれども、これを入れて、山ッ本の天狗を導入していって、それから「A感覚とV感覚」へ入っていこうという、僕の編集プランなんですよ。最後に理論的な、つまり形而上学が入ってくる。

澁澤 僕は初期のかわいらしい作品というんでは、「チョコレット」というのが好きです。あれいいですね。

三島 僕も好きだな。「チョコレット」も入れようか、入れまいか、ずいぶん迷ったんですけれども、枚数の関係もありまして、ああいうもの全体を「フェヴァリット」で代表しましてね。

澁澤 稲垣さんの童話というのは、僕は昭和文学の最高の童話だと思いますね。宮沢賢治よりはるかに純粋で。

三島 「一千一秒物語」、ああいうものですな。あれも今度は残念にも僕はカットしちゃったんです。というのは、ああいう作品を入れると、稲垣さんの最初のモダニズムからということになるんですけれども、いま非常に誤解されやすいと思うのです。つまりキュービスムとか、あの時代のああいうちょっと表面現象みたいなものが……

澁澤 また稲垣さん自身、すぐ未来派がどうとかこうとかいうでしょう。

三島　いうんですよ。あれといまとちょっと合い過ぎるんですよ、いまの若い人が読むと、ああいうものを面白がっちゃうと思うんです。僕はああいうものを面白がってもらいたくないんですよね。もっと大真面目に「地球」「白昼見」「弥勒」というところへ、無理やり読者を押し込んで、むずかしい小説ですよね。それから天狗の話へというふうな構成だったんですがね。

澁澤　「少年愛の美学」は入れなかったんですね。長過ぎるんですか。あれは本が出過ぎちゃっているしね。

三島　出過ぎちゃっているからね。それの草稿みたいな形で「A感覚とV感覚」が入っているんですね。

澁澤　解説に引用された種村君の書いた文、あれも面白いですね。

三島　面白いですよ。非常にうまく要約されていてね。

澁澤　女性は円に対して、男性は円筒という考えですね。それで無底だという。底がない。ヤコブ・ベーメです。

三島　カモノハシなんだな。だから興味がまっすぐにいっちゃうんだ。「山ン本五郎左衛門」でも、まったくの現代語訳みたいなものですわね、原文の。だけど、その現代語訳が非常に微妙にできているんですよ。ラストでもって、テーマが原作と完全にひっくり返っちゃったんです。稲垣さん独得の、少年の持っている宇宙感覚と、一種の豪傑少年ですけれども、豪傑少年に対する、あやしき天狗的人物の愛着とに、話をすりかえちゃっているんです。ラストのすりかえがとっても見事なの。普通読むと、なんだ、単なる現代訳じゃないかと思って読んでいくんですけれども、完全に自家薬籠中のものになっていますね、この「山ン本五郎左衛門」は。

澁澤　モダニズムだけじゃないんですね、天狗もあるし。

三島　伝統的なものに対する感覚は、お能からきているんですけれども、題のつけ方がものすごくうまい作家ですからね。「美しき藤原氏の墓所」なんて、素晴らしい題でしょう。京大阪周辺の古い文化の、薄荷の匂いみたいなものだけサッととってくるんです、中世であろうが、どこであろうが。

澁澤　三島さんは中世の美学、侘びとか寂びとかいうもの、それにすら非常に艶なるものがあるということを、いつもおっしゃっていますね。僕は、まさに現代に材をとって、こんなに伝統を見事に現代化している人というのは、ちょっと珍しいんじゃないかと思うのですね。じつに艶なるものでしょう。

三島　現代化というよりも、もっとユニバーサライズされてますね。

澁澤　日本文学は、世界になかなかわからないでしょう。川端さんでもわからない。稲垣さんが意外と通用するかしら。

三島　稲垣さんみたいなものはわかると思いますけれどもね。ただ稲垣さんにおける伝統の位置というのは、西洋人にはつかみにくいと思いますよ。表面に茶の湯が出ていたりするほうがつかみやすいんで、たとえばブラスコ・イバーニェスが闘牛の話を書くように、なるたけ日本的現象が表に出ていたほうが、外国人にはつかみやすい。稲垣さんみたいに伝統が屈折して、水晶みたいになって光を放っているというようなものは、ちょっとむずかしいですね。

澁澤　稲垣さん自身いつも、川端康成は千代紙細工だといっている。やはりそういうもののほうがわかりやすいでしょうね。結晶や抽象は、やはり駄目かな。

三島　中世文学というもののエロティシズムを追求した点では、稲垣さんも川端さんも、別の方面で似ているところがあります。隠者文学の系統のものとしてはね。稲垣さんの場合非常に硬質で、川端さんの場合軟質ですけれども、中世文学にあるなんともいえないパセティックなもの、そこを通してくる非常に澄んだエロティシズムみたいなものを、稲垣さんはよくつかまえていますね。

思い出の西洋文明

澁澤　「飛行機物語」なんかもありますけれども、どうもあれは、その意味としてはわかるけれども……

三島　飛行機は落っこちなければいけないんです、あの人にとっては、絶対に。それも非常にプリミティブな飛行機で、落っこちるところに意味があるんでしょう。ハイジャックなんかされて、無事に着陸するんじゃ、稲垣さんの世界じゃない。

澁澤　ああいう機械崇拝というのは、どういうんだろうな。古い機械、僕は大へん好きなんだけれども。

三島　産業革命に乗りおくれない国では、機械文明がすでに趣を持っているんです。いまパリに行きますと、地下鉄の入口がアール・ヌーボーでしょう。エレベーターなんていう機械は、お駕籠みたいなものですわね、日本でいえば。ほんとうに古風な機械ですよね。機械自体の持っている古風さ、たとえばいま蒸気機関車に感ずるノスタルジア、ああいうものは、日本で早くそれを見分けたというのは、たいしたものだと思うのですよ。日本はいつも古い機械を捨てて、新しい機械を移入していますから、機械自体に郷愁を生ずるほど、愛していないですよね。だけれども、ヨーロッパへ行くと、古い機械がまだいっぱい使われているでしょう。

澁澤　世紀末芸術の中に非常にありますね。そういう意味での機械愛好というやつがね。さかのぼれば、おそらくボードレールくらいからきっとあるのかもしれません。まだ産業革命の前ですけどね。だから未来派とか、シュールレアリスムの中にも僕はあるんじゃないかと思うのですね。

三島　「フェヴァリット」にも、少年期というものの、もろい、すぐ過ぎてしまうものへの愛惜があります。稲垣さんにいわせれば、「地上とは思い出ならずや」というんですからね。

われわれの存在自体が影で、思い出なんです。思い出というものは、だれかが未来でわれわれのことを思い出してくれているんですね。そのためにわれわれ生きているんであって、われわれはなにもお互い同士言葉を話すこともなければ、結びつく必要もないんです。影ですからね。稲垣さんは、それをちゃんと知っている人で、すごいんです。

あどけない文体

澁澤 ああいう人はどうなんでしょうかね。僕がふしぎに思うのは、スタイルというものはあるんだけれども、スタイルを練ったという形跡は一つもないでしょう。

三島 一つもないんだけれども、それをしょっちゅう改訂版を出したり、古いものをいじくっちゃ、やれこれが決定版だとか……

澁澤 だけれども、あれは材料をつけ加えるんであって、文章はぜんぜん……ちょっと考えられないですね。

三島 その文章に、たとえばおとなの作家は普通なら菓子というでしょう。それをお菓子というふうにおをつけたりするところが、またとてもかわいいんだ。

澁澤　「なにでない」というでしょう。「ではない」ではなくて、「でない」という、なんかちょっと舌足らずみたいな、非常に面白い子どもの用語ですね。それに、てにをはが、ちょっと間違えるかなと思うんだけれども、間違えないんですよ。不安定の安定。柔構造みたいに。

三島　皆川おさむの、「黒ネコのタンゴ」みたいに、音がどっちへいくのかわからないようなところに危機感があって、それがとてもかわいいの。声がもう一つかすれちゃう、かすれちゃうんだけれども、なんとか歌い込んじゃう、ああいうかわいさなんだな。いちばんラストの、タンゴ、タンゴ、タンゴというところの、あの一生懸命な、息せききった、ああいうものが稲垣さんのスタイルの中にあるんです。そうかと思うと、がたんと今度は非常におとならしいところが出てきたり。

澁澤　ノンシャランで、しかもシンセリティーのある。

三島　それでユーモアがあるでしょう。なんかで僕、いまだに思い出しておかしいのは、お能のお師匠さんが、飛行機のことをヒギョーキというんですよね。お能の師匠というのが面白い。それから、作品中の天才少年がたいてい気違いみたいな子で、ものすごい秀才みたいなんですけれども、学校がぜんぜんできなくて、未来派だのキュービスムに凝っていて、いろいろ変なことをやるんですけれども、おしまいに、たいてい道徳的に堕落して、めちゃくちゃになって、この世から消えていってしまう。そういうのが原イメージで出てくるんですよね、絶えず。なんかそういう子どもたちが、みんなとても育ちがいい感じがする、不思議に。下品な子じゃない。だいたい青いランタンのついた西洋館に住んでいるんです。

澁澤　普通の人がやったら、あんなに西洋館が出てきたりなんかしたら、見ちゃいられないでしょうね。

三島　ところが稲垣さんのを見ると、ホテルが二十階建になろうが、三十階建になろうが、ハイカラなものに対して、そう時代おくれにならないんだよ。その時点においてすでに思い出であり、ノスタルジアだからですね。

澁澤　つねに先んじているわけですね。そうなんだな。

三島　現実が思い出なんですからね。

澁澤　そうすると、未来とか何とかいっても、結局みんな過去なんですね。時間概念としては仏教的だな。

三島　過去なんですよ。それはお能とぴたり合うんです。お能は、ドラマがみんな終っちゃったところからはじまるでしょう。現に進行していることは、みんな過去なんですからね。

いま僕が美しいとお能の舞台を見たものは、とっくに死んだ昔の恋物語ですから、そこに存在するはずがないんですよね。お能には、そういうトリックがあるんですね。普通の西洋の芝居は現在目の前で見て美しいと思うものは、現在進行しているという、そういう約束の上に成り立っているでしょう。

澁澤　そうすると、そういうところに稲垣さんの文学も生きているわけですね。

Aによる一元論

三島　「A感覚とV感覚」なんかでも、ずいぶん思いきった理論ですね。ワギナの感覚というのはもとでなくて、アニュスとの感覚が原形だということをいうでしょう。そこから派生したものだというんでしょう。Pなんていうものは問題じゃないというんだから、人類史ひっくり返しちゃうんだ。これはびっくりしたね、ほんとに。

澁澤　僕はこれはたいへんなものだと思うんだ。オットー・ヴァイニンガーだとか、いろいろな人がいましたね。あんなものはひっくり返っちゃうわけだ。セックスの文明論にとどめを刺すようなものだ。だって一元論だもの。

三島　完全に一元論ですね。これは不思議な考えですね。

澁澤　不思議な考えですね。ヨーロッパ人にも考えつかないでしょう、この徹底した一元論は。

三島　だって、人類の生殖とかそういうものを全部否定しちゃうんですからね。そして個人個人は完全にばらばらで、個体は空虚と、宇宙と、虚無に直面して、そのなかへ流星のように消えていくんでしょう。

澁澤　だけれども、よくできていますね、この理論は。そうとうがっちりしています。だって、これは証明できる問題じゃないですからね。

三島　どうやってこれを逆証明しますかね。恐るべき理論ですね、これは。でも、そうすると人間の文化というものの性質が、いちばんはっきり出てきちゃうんですね。いままでわれわれが文化というものを考える場合に、生殖の余剰精力がフロイト流にいうと昇華されて、それが文化になり、一種の余剰物として文化があったんですけれども、この稲垣理論は文化がはじめであって、あるいは言葉がはじめであって、あとのものはみんな空疎なんですから。文化論としても徹底しているんですね。

澁澤　しかし、それをどうして発見したのかな。

三島　どうして発見したのかな。ほんとうにこれは不思議な感じがするな。一つそれを発見したら、あとは今度日本文学史、日本文化史というのはするするすると解けちゃう。

澁澤龍彦氏のこと

サド裁判で勇名をはせた澁澤氏というと、どんな怪物かと思うだろうが、これが見た目には優型の小柄の白皙の青年で、どこかに美少年の面影をとどめる楚々たる風情。しかし、見かけにだまされてはいけない。胆、かめのごとく、パイプを吹かして裁判所に悠々と遅刻してあらわれるのみか、一度などは、無断欠席でその日の裁判を流してしまった。酒量は無尽蔵、酔えば、支那服の裾をからげて踊り、お座敷小唄からイッツァ・ロングウェイまで、昭和維新の歌から革命歌まで、日本語、英語、フランス語、ドイツ語、どんな歌詞でもみな諳で覚えているという怖るべき頭脳。珍書奇書に埋もれた書斎で、殺人を論じ、頽廃美術を論じ、その博識には手がつけられないが、友情に厚いことでも、愛妻家であることでも有名。この人がいなかったら、日本はどんなに淋しい国になるだろう。

現代偏奇館——澁澤龍彦「犬狼都市」「神聖受胎」

この二冊を通読してつくづく思ったのは、もし現代日本に澁澤龍彦氏がいなかったと仮定したら、どんなに日本はつまらなくなるだろう、ということだった。そういうことを感じさせる人はあんまりいない。

「神聖受胎」の巻頭の、「ユートピアの恐怖と魅惑」と「狂帝ヘリオガバルスあるいはデカダンスの一考察」を読んだだけで、私の意見に左袒する人は多かろうと思う。前者は、「政治と美学との密通という危険な間道」をたえず眼前にちらつかせるエッセイで、「未来像」という人類独特のイメージの中にひそむあらゆる毒と危険を剔出してみせたものであり、後者は、史上最高のデカダンスをその身に体現した少年皇帝のエスキースである。後者はさらに「犬狼都市」中の絢爛たる傑作「陽物神譚」の背景としても読むべく、「陽物神譚」はその豪華な措辞といい、その沈鬱な風情といい、その見事に形象化された虚無といい、わが文学史上に一度もあらわれなかった、突然変異の、怪物的逸品である。

実際、倫理的アナーキイが教養上のアナーキイを招来した見事な例は、日本では澁澤氏を以て嚆矢とすべく、氏が大正時代のディレッタント的デカダンと似て非なのもその点である。もちろん氏の根底にはサド侯爵がとぐろを巻いているのだが、氏がサドから学んだものは、論理とは仮借のないものであり、おだやかな無害な知的教養を片っぱしから破壊してゆくものであり、従って、論理は本能と自然の側にだけあり、それは必然的に教養上のアナーキイを招来するのであり、この二冊の本に思うさまばらまかれた破滅の知識のみが、この二冊の本の論理性を保証する、ということであったと思われる。これほどディレッタントたることから遠い態度はあるまい。

表面はいかにもキラキラとした装飾的な文体であるが、氏がこの二冊の本で試みていることとは、決して貴族的な教養課程ではなくて、人間の率直さをどこまで推し進めることができ、その結果どこまでグロテスクと美をらくらくと併呑することができるか、という、いわば言葉の真の意味における「民衆的な」実験である。これほど正直な著者というものを人々は今までを想像することもできなかった。だから「不快指数八〇」の末尾で、進行中の裁判の検事の「おそるべき知性の低さ」を指摘する氏は、羅馬頽唐期の皇帝の食卓について語る氏と、ピッタリ合っていて、そこにはおそるべき論理的一貫性が貫流しているのだ。要するに氏は、虚心坦懐な読者に向って、氏の「裸の王様」を説きつづけて倦まないのである。

デカダンスの聖書——ユイスマン著 澁澤龍彦訳「さかしま」

久しく名のみきいていたデカダンスの聖書「さかしま」の難解を以て鳴る原文を、明晰暢達(ちょうたつ)な日本語、しかも古風な威厳と憂愁をそなえた日本語にみごとに移しえた訳者の澁澤龍彦氏の功績を称えたい。澁澤氏のような人は現代日本に実に貴重である。自分のやりたいことをやってのけ、しかもやりたいことだけしかやらない人物は、澁澤氏のほかには、あのヨットの堀江青年ぐらいのものであろう。

さて、「さかしま」は、いやしくもデカダンスを論ずる者が、一度は読まねばならぬ本である。ここにはデカダンスの光栄と滑稽がすべて描かれ、デカダンの必須の条件である富と教養がすべて呈示されている。

ただサドとちがう点は、かつて有毒の書であったその毒が、今日では薄れて来たことである。その代わり、おそらく作者には思いもかけなかったであろう別の効果、すなわちユーモアが生じて来た。しかしそれも作者は覚悟していたかもしれぬ。

ユイスマンは、サドやリラダンのような強烈な骨を刺す諷刺や嘲笑は、(これこそ毒を薄れさせぬ秘訣であるが)、その「強烈さ」のゆえに、冷たくしりぞけたにちがいない。時代を経てユーモアのカビを生ずることは、腐肉を、そして腐肉をだけ愛した者には避けがたい。しかしそのユーモアには、第六章の「いじわるじいさん」みたいな漫画的悪や、第十四章の「圧力鍋料理」のような時代おくれもあるにはあるが、同時に主人公の永遠に子供らしい純真さが、水族館の食堂の場面や、金と宝石の亀の場面のような、無為の詩というべきものをも築き上げ、そこにはデカダンスと童心とのユーモラスな美しい結合すら成就している。

しかしおどろくべきは、その精力的な徹底性である。その病人ぶりの徹底性は、いっそますらおぶりに達していて、デカダンたるもう一つの条件は、肉体的なしつっこさであることを暗示している。この点で、日本人のデカダンなど底の知れたものだ。かくて「さかしま」の百科事典的な記述と構成は、これと正反対と考えられているような小説、たとえば「白鯨」の鯨学などをゆくりなくも想起させる。ひょっとすると、デ・ゼッサントもまた、エイハブ船長のように、見えない巨鯨を追いまわし、それに食われてしまったのかもしれない。

澁澤龍彦訳「マルキ・ド・サド選集」序

ゴンクウルの日記の一八六〇年一月二十九日の項には、次のような個所がある。

「――吾々はフロオベエルの家でブウイエと一緒に夜を過した。サドに関する談話、フロオベエルの精神は魅せられた様にいつもサドに逆戻りする。『あれはカトリシスムの最後の言葉だ』と彼は言った。『僕には判るんだ。あれは異端糺問の精神、拷問の精神、中世紀の《教会》の精神、自然に対する恐怖心なのだ。……サドの中には一匹の動物、一本の木もないと君も認めるだろう』――」

サドの名が私の目に触れたのは、これが最初ではない。ワイルドの「獄中記」の冒頭で、

「私の位置はジル・ド・レエとサド侯爵の中間にある」という文句を読んだのが、おそらく最初であろう。それ以来、サドの名は私の心を離れず、後年二三の評論や、作品の抄訳や、桃色出版の英訳本などによって、サドに親しんだのちも、右のフロオベエルのサド観ほど、簡にして要を得たものを見ないのである。

戦後、フランス本国におけるサド復活の流行は、徐々に日本にも及んできた。外遊からかえった大岡昇平氏は、私をつかまえて、早速次のような雑言を吐いた。

「俺はフランスで大分サドを読んだが、あれを読んだら、お前さんの小説なんぞ、読めたものじゃありません。『禁色』なんて一体ありゃあ何です」

オットオ・フラーケは、ロジックこそサドの力であると言い、彼の衝動を汎神論的衝動と規定したが、私も、サドの哲学を、ヴォルテエルやルソオなどの、十八世紀理神論者の自然的神学の裏返しあるいはその補足として理解するようになった。

サドの自然は、日本人の考える自然とは似ても似つかぬものである。つまり理神論者によれば、神の啓示は超自然であり、自然的なものとは、人間の理性的認識なのである。いかにも十八世紀風な、この明るい、合理的な、透明な自然認識は、キリスト教の中世的伝統である、あの徹底的な自然への憎悪と背反を覆いつくすにいたらなかった。サドは理性の信者であるが、同時に、理性の兇暴な追求力を知っていた。彼はラクロなどの暗黒小説の作家とひとしく、仮借ない理性の自然認識が、目の前にまさに地獄を開顕するのを眺めた。フロオベエルの言葉「自然に対する恐怖心」を、これによって、「理性に対する恐怖心」と飜訳することは容易であろう。サドの理性は、かくて十八世紀の啓蒙家の粗い網目をつき抜け、中世以来、永きにわたって辱かしめられていた自然の憤怒と復讐を理解したのである。サドが自然の衝動として理解する残虐性が、中世紀の反自然的なドグマが演じた拷問や刑罰の残虐性と、いちいち符節を合しているように見えるのはこのためである。

ただフロオベエルのように簡単に言ってしまってはどうかと思われるのは、サドは「神なき中世」を創造し演出したのにとどまらず、ヴォルテエルの世紀たる十八世紀に生れ、誰よりも夙(はや)く、理性の容認の度合を測定し、理性の劇に自ら耐えた実験家だということである。サドの小説には、今日錯乱と名付けられるあらゆる症状が描破されているにもかかわらず、サド自身はついに永遠に錯乱に到達しない。(「ソドム百二十日」末尾の数学的記述を見よ)彼は錯乱による悪を一度も描かず、人喰鬼さえおのれの理論に則(のっと)って行動するが、悪と錯乱とは、おそらくサドにとって反対概念だった。ほとんど無限に近い長さの縄につながれた彼の測深錘は、あらゆる自然の悪を網羅し、悪の体系を完成せしめたが、一七八九年の十七条の人権宣言は、サドのような人間悪の知識の上に築かれたものであればこそ正当であり、理性は一度はサドの淵まで下りてゆく必要があったのである。

ルネッサンスは人間を復興したが、自然は十八世紀のルッソオとサドにいたるまで、完全に復興されることはなかった。しかし、あたかもカフカの先蹤たるを思わせる、人間知性の無限小数的な構造を追究したこの作家は、最後の到達点とアポロジーの根拠とを自然の中に求めようとする結果、しらずしらず、反人間的概念としての自然をのみ見出し、自然の力は残虐にしか働らかず、ついにフロオベエルの証言の如く、この燦然たる無神論者も、西欧のキリスト教文化の子であることを暴露する。私がサドの自然観が日本人の自然観と、似ても似つかぬと云ったのは、この理由である。

澁澤龍彦氏の訳業は前にコクトオの「大胯びらき」を読んで、いかにもコクトオの真率な理解者の飜訳だと感心したが、のちに、「恋の駈引」という書名のサド短篇集が訳出されるにいたり、集中の「末期の対話」「呪縛の塔」など、サドを知るに甚だ重要な作品の存在を私も教えられ、今度氏が、サド選集訳出の快挙に出られるにつき、こんな半可通の序文を差上げる御縁になったのである。東大仏文の卒業論文にサドを選んで、先生方をおどろかせたという氏は、そのサド的明快さをもった訳文によって、今後日本の誤れるサド観を訂正すべき使命を荷われたわけである。その啓蒙家の勇気は、世俗に媚びぬ選集全三巻の目録を一瞥しただけでも明瞭であろう。

私は氏がサドの訳業に引きつづき、日本に十八世紀フランス文学の根を据えられる仕事に邁進されんことを希望する。「カンディード」も青年の必読書たらず、「危険な関係」も軽薄に読み捨てられた日本では、文芸批評家の多くの目は十九世紀文学及び現代文学に視野を限られている。もし一般に十八世紀文学の教養がもう少し浸透していたならば、一例が谷崎潤一郎氏の「鍵」の如きも、あれほど見当外れでない評価を得られたであろう。

人間理性と悪――マルキ・ド・サド著 澁澤龍彦訳「悲惨物語」

この本には「悲惨物語」全篇と、「ジュリエット」の抜萃が収められているが、後者は有名なサドの残酷小説の頂点をなすもので、サディズムの一千一夜物語とも称すべきものだが、第一巻の抜萃のみが紹介されているのも是非はない。私は終戦直後の完全な言論自由の時代になぜサドの全訳出版を企画した出版社がなかったか、いまだに訝かしく、残念に思っている。あの時代にこそサドが日本を風靡すべき恰好の地盤があった。今となっては遅すぎるのだ。

しかし公刊不能の作品以外にもサドの思想家として、また小説家としての実力を、十分うかがうに足りる作品は多々あるので、澁澤龍彦氏は、さきに「恋の駈引」（河出文庫）というサド短篇集で「呪縛の塔」などの小傑作を紹介し、ついで「原ジュスチィヌ」や「閨房哲学」や「ゾロエ」を含む選集（彰考書院）を出された。サドをまじめに研究する（！）ということは、何とも奇妙な逆説だが、氏のようなまじめなサド研究家は今こそ日本に必要で、こういう誠実をなら地下のサドも愛するだろう。

「悲惨物語」は「ヌーヴェル・トラジック」という原題どおり、ラシイヌの悲劇（たとえば「ブリタニキュス」）を彷彿とさせる、高度に結晶した冷たい古典悲劇的な小説で、勧善懲悪の物語的装いが却（かえ）ってこのおそるべき明快放胆な近親相姦の思想を、くっきりした額縁の中に際立たせている。自分の娘をひたすら官能的に育て上げて、その情人となるフランヴァルは、サドの他の小説の人物と同様に、その肉体上に、悪の行使と知的探求とを同等に体現している。そこにおける悪の定義は、無限軌道をゆく知性の無道徳性から生れており、知性の本来的宿命的特質が、極限の形をとると、おのずから悪の相貌を帯びるのである。サドはここでも、ヴォルテエルと共に、人間理性の飽くなき信者であって、人間の獣性などというものは、ずっとあとになって自然主義がそれを発見するまで、まだ知られていなかったから、この悪徳小説には、明晰ならざるものは何一つないのである。

恐しいほど明晰な伝記——澁澤龍彦著「サド侯爵の生涯」

サド侯爵の伝記のまとまったものとしては、戦前出版された式場隆三郎氏の著書が、日本語で読める唯一のものであったがその本ではなお伝記よりも伝説が勝を占め、われわれのサドに対する夢におもねる部分があったのに、今度澁澤龍彦氏の大著「サド侯爵の生涯」を読むと、その後のフランスにおける新研究の成果とも相俟(あいま)って、サドの生涯はほぼ天日の下にあきらかになったという感じがする。

そして、まず第一に気づくのは、サドが実生活においては、ほんの子供らしい、問題にするに足りない犯罪しか犯していないということである。サドの実践的罪悪は、むしろ児戯に類するほどのもので、当時の諸侯の間ではもっと怖ろしい罪が平気で犯されていたことは容易に想像できる。十九世紀以後の一市民としての芸術家ではなくて、権力も地位も金もあるサドは、われわれが心の中で考えるだけの罪をも、実行に移す力があったし、それならもっとうまく立ち回って、もっと仕たい放題をして、口を拭っていることもできたのに、サドはその点で要領もわるく、度胸もなかった。

生涯を醜聞に包まれて送ったこの男が、貞淑な妻との間には美しい精神的なつながりを保ち、妻も亦(また)、献身的に牢内の良人(おっと)のために尽してきたという事実は注目に値いする。サドの内心の小児性の愛らしさを、彼女だけは直感的に理解していたのであろう。それこそは女性のもっとも大きな能力で、サド夫人はその上、良人が獄中にあることで、もっとも怖ろしい嫉妬を免かれたのである。

サドの獄中生活は、しかし甚だ貴族的なもので、いつも愛犬を飼うことを許されていた、などというのは面白い記述である。獄中生活はその禁慾によってサドの想像力を助け、中世の僧侶が禁慾によって地獄の残忍非道なイメージを得たように、彼をやむをえず芸術家にし、革命の嵐の実践行為の世代から、彼はやむをえず自分を守った。こうしてやむをえず芸術家の誕生してゆく過程が、明晰に辿(たど)られていることが、伝記作者としての澁澤氏の腕前であり、また、芸術家の伝記に例外的な面白さの原因である。サドの人生には事件は山ほどあるが、その意味でのドラマはない。一個の強烈な思想はあるが、その意味での意志悲劇はない。ツワイクが描いたバルザックのようなドラマの代りに、ここには書斎と牢獄が同義語をなし、究理慾と創作活動とが同義語をなした十八世紀というふしぎな時代が現前している。実にこの伝記を通読すると、すべては呆れるほどノーマルなのにおどろかされる。

人間解放の意欲と牢獄とは、多くの社会運動家の生涯の、矛盾した二要素をなしていて、珍らしくもないが、サドがサドたるゆえんは、この二つのものを統一する原理が、芸術を措いては存在しないような境地へ、自分を追い込んだことであろう。イデオロギーは解放と牢獄とを一直線上に浄化する。サドはそのように浄化されないもう一つのファクター（性慾）を追究し、性と解放と牢獄との三つのパラドックスを総合するには芸術しかない、という結論に、やむをえず達したのであろう。

その意味におけるサドの使徒、澁澤氏の書いたこの本は、おそろしいほど真面目な、おそろしいほど明晰な本である。これを教科書として採用する高校があったら、それは人間性について最もまじめな見地を持った学校として推賞できるのである。

「サド侯爵夫人」について

澁澤龍彦氏の「サド侯爵の生涯」を読んだときから、サド自身よりも、サド夫人のうちに私は、ドラマになるべき芽をみとめた。それから何度も心の中で練り直していたが、あるときふと「こりゃ、サド自身を出さない、という行き方があるんじゃないか」と思いつき、それから俄(にわ)かに構想がまとまりはじめたのである。芝居の構想がまとまるキッカケというものは、大抵そんな風に単純なものである。

サドを、舞台に出さぬとなれば、他の男は、もちろん出て来てはならない。サドが男性の代表であるべき芝居に、他の男が出て来ては、サドの典型性が薄れるからである。しかし女ばかりの舞台では、声質が単調になりがちで、(これは宝塚の舞台を、考えればすぐわかる)、殊にセリフ本位の芝居の場合は、それが心配になり、構想中、老貴婦人の役を出して、女形で、やらせる、とも考えたが新劇における女形演技の無伝統を思うと、それも怖くなってやめてしまい、結局女だけの登場人物で通すことにした。かくて私は、NLTの全男優の怨嗟(えんさ)の的になったのである。

日本人の劇作家が、フランスの、しかも十八世紀の風俗の芝居を、書くなど、神をおそれぬ大それた振舞である。私はそんなことは百も承知している。

しかし敢(あえ)てそれに踏み切ったのは、日本の新劇というものの特殊性を、私が体験上、いろいろと嚙みしめてきたからである。

日本には、悪名高い飜訳劇演技というものがある。西洋には、そんなものはない。西洋には、そんな必要がなかったのであって、久しい間、東洋人の役が出て来れば、目尻を吊り上げて、両手を赤ん坊のようにひらいて、爪先でチョコチョコ歩けば、十分観客を、納得させたのであった。しかし日本の新劇が、伝統演劇に反抗して、まず赤毛芝居から発足したのは、周知の事実であって、それは必然的に、「赤毛のものまね演技」の発達を、招来し、中世の狂言のものまね演技の伝統を、無意識に、背景としつつ、しかもそのパロディーと批評の要素は、完全に、払拭して、ひたすら莫迦正直に、丁寧に、大まじめに、西洋人の言語、動作をまねることに、熱中したのであった。（何たる日本人的努力！）それはいかにも無恰好な、俄かごしらえの橋ではあったが、ともあれ、われわれの劇場を、西欧へつなぐところの唯一の橋であった。

曲りなりにもその演技は、何十年の歴史を経て、多少見るべき成果を示し、西洋人が見てもそんなにおかしくない西洋劇をやれる段階に達した。日本人でありながら、着物を着れば褄一つ取れず、刀をさせばまるで恰好のつかない新劇俳優が、（これこそ正に現代日本人の象徴である）ただ一つ育成し継承してきた様式的演技が、「飜訳劇演技」というものなのである。

私がそれを様式的というのは、もともとリアリズムの要求から発しながら、いつしか様式に固定してゆくという、日本芸能独特の過程を、飜訳劇演技も辿りつつある、と、考えるからである。その上、交通手段の進歩によって、世界文化の交流がさかんになるにつれアメリカなどでも、東洋人の役の出る芝居が珍らしくなくなり、その東洋人の役も昔のような類型では、間に合わなくなり、かなりリアルな表現に近づいてきた今日、日本の飜訳劇演技なるものは、世界演劇の要求を一足先に実現した、世界に冠たる珍品的文化財になったのであった。

こんなものをただ粗末にしたり、悪口を言ったりしてほうっておいてはつまらない。それは、ロシア人のやるチェホフと、日本人のやるチェホフを、比べてみれば、見ないうちから勝負は、決ったようなものだが、日本人観客にとっては、「言葉がわかる」という利点は、依然として残っている。

私はこれほど輝やかしき「ものまね演技」の伝統をほうっておくのは勿体(もったい)ないと考えて、それを、十二分に利用するために、「フランスものまね芝居」を、書いたわけであるが、俳優も、私の恥を、共にして、悪名高い飜訳劇演技を、十二分に、発揮してくれればよい。

しかし、右に述べたことも私の独創ではないのであって、すでに田中千禾夫(ちかお)氏の「教育」という、すばらしいコロンブスの卵がある。

――この芝居は、又、文学座脱退以後、演出の松浦竹夫氏と永年のコンビ復活の記念作になった。「鹿鳴館」「熱帯樹」「十日の菊」における、氏と私との協同作業の成果に、何ほどかの共感を寄せて下さった方々ならば、今度の芝居に、格別の同情を与えて下さるであろうと期待している。

澁澤龍彦宛書簡集

昭和三十一年六月五日（葉書）

鎌倉市小町四一〇 澁澤龍彦
東京目黒緑ヶ丘二三二三 三島由紀夫

拝復　サド選集の件、委細承りました。御成功を心より祈り上げます。舎弟と同学の御由、何かの御縁かと存じます。序文は、書かせていただきます。〆切、枚数などおしらせ下さればバ幸甚です。先月末、〆切のため多忙を極め、御返事が遅れました。不悪。

昭和三十一年六月七日（封書）

神奈川県鎌倉市小町四一〇　澁澤龍彥
東京目黒緑ヶ丘二三二三　三島由紀夫

きょう帰宅しました処(ところ)、留守中に彰考書院の方が来られ、御訳文およびあとがきのゲラ早速拝見。いつも貴下のあとがきの面白さには敬服いたします。

さて御注文の序文は、興の乗るまま昨夜すでに草し了(おわ)り、お恥かしいものですが、御送りいたします。

御病気の一日も早い御快癒を祈り居ります。ではいずれ又。

五(ママ)月七日　　三島由紀夫

澁澤龍彥様

二伸　ビアズレエがお好きのようですが、ビアズレエの「リューシストラテー」の挿絵の非公開のものを見たいのですが、お持ちでしょうか？

昭和三十三年九月十日（封書）

鎌倉市小町四一〇　澁澤龍彦
東京目黒緑ヶ丘二三二三　三島由紀夫

前略　すっかり御無沙汰しております。今年の夏は凌ぎやすい夏で、とうとう東京ですごしてしまいましたが、貴兄はどこでおすごしでしたか？

さて、先日菅原君より廻してもらった貴稿、興味深く拝見いたしました。私には大江論そのものよりも貴兄のサド観が面白く、「声」の同人諸君も同じ意見のようですので、この原稿は別便でお返し申上げたいと存じます。

さてそれからがお願いですが、貴兄は思う存分「サド論」を書いてごらんになるお気持はありませんか？　もしそれが出来たらぜひ小生に、一番先に読ませていただけませんか？　いただくことになれば、「声」にいただくのですから、枚数は、一切キューークツな制約はありません。もちろん百枚、二百枚となると、一寸収録に困りますが。

ぜひ貴兄の重厚な本格論な「サド侯爵論」を拝読したいのです。右甚だ勝手なお願いながら、何卒不悪。

九月十日

三島由紀夫

澁澤龍彦様

昭和三十三年九月十四日（葉書）

鎌倉市小町四一〇　澁澤龍彦
東京目黒緑ヶ丘二三二三　三島由紀夫

早速御返事いただきありがとうございました。「サド論」は、出来れば、十月中旬迄には、見せていただきとうございます。なお、サドの小説の推薦文、校正刷を見せていただいた上、すぐ執筆いたします。匆々。

昭和三十三年十二月十九日（封書）

鎌倉市小町四一〇　澁澤龍彦
東京目黒緑ヶ丘二三二三　三島由紀夫

永らく御無沙汰しております。さぞお怒りと存じますが、「声」編集部はまことに大陸的にて、今まで玉稿を同人に廻しておりました。その結果中村光夫氏、大岡昇平氏も玉稿に感心いたし、これは小生よりの内報とお考えいただきたいのですが、第三号にいただくことになると存じます。これは小生よりのまことに差出がましい老婆心ながら、第三号発行まで、類似の御文章の御発表を御見合せ下されバ幸甚です。なお来年松すぎに、日本橋丸善あたりで、中村光夫氏が玉稿の件につき、貴下にお目にかかりたい由です。いずれ改めて御連絡いたしますが、お心にお留めおき下さいますよう。かえすがえすも遅延お詫びいたします。

では何卒よいお年をお迎え下さい。

十二月十九日　　三島由紀夫

澁澤龍彥様

鎌倉市小町四一〇　澁澤龍彥
東京目黒緑ヶ丘二三二三　三島由紀夫

昭和三十三年十二月二十九日（葉書）

前略、本日遠藤周作氏に逢いました処、サドのことなどいろいろお目にかかって御高見を伺いたき由、勝手乍（なが）ら、名刺に紹介状を書きましたので、近日中遠藤氏より御連絡があると思います。その節は何卒よろしく　匆々。

（ジュリエットの御上梓（ごじょうし）実にたのしみです）

昭和三十四年六月五日（封書）

鎌倉市小町四一〇 澁澤龍彦
東京大田区馬込東一ノ一三三三 三島由紀夫

永らく御無沙汰しておりますが、お変りもいらっしゃいませんか。先号の「声」にいただいたサド論は、大評判にて、口のわるい大岡さんも大へんほめていました。日本でこれだけのサド論を書ける人はいない、というのが、同人一同の意見で、私までうれしくなりました。

さて次号には編集当番から、ぜひ、「エリオガバル論」をおねがいする筈ですが、これは小生の入知恵によるプランで、小生自身、貴兄のエリオガバール論ほど、たのしみなものはありません。

それにつき、実は、大へん体裁のわるいお詫びをいたさねばなりません。同人一同から、この分のわるい役まわりを押しつけられ、困惑しつつ申上げるわけですが、本来なら、二度目におねがいする原稿の稿料は累増するのがふつうなのに、今度は却（かえ）って少なく、手取七百円（四百字一枚）でおねがいできないか、というわけなのです。これは全く他意のない理由で、ぜひ誤解なさらぬようにねがいますが、サド論の稿料は、不馴れな編集事務員が、事務上の手ちがいで、多くお払いして了ったのです！　こう書くさえ、冷汗三斗の思いですが、もちろん多い分を御返しいただきたいというのでは決してありません。どうか素人雑誌の事務上のミスを御寛恕ねがって、次の玉稿から、一枚七百円でおねがいしたいのです。まことに申し訳ありませぬ。

この間短歌誌で春日井建君の歌をほめておられる内で、三十一文字（みそひともじ）を「鉄の処女」にたとえておられる点、面白く思いました。春日井君の歌の同性愛的サディックは全く珍重に値いすると思います。

話はちがいますが、大阪で出している非公刊の「奇譚（きたん）クラブ」という雑誌に、三年にわたり連載されている「家畜人ヤプー」という小説を御存知ですか？　私はこれは世界無比のマゾヒズム文学であり、ここ二三年来の文壇の傑作を凌駕（りょうが）する、おどろくべき作品だと思うのですが。

又いつかお目にかかり、いろいろお話いたしたく。

今日は恥かしいお詫び迄

六月五日　　三島由紀夫

澁澤龍彥様

二伸　今度発刊の「ジュリエット」一部いただけますか？

鎌倉市小町四一〇　澁澤龍彦
東京大田区馬込東一ノ一三三三　三島由紀夫

昭和三十四年六月八日（封書）

お手紙及び「悪徳の栄え」をありがとうございました。又、ヘリオガバルス伝を快くお引受けいただいて幸甚に存じます。

　ジュリエット早速卒読、更につぶさに再読いたしたく思いますが、どういうものか、この作品がサドの中で私はもっとも好きです。これには異様な現実感があるのです。すぐ隣りの部屋で行われている事件のような気がするのです。実際近ごろ仄聞（そくぶん）したところでは、東京某所に、人を磔（はりつけ）にかけるための磔柱を、分割払（！）で分譲する製造元がある由、いよいよ東京も十八世紀パリに近づいて来ました。

　異端列伝の御企て、もっとも興味津々たるものを覚えます。早速「声」の同人たちに、その旨申してみましょう。パラケルズスというのだけは小生未詳、サヴォナロオラやチェザレ・ボルジアは、ゴビノオ伯で親しみおりました。

　バヴァリヤ王ルドヴィクⅡについては、その著名な日記を読む機会が未（いま）だなく、王の抒情詩を一篇訳して「声」創刊号にのせようかと思っていましたが、抒情詩そのものは、かなり月並なもので、この人物に興味を抱く人が日本に少ない以上仕方がないので、ヤメにしました。

　小生新居に移りましたので、いつか御近所にお出での節にでもお寄り下されば倖せです。どうせお出でいただくなら、ゆっくりお話を伺ったほうがよく、そのためには数日前に御連絡下さると、なおありがたいのですが。

匆々

六月八日　三島由紀夫

澁澤龍彦様

昭和三十四年七月十八日（封書）　鎌倉市小町四一〇　澁澤龍彦　御令室

Mr. and Mrs. Yukio Mishima request the pleasure of the company of Mr. & Mrs. T. Shibusawa at 6 p.m. on Wednesday, 29th July at Dinner.

奥野健男氏夫妻、藤野一友氏夫妻と共に粗餐を差上げ度、御返事賜わり度存じます。

R.S.V.P.　Tel. No.：771-2975

昭和三十四年九月二十一日（葉書）

鎌倉市小町四一〇 澁澤龍彥
東京大田区馬込東一ノ一三三三 三島由紀夫

「サド復活」御恵投に与り多謝。内容も造本も見事なもので、近来の快著と存じます。先日、ヘリオガバールの校正刷を大岡氏と二人で読み、大岡氏も小生も感嘆これ久しゅうしました。大岡氏と小生は時々こんな具合に趣味が合うから妙です。

昭和三十四年十月二十四日（葉書）

鎌倉市小町四一〇 澁澤龍彥
東京大田区馬込東一ノ一三三三 三島由紀夫

御無沙汰しております。

この間の「エリオガバール」は同人の間で大好評でした。奇人列伝の御計画の話を皆にしましたら、「そのほうは、すばらしく面白いが、あまり刺戟が強烈で、世道人心にも憚りあり、列伝は一、二号おきにお願いすることにして、今ひとつ、小説を書いてみる御気持はないか」と云われましたので、早速お取次する次第です。貴意お洩らしいただければ幸甚です。

昭和三十四年十月三十日（葉書）

鎌倉市小町四一〇 澁澤龍彦
東京大田区馬込東一ノ一三三三 三島由紀夫

お手紙ありがとうございました。

十一月からお書きはじめ下さる由、たのしみにしております。枚数は五十枚以内にお願いできれば幸甚です。

ジュリエット下巻も大いにたのしみにしております。小生は目下文学座正月の芝居が脱稿間際ですが、これは近親相姦と近親の殺し合いが主題で、お正月にふさわしいものと存じます。

ギボンの羅馬（ローマ）衰亡史をよみ返し、エリオガバールの項をよみましたが、つまらないですね。

又いつかお目にかかり御高話伺いたきものなり

昭和三十四年十二月二十六日（封書）

鎌倉市小町四一〇 澁澤龍彦
東京都大田区馬込東一の一三三三 三島由紀夫

御無沙汰しています。

御高著「悪徳の栄え」下巻を、虫の好いことに御恵贈を待っていましたが、とうとう待ちきれず、買い求めてきて、早速目を皿のようにして読みました。

その中で、どうしてもわからぬところがあるので御教示を仰ぎたく、御手紙さしあげる次第です。P.222のキリストの処ですが、一体キリストをどういう風にどうしたのか、図解でもしていただかぬことには皆目わかりません。ヤスリというのもわからず、そのあとも、どういう形になるのかさっぱりわからないのです。

それから序(つい)でといっては失礼ですが、「声」のためにお書き下さる小説、御進行状態はいかがですか。首を長くして待っております。早くよませて下さい。

では、何卒よいお年を

十二月廿六日

三島由紀夫

澁澤龍彦様

鎌倉市小町四一〇 澁澤龍彦
東京大田区馬込東一ノ一三三三 三島由紀夫

昭和三十五年一月一日（葉書）

新年おめでとうございます

お手紙ありがとうございました。実は、あれから間もなく御高著落掌、目黒の旧住所へ行っていたための遅延でした。改めて御礼を申上げます。さて、キリストの件（くだ）り、わざわざ図解までしていただいてやっとわかりました。もっと複雑な構図かと思っていたのです。では、サドにもまさる御傑作玉稿をお待ちしております。

匆々。

昭和三十五年二月十六日（葉書）

鎌倉市小町四一〇 澁澤龍彦
東京大田区馬込東一ノ一三三三 三島由紀夫

拝復、御手紙及び玉稿ありがたく落掌、早速「声」へ送りました。小生映画修業で、早朝家を出て、夜間撮影のあと家へかえってすぐ眠るばかりの生活。何卒匆卒（そうそつ）の御返事おゆるし下さい。

昭和三十五年四月十三日（葉書）

鎌倉市小町四一〇 澁澤龍彦
東京大田区馬込東一ノ一三三三 三島由紀夫

お手紙ありがとうございます

サド発禁のこと、まことに困った事態乍ら、そのために却って今もどこかに現実にサドが生きているような、ふしぎな現実感をよびおこす事件です。週刊読書人の原稿早速書きました。頑張って下さい。

「声」の小説とても面白かった。

昭和三十五年五月十六日（葉書）

鎌倉市小町四一〇　澁澤龍彥
東京大田区馬込東一ノ一三三三　三島由紀夫

拝復、拙文お役に立てば、何卒お使い下さって結構です。――今度の事件の結果、もし貴下が前科者におなりになれば、小生は前科者の友人を持つわけで、これ以上の光栄はありません。――又いろいろ面白い話を伺う機会を持ちたいものです。小生日本人の健全さには好加減飽き飽きしました。もっとも「怒れるジジイ」になるのもみっともないから、せいぜい微笑を含んでものを言うようにしておりますが。

昭和三十五年八月二日（葉書）

鎌倉市小町四一〇　澁澤龍彥 御令室
東京大田区馬込東一ノ一三三三　三島由紀夫

先日は久々にゆっくりお話ができ、大へん愉快でした。さて来る八月七日（日）午後六時すぎより拙宅の小庭でダンス・パーティーをひらきますので、お出でいただければ幸甚です。男子はみなアロハ着用といたします。ぜひお揃いで。

匆々。

鎌倉市小町四一〇　澁澤龍彦

大森局区内（大田区）馬込東一丁目一三三三　三島由紀夫

昭和三十六年十月二十日（葉書）

「黒魔術の手帖」御恵投にあずかり厚く御礼申上げます。近来めずらしい本当の「書物」というべき装幀、黒の函、表紙、見返し、頁小口の強烈な効果、正に殺し屋的ダンディスムの本です。早速読了、小生としては、やはり、「ジル・ド・レエ侯の肖像」をもっとも面白く読みました。貴兄の筆致はポルトレに最も輝くような気がいたします。ノストラダムスなどの、もっと長い長い長い記述と沢山の挿話をよみたい気がします。――図書新聞の日記で、小生の小説に言及していただいて、「獣になりたい」お望みをはじめて知り、びっくりしました。御存知の魔法でそれを可能にする工夫はありませんか？

昭和三十七年四月十四日（封書）

鎌倉市小町四一〇 澁澤龍彥
東京都大田区馬込東一の一三三三 三島由紀夫

すっかり御無沙汰おゆるし下さい。引きつづき御高著二冊頂戴、厚く御礼申上げます。何の誇張もおもねりもなしに申しますが、貴兄の御新著が届くと、小生はワクワクして、仕事を放擲（ほうてき）して読み耽（ふけ）ってしまうので、大へん困るのです。それに、あとから届いた「犬狼都市」の造本、函意匠、表紙、緑インク等、小生は嫉妬のあまり焚書（ふんしょ）にしたいようです。こんな美しい著書を持つことの貴兄の倖せよ！

「神聖受胎」のユートピア説一々、首肯されることばかり。世間崩壊とユートピアとの相似は、実に論理的で、サディズムとマゾヒズムと同断、と貴兄の言われる通り。又、小生目下進行中の小説で処女懐胎を扱いたいと思っていますので、神聖受胎論は特に共鳴。又、西鶴の「男色大鑑（なんしょくおおかがみ）」について、その詩を敷衍（ふえん）して、中世詩の世界へ持って行かれたのは、同感のいたり。特に「墨絵につらき剣菱の紋」など中世ロマンスの極致と存じます。

又、ヘリオガバルス論を再読、初読同様に面白く、小説「陽物神譚（たん）」（これは小説三作のうち最高）の豪華にして沈静な筆致をたのしみました。この小説は、実に日本近代文学中の異色の宝にて、すばらしいイマジネーションです。
ただ御健筆を祈るのみ。

四月十四日

三島由紀夫

澁澤龍彦様

匆々

昭和三十七年九月九日（封書）

鎌倉市小町四一〇　澁澤龍彦
大田区馬込東一の一三三三　三島由紀夫

待ちに待った「さかしま」を頂戴いたし、洵(まこと)に洵に御礼の言葉もございません。まず装幀に又々嫉妬にかられ、一生に一度でいいからこんな本を出したいと思いますのに、思うにまかせません。わが身の不運を嘆くのみ。

中まで二色刷とは何という贅沢でしょう。

「さかしま」は永年噂にのみきいて、眷恋(けんれん)の書でしたが、貴兄の明晰な御飜訳のおかげで、はじめて日本語で接することができた倖せはたとえるものがありません。御苦心の跡がうまく隠された暢達(ちょうたつ)の名訳と思います。

東京新聞に書評を書きましたが、この小説の今日における効果は、有毒の書というよりも、一種たとえようのないユーモアを生じたことです。何という子供らしい純真さにあふれた小説でしょう。御承知のように、僕は病人の小説がきらいなのですが、ここまで徹底した「病人ぶり」（ますらおぶり、たわやめぶりなどのぶり）には降参してしまいます。それから、俗な感想ですが、日本で小説に議論をとり入れると、すぐ「これは小説ではない、エッセイだ」などと力む批評家先生たちは、この本を読んで、どんな顔をするでしょう。こんなに勝手放題な、しかも、百科事典的なたのしさにあふれた小説は、モビイ・ディックの鯨学に匹敵するものです。この主人公もエイハブのように、見えない巨鯨に喰われてしまったものと思われます。

――小生もやっと暇になり、久々にゆっくりお話など伺いたいとよく思うのですが、今度はそちらがお忙しいのではないでしょうか？　もしお暇でも出来た節は、何卒御電話をいただきたく、（771－2975）、午後二時ごろなら起きております。

匆々

九月九日　三島由紀夫

澁澤龍彥様

昭和三十八年四月十一日（葉書）

鎌倉市小町四一〇 澁澤龍彦
東京都大田区馬込東一の一三三三 三島由紀夫

「食人国旅行記」ありがとうございました。ぜひ読みたいと思っていたものとて、大喜びいたしております。

今度十七日の堂本君の会はいらっしゃいますか？ 小生は昼の部にまいります。その時お目にかかれれば幸甚。

昭和三十八年十月二十日（封書）

鎌倉市小町四一〇 澁澤龍彦
東京都大田区馬込東一丁目一三三三 三島由紀夫

前略 どうも批評を書いていただいて御礼を申し述べるというのハ、文人の作法にならわぬやり方で、ずいぶん厚顔だと思し召し(おぼめ)しましょうが、「週刊読書人」に書いて下さった拙作の御批評があまりにうれしく、筆をとる誘惑に抗しきれませんでした。あの小説も亦(また)、多くの無理解にさらされて沈没してゆくかと思われた矢先、このような知己の言に接して、はじめて生甲斐を味わいました。正にレントゲンのような御批評で、すべてお見とおしのとおりです。ラストでは殺し場を二十枚ほど書いたのですが、あまり芝居じみるので破棄したものの、もっとも書きたかったのはそこであり、ボオドレエルのいわゆる「死刑囚にして死刑執行人」たる小生の内面のグラン・ギニョールであったのです。健康なる文壇人から理解されぬものばかり書きたくなる小生は、お言葉のとおり、一等奇怪な道へ進みつつあります。即ち精神の単性生殖、少年時代の自分自身と一緒に寝るという不可能な熾烈な夢、少年時代の自分に殺されたいという甘い滅亡の夢、これらの狂気の兆候のかずかずが作品制作の原動力になりました。タイムマシーンによる殺人と自殺が、これを叶える唯一の方法かもしれません。

小生は廿三歳のころ禁慾による狂人でしたが、卅八歳のこのころは、別の種類の狂人、しょっちゅう健康に留意して鍛練を怠らない大喰い(おおぐらい)の狂人になったようです。ノイローゼになる連中など気楽なものですね。

目下の文学は全くつまらない。文士稼業のつまらなさは言語に絶しますね。

自分のことばかり書きつらねて申訳ありません。たまにはこういう甘えもゆるして下さい。

では又。

十月廿日

三島由紀夫

澁澤龍彦様

昭和三十九年六月十四日（封書）

鎌倉市小町四一〇　澁澤龍彦
大森局区内（大田区）馬込東一丁目一三三三　三島由紀夫

御高著続々頂戴、世界悪女物語も、落丁乱丁のない一冊を改めて御恵与下され、有難う存じます。この本では、エルゼベェト・バートリの項の凄惨さに最も感銘深く、他の女傑たちが、悪の大きさと権力の大きさの間に一定のバランスを持つのに、彼女ばかりはそのバランスを失しているところに、近代的犯罪者の範例としての面影を持ちます。

もっとも有難きは「夢の宇宙誌」の御恵与にて、この本ほど輓近（ばんきん）の小生の関心にピッタリの本は無之（これなく）、早速通読、いろいろ教えられました。実ハ来年よりはじめるウドの大木の如き長篇の主題は、技法的にも主題としても、「アンドロギュヌス」及び「世界の終り」と関係があるのです。

「玩具について」では、ぜひ貴兄が香港（ホンコン）へ行かれて、あの世界的悪趣味の標本 Tiger Balm Garden を一見される必要があると思います。玩具の無償性に加えるに、民間信仰的教訓性が加算されるとそのグロテスクは目もくらむばかりになります。

それにしても「アンドロギュヌス」は最も面白く、「完全人」の夢想が必ずそこへ行きつくという点で、人間思考の一つの法則を明示された思いがいたします。たまたま今エーリッヒ・フロムの The Forgotten Language（邦訳「夢の精神分析」）を読んでいますが、その中で紹介されている家父長制思想と母権制的思想との対立（言い古されたことですが）の見地から見ると、家父長制は男性女性の峻別の原理であり、文化、理性、法律の原理であり、却って母権制がアンドロギュヌスへの可能性を含むことになり、政治的には母権制は民主々義、自由、平和への傾斜を持つゆえ、アンドロギュヌスは、「男性の大地復帰」という点で、今の厭うべき民主々義時代の唯一の未来の曙光であるかもしれません。妄読お笑い下さい。

いつもあやしき会場にてお目にかかりながら、ゆっくりお話する好機を得ず、隔靴掻痒の感あり、いつかぜひ御高説を拝聴いたしたいものです。

匆々

六月十四日　三島由紀夫

澁澤龍彦様

二伸　巻末の美少年湯上りの図の御写真改めて感銘深く拝見いたしました

昭和三十九年九月二十二日（葉書）

鎌倉市小町四一〇　澁澤龍彥
大森局区内（大田区）馬込東一丁目一三三三　三島由紀夫

「サド侯爵の生涯」ありがたく頂戴早速読了いたしました。何よりもまずあらゆる苦難をくぐりぬけてのサド選集完成をお祝いいたします。このサド伝も、すこぶる熱の入ったもので、むかしの式場隆三郎氏のジレッタント風のサド伝にあきたらぬ思いをしていたのが、廿年後に渇を医やされたのと同時に、サドが実生活では実に罪のないことしかやっていないのを知り、愕（おど ろ）きました。

匆々。

昭和四十年一月十二日（葉書）

鎌倉市小町四一〇　澁澤龍彥
大森局区内（大田区）馬込東一丁目一三三三　三島由紀夫

御丁寧なお手紙痛み入りました。お正月の一夜は、実に愉快なワルプルギス・ナハトで、昨年のお正月と又ちがう貴兄の御一面と附合い、たのしいことこの上なしでした。奥様にくれぐれもよろしくお伝え下さい。又そのうち、陰々滅々、鬼火の飛ぶような一夕も持ちたいものです。

匆々。

昭和四十一年二月二十五日（封書）

鎌倉市小町四一〇　澁澤龍彥
大田区南馬込四丁目三二番八号　三島由紀夫

お手紙ありがとうございました。「迷宮としての世界」頂戴いたしながら、お礼も申し述べぬ内、却って御挨拶で痛み入りました。装幀といい内容といい実にみごとな御本で、殊に小生にとり面白かったのは第五部でしたが、いささか我田引水乍ら、どうしてこれだけ網羅的な本であり乍ら、サン・セバスチァンの絵画（殊にボローニャ派の）に一切言及されていないのかふしぎ千万にて、後期、退潮期ルネサンスのサン・セバスチァンこそ、マニエリスム画材の粋ではないでしょうか。返す返すもふしぎですが、その分は、拙著で十分取返すつもりであります。――それはそうと、筑摩のマルドリュス版千夜一夜の栞の御一文おもしろく拝読。小生今度は千夜一夜の芝居を書きますが、一切文学的なものをヌキにして、大ガラクタ見世物劇にしたいと思っております。

ちかごろ何か面白いことはありませんか？　いよいよ面白いことが存在しないとなれバ、自分で創るほかはありませんね。しかし創るという行為が面白さを減殺しない工夫というものはないものですかね。

きょうは平行棒に両腕を支え、腰から下を体と直角に空に保つ競争をやって、小生が記録を樹立しました。二分ばかり我慢できました。純粋に腹筋の力ですが、腹筋と文学は絶対に関係があるような気がします。

このごろ芝居も見る気せず、見るもの一切面倒くさし、コツコツ長篇を書いています。

御令室様に、第一部の流麗な御飜訳がこの本への導入を実にたのしくしているとお伝え下さい。この中で「プルーストの魔術的抒情性が初期マニエリストの血筋をひいている」という一節は面白かったが、P.53の注のロルカの「ナルシス」という詩は、よみたくても、邦訳のロルカ全集の詩篇には見当らないので弱りました。

では又お目にかかる日をたのしみに。

匆々

二月二十五日

三島由紀夫

澁澤龍彥様

昭和四十一年三月二十日 （葉書）

鎌倉市小町四一〇 澁澤龍彥

大田区南馬込四丁目三二番八号 三島由紀夫

秘密結社の御本ありがたく落掌、目下耽読(たんどく)中。秘密結社好きは子供っぽい退行現象と仰言(おっしゃ)

りながら、貴兄も大御好きのようで、近ごろこんなに簡潔明瞭で、しかも熱の入った本は読んだことがありません。ダンヌンツィオの聖セバスチァン飜訳中に、この御本が出ていれば、古代秘儀の実に要領のよい御解説で、どんなに助けられたことかと残念。日本創造もミトラの如き入社式があれば、もっと魅力的だと思います。——多分東京新聞より「憂国」の原稿お願いに上ったことと存じますが、御多忙中恐縮乍ら、何卒よろしく願い上げます。

匆々。

昭和四十一年七月十三日（葉書）

鎌倉市小町四一〇　澁澤龍彥
大田区南馬込四丁目三二番八号　三島由紀夫

美しいお手紙をありがとうございました。あのお手紙によって、僕の中で、貴兄とサド侯爵とサド侯爵夫人と英霊の声と小生とが、何だか少しも矛盾のない一線をなして結びつきました。世間ではこんなことをきいたら、腰を抜かすでしょう。——その一線とは何でしょうか？　絶対矛盾的自己同一とはこのことかな？　どうか小生の逸脱に次ぐ逸脱をお見限りなく。

昭和四十一年十月十日（封書）

鎌倉市山ノ内三二一　澁澤龍彦
東京都大田区南馬込四—三二—八　三島由紀夫

前略

その後、御無沙汰ばかりしております。御新居を襲ってもみたい、と思っているのですが、そういう愉しい悪事の暇もなく、善事にのみ忙しくて困ります。

さて、「聖セバスチァンの殉教」出版につき、改めてお礼の手紙を書こうと思っている処（ところ）へ、これに輪をかけた豪華本「狂王」を頂戴し、そのお礼と一緒になりました。

セバスチァンについては、本当に有難うございました。全く貴兄のおかげで、夢みていたとおりの本ができました。見返しの纏（まとい）は、ニューヨークで探してきた版画で、この本に使おうと思って探してきたのです。貴兄の御紹介がなければ、こんな美しい本を、自分の少年時代の記憶に向って手向けることはできませんでした。人間四十一歳ともなると、こんな風に、過去の自分と交わした約束を果す、という情熱のとりこになるようです。これも死の準備の一つでしょうか？

「狂王」は何という美しい瀟洒（しょうしゃ）な御本でしょう。白い羊革の表紙が豪華そのもので、野中ユリさんのコラージュも、この上ないほどみごとに内容にマッチしています。末期ロマンチシズムと、冷たい現代的感触との、創造と批評の一致ともいうべきものが、御作の作因のように思われますから、このコラージュは正にそれを体現しています。そして香り高い死、金属の腐蝕感。只一つ残念なのは、「文芸」に出た、あのすばらしく美しい若い王の肖像写真がどこにも出ていないことでした。御作を読む上で、あの写真は大へん重要です。「狂王」をこういう本にされたのは、異端の肖像のうちでも、特に貴兄が愛着を持たれているからだと思いますが、できれば、もっと微に入り細をうがって、三、四百枚ぐらい書いていただきたいものです。

小生は目下「新潮」連載小説第一巻のラストスパートにかかったところ。お定まりのカタストロフ趣味が顔を出しています。

ぜひ近いうちにでもお目にかかりたく。

匆々

十月十日

三島由紀夫

澁澤龍彥様

昭和四十二年七月二十七日　（葉書）

大田区南馬込四丁目三二番八号　三島由紀夫
鎌倉市山ノ内三一一　澁澤龍彥

暑中御見舞申上げます。本日御高著「ホモ・エロティクス」を頂戴、厚く御礼申上げます。いつもながら、葡萄酒色のビロードの秘儀的御装幀、羨望のいたりです。既読の御文章が多いなかに、未読のすごいのがないかと目を皿の如くして探索中、この間の「批評」の Les Anglais の紹介にはおどろきました。何とか英文でよみたきものなり。（ああ、フランス語をやっておくのであった！）

——さて、澁澤好みに対抗して制作中の「サド夫人」豪華本は、暑さで頭がイカれたか、職人仕事の故障続出、八月中旬刊になりました。もう少しお待ち下さい。

昭和四十二年十月二十三日　（絵葉書）

鎌倉市山の内三一一　澁澤龍彥

すっかり御無沙汰しております。

「批評」にお書きになったものすごい「イギリス人」という小説の紹介におどろきつつ、

そのまま日を経て、インドでは、死んだ子供をガンジスの水に浴させている父親の姿や、カルカッタのカリー寺院の牡羊の犠牲（日に四十頭以上）など、さまざまの現実世界のホラーを見聞し、すっかり、ホラー趣味を満足させてのち、目下ラオスで休養中。インドからかえって、よろこんだ顔をしているのは小生ぐらいだという専らの評判です。

又お目にかかって万々。

三島由紀夫

昭和四十二年十二月二十五日（封書）

鎌倉市山ノ内三二一　澁澤龍彥
大田区南馬込四丁目三二番八号　三島由紀夫

前略

御高著「エロティシズム」洵に偏見なき寛大の御著書にて、たのしく一読三嘆いたしました。インファンティリズムだの幼児退行だのという精神分析学者のしたり顔を、蹴飛ばしている快著であります。文化はすべて彼らのいわゆる退行ではありませんか。そして文化の必須の要素である暴力も。——文明＝衰弱という数式が、この御著書の裏にうっすらと泛(うか)んで見えます。二、三の個所に拙名が散見するのも名誉でありますが、できることなら、（持ち前の露出症的欲望から）、各項目にすべて名前を出していただけたらよかった。できれば、拙映画「憂国」を見た、一既婚女性の感想、「切腹して、傷口が上下へまくれて来るところで、猛烈な性的昂奮を感じた」という、女性にはめずらしい正直な告白も収載してほしかった、等々。小生、ますます道徳的マゾヒズムに傾きつつあり、今におどろくべき結果を生むでしょう。乞御期待。一方、進歩的文化人のファシズム恐怖は、いかなる倒錯でしょうか？大江君の「生贄男（いけにえおとこ）は必要か」（文学界）はお読みになりましたか？　あいつは、しかし、肉体的に美しくないのが最大欠点です。

明日バレエ「マドモアゼルO」を見に行こうとしたら、あんなものはゴミみたいなものだから見るな、と道徳的高橋睦郎に止められました。

暮というのにまだ原稿に縛られています。

何卒よいお年を。

匆々

十二月二十五日

三島由紀夫

澁澤龍彥様

昭和四十三年一月二十日（封書）

鎌倉市山ノ内三二一　澁澤龍彥
大田区南馬込四丁目三二番八号　三島由紀夫

お手紙ありがとうございました。その後、「幻想の画廊から」というすばらしい本を頂戴していながら、お礼を申しおくれていました。ルネ・マグリット、レオノール・フィニ、モンス・デシデリオなどの、何度でもくりかえして見たい絵を座右に置くことができるだけでも、大きな幸福です。貴兄は御自分の秘密の財産を公共のものにされたのです。それにしても、右三者の画家に見られる西洋的写実の極致、西欧という「物」の実在感こそ、日本のいわゆる前衛画家に全く欠如しているもので、これがないから、多くの日本の幻想派には、すぐ飽きてしまうのだと思います。文学にも似たような感じがあります。

金子画伯は、この間或る写真家のパーティーで、妖艶（ようえん）なる仮装で現われました。男姿より二倍も大きく見えるので、われわれが、女というものを、無意識のうちに、或る遠近法を以て見ていることに気がつきました。男女の差とは、存在のある距離感の差にすぎぬかもしれません。

いろいろ近作にお目とおしいただいていて、恐縮ですが、その御感想によりますと、澁澤塾から破門された感あり、寂寥なきをえません。小生がこのごろ一心に「鋼鉄のやさしさ」とでもいうべきtendernessを追及しているのがわかっていただけないかなあ?

今度「批評」の夏季号の特集を引受け、デカダンス特集をやりたいと思っているので、その時、モンス・デシデリオでも一つ図版に拝借したく、改めてお願い申上げます。

匆々

一月二十日　三島由紀夫

澁澤龍彦様

昭和四十五年一月五日（葉書）

鎌倉市山ノ内三二一　澁澤龍彦
東京都大田区南馬込四―三二―八　三島由紀夫

新年及び御華燭おめでとうございます

心ばかりのお祝いの品として、オルゴール附小卓をお届けいたさせますが、のんびりした店とて、いつになるやらわかりませぬ。御気永にお待ち下さい。なおお受取の節は、オルゴールが故障なきやお調べの上、お受取いただきたく、又洵に御手数乍ら、到着の旨、御一報いただければバ倖せに存じます。

昭和四十五年一月三十日（封書）

鎌倉市山ノ内三一一　澁澤龍彥
東京都大田区南馬込四―三二―八　三島由紀夫

拝復

粗品を喜んでいただけて嬉しく存じます。

小生目下、「暁の寺」がもう少しで完成すると思うと、一層矢も楯（たて）もたまらず、しゃにむに書きつづけておりますが、今西のモデルは他にちゃんとありますから、この点はどうぞ御安心下さい。しかし、この日本中に、連載小説を読んで下さっている方が一人おられて、しかもそれが澁澤さんだと思うと、あたかも、日頃は大ぜいの見物を前にしている落語家が、気むずかしい金持の家へ招かれて、主人と二人きりで対座して、落語をさせられるような、妙な気持になります。「イギリス人」の中絶はまことに残念、早く全訳を拝見したいものです。

「家畜人ヤプー」の広告をどこかで見ましたが、いつ単行本になって出るのでしょうか？「血と薔薇」の「家畜人ヤプー」の挿絵にはガッカリしました。あれには原連載どおりの、通俗、平凡、古色蒼然、写実的な挿絵がついていなくては絶対にダメです。高度の猥褻感というものを絵にあらわせば、決してアヴァン・ギャルドなどではなく、通俗、凡庸、写実、古色蒼然でなければなりません。「家畜人ヤプー」には、昔の少年倶楽部のような挿絵がついていなければいけないのです。

芝居の仕事は「弓張月」で一段落、当分、劇場へは足を運びたくありません。又、三月一杯は軍務に精励のため東京を離れます。ラクロ同様、軍務をおろそかにせぬ軍人ですから。

一月三十日　三島由紀夫

澁澤龍彥様

（資料提供：澁澤龍子）

Ⅳ　怪奇幻想文学入門――評論篇

本のことなど――主に中等科の学生へ

本がないというが本屋の棚は相応にギッシリ詰っている。古本屋も同様だが半ば以上新本に侵蝕されている。兎に角売れるのである。そうした風潮はなにかヒステリックなものを感じさせる。とまれ私共はほんとうの良書をよめばよいのである。古典はその点神明にてらしてまちがいのないものだ。古典の中枢をなす平安朝のものをよむには、実に手頃で優雅なガイド・ブックがある。たしか図書館の推薦書になっている「国文学全史 平安朝篇」（藤岡作太郎著、上下二巻、改造文庫）である。解説の文章といい学術的な主張をのべている部分といい些（いささ）かも無味乾燥に陥らず王朝の香気をそのままに伝えている点は比類がない。きょうははや失われたなつかしい美文でかかれている良き歴史であり手引の書である。扨(さ)てこうした書物にみちびかれて古典をよむわけだが、註釈などのついたものよりもむしろ大日本文庫や岩波文庫や改造文庫などの殆(ほとん)ど註釈のない校訂だけを経たものをよむ方が最初のうちはのぞましい。古典の底によこたわる本当のものを摑(つか)みやすいのである。尤(もっと)も文庫本は装幀がお手軽で、乱暴な扱い方をするとすぐ表紙なぞとれてしまう。内容がどういうものであるかということを考えて鄭重(ていちょう)に扱ってほしい。たとえば同じ文庫本でも外国の三、四流の飜訳もの等は大事にするならそれに越したことはないがまだしものこと、古事記万葉をはじめ中世末期に亘(わた)る日本の古典はかりそめにもないがしろにすべきではない。文庫本だとてこれらは心して取扱うべきである。今比較的手にはいる文庫本のよい古典は岩波では「往生要集」「和泉式部日記」「増鏡」「栄花物語」等があり、改造にも「古事記伝」がときどき揃っている。気軽な気持で書物をよみたければ大衆小説なぞよりも浄瑠璃や黙阿弥(もくあみ)の戯曲のほうがどれほどおもしろいかしれぬ。こんなところにも自然に日本の道が教えられる。次に新刊書(と云ってもここ五、六年来のものをみな含めて)でも仔細にえりひろえば砂金が掌にのこる。近代詩は昭和にはいって誕生した姿にみごとなものがある。よい詩集では「丸山薫 物象詩集」(河出書房)「伊東静雄 夏花」(子文書房)「三好達治 艸千里(くさせんり)」(創元社、四季社)「一点鐘」(創元社）「立原道造詩集」（山本書店）「田中克己 神軍」（天理時報社）「大手拓次 蛇の花嫁」（童星閣）などが傑れているが見落したものも外にたくさんあるにちがいない。詩ばかりではないが山川弥千枝という夭くして死んだ少女の「薔薇は生きてる」（甲鳥書林）はすばらしい。生命の焔が痛いほどである。句集はめったによまないが最近出た「久保田万太郎句集」（三田文学出版社）がよかった。近頃の歌集は少しもよまぬ。古今、新古今をいみじい座右の書としているばかりである。そうしたやまとうたのしらべを尊きおん身にかき鳴らしたもうて富岳のような帝王のおんうたをつくりませる明治天皇の明治天皇御集（新潮文庫）はまことにありがたくもかたじけない御歌集である。先般支那大陸に金枝玉葉のおん身をもって神去りましし永久王殿下のおんやまとうたを拝し、畏れ多くも明治天皇の悠久のおんしらべをそのままにお通わしあそばしていられるのをありがたいことに拝した。ふかく拝誦して日本のうたのしらべがいかなるものであるかを思い、詩への感動がただちに国体への感動になるとうとい御国柄をおもうべきである。このとうといしらべが草莽の心を貫いては「吉野朝の悲歌」となり「幕末愛国歌」（共に川田順著、第一書房刊）となって忠烈まさに天地を慟哭せしめる趣きがある。（「吉野朝の悲歌」は今一寸手にはいりにくいかもしれぬ）

小説類では、創作的な仕事をほぼ完成した老大家諸氏をのぞいては堀辰雄一人である。

「聖家族」「燃ゆる頬」（以上新潮社）「かげろふの日記」「菜穂子」（以上創元社）「麦藁帽子」（四季社）等が入手できるとおもう。大家の過去の作品を考え、近代文芸における「人」の系譜をおもうと、鏡花—荷風—潤一郎—春夫—辰雄という美しい糸がひかれる。鷗外、漱石、下って稲垣足穂も勿論このなかに入れられるであろう。潤一郎の作品では「蘆刈」「春琴抄」「吉野葛」「蓼喰ふ虫」「猫と庄造と二人のをんな」「陰翳礼讃」が絶品である。大抵創元選書に入っているとおもわれる。春夫は「田園の憂鬱」「女誡扇綺譚」「旅びと」「掬水譚」等枚挙にいとまがない。「掬水譚」は「ぐろりあ・そさえて」の「ぐろりあ文庫」に、「旅びと」は改造文庫の「厭世家の誕生日」にそれぞれ載っている。鏡花はこれらの人の先輩であり、日本の伝統にのっとった文人的生涯の偉大な具現者であった。明治文壇にあって紅葉よりも一葉よりも更に真の詩人だった。今新らしく全集が出ている。次に随筆では内田百閒が群をぬいている。新潮社からたくさん出ている。中川一政、鏑木清方の随筆もよい。一政のではだいぶ前中央公論社から「顔を洗ふ」というのが出た。近ごろの森田たまは鼻持ならない。評論では保田与重郎が日本のもっとも高貴な血統をつたえてあますところがない。「日本の橋」（東京堂）「戴冠詩人の御一人者」（東京堂）「英雄と詩人」「浪曼派的文芸批評」（人文書院）「後鳥羽院」それから新ぐろりあ叢書に「ヱルテルは何故死んだか」、ぐろりあ文庫に

「民族と文芸」、弘文堂教養文庫に「佐藤春夫」のほか近著は「古典論」（雄弁会講談社）「和泉式部私抄」（育英書院）「日本語録」（新潮社）「万葉集の精神」がある。よく書く人であるからこの外にも三、四あるであろう。萩原朔太郎のエッセイやアフォリズムも見逃すことができない。創元社から「港にて」が出ている。評論以外の研究的著作で、新関博士の「シラーと希臘悲劇」は出色のものであった。川田順の「吉野朝の悲歌」もこの分類に入れるべきであろう。大層方面がちがうが、飯塚友一郎の「歌舞伎入門」（朝日新選書）は緊縮された文章で歌舞伎の根本精神から枝葉の技巧にいたるまで、その全貌が明確に把握されて遺憾がない。黒木勘蔵の「近松門左衛門」及び「近松以後」（共に大東名著選）も大そう面白い。元に戻って、創元社の「日本文化名著選」はすぐれている。原博士の「東山時代に於ける一縉紳の生活」や内田博士の「国史総論」等は結構な名著である。

最後に飜訳書だが原書の賛否如何、有名無名如何を問わず、如何に美しい完璧な日本語に移されたか、いかなる程度に日本の言霊の流れのなかに融け入らせることができたかという立場から見てゆく。仏蘭西のもの。訳詩集では改造文庫などに出ている上田敏の「海潮音」はすでに古典の域に入っている。訳詩集の古典といえば荷風の「珊瑚集」（第一書房）もそうである。新らしい人たちの訳では三好達治のボオドレエルの訳、小林秀雄のランボオの

「酩酊船」の訳が立派で共に青磁社版「仏蘭西詩集」のなかに飜刻されている。三好達治の完全な「悪の華」は未読であって「仏蘭西詩集」に片鱗を窺ったにすぎないが、断片では荷風と相譲らぬにもせよ、全訳としては、矢野文夫、村上菊一郎らの新訳をはるかに凌ぐであろう。ランボオの訳は聞くだに怖気をふるうような難業であるというが、そのわりにひどい訳はない。小林秀雄の「地獄の季節」（白水社、岩波文庫）の定評はさることながら中原中也の「ランボオ詩抄」（山本書店山本文庫）や祖川孝の「ランボオの手紙」の訳も相当な出来栄えである。フランス文学の良訳。岸田国士訳「ルナアル 博物誌」（白水社）、河出書房版「メリメ全集」（概して良好）、井上究一郎訳「プルウスト 心の間歇」（弘文堂世界文庫）、佐藤輝夫訳「ベディエ トリスタン・イズー物語」（冨山房百科文庫）、生島遼一訳「ラファイエット夫人 クレーヴの奥方」（岩波文庫）、岸田国士訳「ルナアル 葡萄畑の葡萄作り」（岩波文庫）、堀口大学訳「ラディゲ ドルヂェル伯の舞踏会」（白水社）、土井逸雄、小牧近江共訳「ラディゲ 肉体の悪魔」（改造文庫）、堀口大学訳「モオラン 夜ひらく」（新潮文庫）、「夜とざす」（新潮社・絶版）、東郷青児訳「コクトオ 怖るべき子供たち」（白水社、新潮文庫）、五来達、近藤光治、斎藤磯雄、竹内道之助共訳「プルウスト 若き娘の告白」（三笠書房）（現在「愉しみと日々」の名で再版、但し集中の名篇「時の彩どる悔恨と夢想と」不採録）、水谷謙三訳「フウルニエモオヌの大将」（白水社）、大体以上のようなものが自分でよんでみて美しい日本語になっていると思った。プルウストは一時はやっていろいろ訳（たとえば三笠書房版）が出たが井上究一郎の琢刻をきわめた纏綿たる美文に匹敵するものはなかろう。プルウストは今の日本でもヘッセなぞよりもっとよまれてよい。モオランの訳は堀口氏のがみなよい。しかし面白いことは否めないにしてもモオランは既に過去の形骸があまりに著しい。古典ともなり得ないで終るだろう。ラディゲの「舞踏会」の訳、「クレーヴ」の訳、「葡萄畑」の訳、これは三大名訳としてフランス文学邦訳の古典たるべきものである。小説以外では辻野久憲の訳した「ランボオ」（リヴィエール著、山本書店版）がよかった。

独乙のもの。古典に位する名訳はいうまでもなく鷗外のゲエテ、シュニッツラア、ストリンドベルク等の訳。新らしい人では大山定一の「マルテの手記」（白水社）の訳は素晴らしかった。この訳は相当評判になったようである。リルケの訳でも谷友幸という人の「神様の話」（白水社）は苦心はしているが微妙なところで日本語の美しさをのがしている。塩谷太郎の「旗手クリストフ・リルケの愛と死の歌」（昭森社）はもっとひどい。リルケの詩では茅野蕭々の訳（第一書房）が堂に入ったものだが、芳賀檀の「ドイノの悲歌」（新ぐろりあ叢書）の訳もすぐれたものである。ハウプトマンでは岩波文庫の「沈鐘」の訳（阿部六郎訳）

がよい。ハイネやゲエテの詩集はわりによい訳が出ているがカロッサの詩集の訳は満足とまではゆかぬ。散文のほうには三笠書房版や冨山房版の相当美しい訳がある。

諸国のもの。佐藤春夫の訳した「ほるとがる文(ぶみ)」（竹村書房版）は名訳である。ああなると佐藤春夫がマリアンナ・アルコフォラドで、マリアンナ・アルコフォラドが佐藤春夫のような気がしてくる。森亮という「コギト」の人の訳した「ルバイヤット」もやまとことばの造園術の粋をつくしたものである。同じ東邦の詩の訳でも、岩波文庫版「千一夜」の詩の訳はすっかり香気が失われている。「ルバイヤット」（新ぐろりあ叢書）は波斯(ペルシャ)の詩人オオマア・カイヤムの詩の英訳からの重訳である。日夏耿之介の「ワイルド詩集」は絢爛(けんらん)たる名訳だがワイルドは半分フランス人のようなものだからへんにイギリス臭がなくてよい。希臘(ギリシャ)の原典からの飜訳では呉茂一ほど美しい日本語に移植する訳者はない。「ギリシア抒情詩選」「ギリシア悲劇　タウリケのイピゲネイア」（共に岩波文庫）はまことに美しい。雑誌「四季」に折々発表している。この間出た「ギリシア・ローマ古詩鈔」はその日の内に品切になってしまった。小泉八雲の訳は第一書房版全集のそれが厳密でありながらこまやかな美しさをもっている。岩波文庫の「怪談」の訳、平井程一という人の文章が実に渋いよいものである。支那文学では佐藤春夫の飜訳が天馬空をゆく観がある。おわりに第一書房の棚で埃(ほこり)にまみれている大正十四年発行の「かなしき女王」というものを偶然購(あがの)うてみてその浪曼の匂いと古代の美しさに搏(う)たれた。原作者はフィオナ・マクラオド、訳者は松村みね子、共に名をきいたことすらない。フィオナという名が美しいし（多分女性であろう）、何国人だか少しもわからない（アイルランドではないかとおもわれるふしもある）のが美しいし、註釈も解説も序文も跋もまるきりないのが徹底して美しい。目がさめてみたら夢のなかでさずかったのがまさしく枕上にあったというような本に等しい。この訳文は清純な流麗なもので、内容といえば、ルネッサンス以後の風景画がまだ完全な風景画の形をとらないで深い森や湖や浜辺の隅にギリシャ神話などの人物が一人二人点綴(てんてつ)されているああした物語的風景画の趣きがある。キリストの素朴な描写も美しい。あの埃だらけな棚に十何冊ならんでいるから購うてみられるとよい。……

飜訳物のことを随分たくさん書いた。なぜなら飜訳物のうちのあるものは現在発行されている書物のなかの癌にひとしい存在である。日本の古典なぞは後人によってある程度歪(ゆが)められていてもその底にたしかなやまとことばの美しさがあってそれが救いになっている。粗雑な現代作家の作品にもせよ、何年となく文字をかくことに携わってきた人であってみれば、そう譫語症(せんごしょう)的なもの言いもすまい。それが飜訳となるとそうはいかぬ上に影響力は時には国内の作品に数倍する。国語美に不感になった人間をそれはどれだけ養成したかしれぬ。明治年間のいわゆる飜訳語（というよりむしろ漢訳語）の今日ながしている害毒を考えれば云う迄もないことである。だから原語をしらない私が飜訳を云々（うんぬん）するのは僭上の沙汰と思いながらも、国語としての立言の立場を自ら認めてみたわけである。悪い粗放な飜訳はついには日本の文化を傷つけるものである。尤（もっと）も今日文部省や出版文化協会の推薦という制度がつくられ悪訳は早晩駆逐されるかもしれぬ。しかし今のところはなかなかそういうわけにはいかぬ。多人数の力はまことに奇妙なもので、数年前のように、「死」などというつまらない上に無類の悪訳が鰻上（うなぎのぼ）りに版を重ねた。あの訳が日本語に対する美感を傷つけた業績は大きいであろうし又文化史上からみても「死」時代という一つのエポックが劃（かく）されそうだ。ガサガサな日本語をも当然と考えて顧みない人間がひとりでも出来ないようにといささか筆を弄（ろう）してみた。

――17・9・28――

雨月物語について

戦争中どこへ行くにも持ちあるいていた本は、冨山房百科文庫の「上田秋成全集」であった。座右の書のみならず、歩右の書でもあった。今ではそれは多少身辺から遠ざかった。戦後の座右の書は求龍堂版の「ドラクロアの日記」である。ドラクロアの日記は私を鼓舞する。無力からたえず私を救い上げ、居たたまれない焦躁をとりしずめる。私を叱咤し、偉大なもののからともすると背こうとする私の目を再び引戻し、仕事に対する絶対の信頼を訓え、不屈の魂の在り方をたえず示唆してくれるのはこの本である。何度私はその同じ頁をくりかえしくりかえし読んでは鞭打たれることか。「元気よくお前の絵を再び始めよ。ダンテを思え、たえずそれを反読せよ。高貴なる空想に再び没頭するよう自分で鞭韃せよ。もし自分が、賤しい想像しか持たないようなら、こんな風な、殆んど隠遁に近いものから、果して如何なる成果を自分は引出すであろうか？」とある数行あとに、「それじゃ自分は木履のようにみじめな人間なのかな。熊手で打たれなければ動かない。刺戟物が無ければ、すぐに眠ってしまう」という一行が卒然とつづくような真の人間性の顕現は限りなく私を力づける。この日記は紛れもない私の師である。

上田秋成全集も、当時の私にとってはこのような本であった。そして就中、雨月物語の裏面に流れる劇しい反時代的精神と美の非感性的な追求とが、あのころの私を内面から支える力として役立ったように思われる。

高座の海軍工廠で私は疎開工場の穴掘り作業に使役されていた。台湾人の十二三の少年工たちが私の子分である。恐るべき子供たちに私は雨月のわかりやすい物語を話してきかせた。掘りかえされた生々しい赤土の上、わずかな樹影をおとす松の根方に陣取って、私が砕いて話す雨月のいくつかの怪異譚が、この異邦の子供たちにどんな影響を与えたか知る由もない。私は話しかける人間がいないので、誰にともなく雨月を語りかけていたのに相違ない。それほど雨月は、当時の私のたえざる独白、夢中のうわ言のような親身なものになりかわった。

雨月の非情なまでの美の秩序は、私にとってのかけがえのない支えであった。

上田秋成は日本のヴィリエ・ド・リラダンと言ってもよい。苛烈な諷刺精神、ほとんど狂熱的な反抗精神、暗黒の理想主義、傲岸な美的秩序。加うるに絶望的な人間蔑視が、一方では「未来のイヴ」となり、一方では稀代の妖怪譚となって結実した。

ロボットと妖怪。これは共に人間を愛そうとして愛しえない地獄に陥ちた孤独な作家の、復讐的な創造なのである。リラダンは作中で、この比類ない創造、失われた精神の代位とも称すべき無機質の美の具現を、海中の深淵に投ぜざるを得なかったし、秋成もまた、幾多の貴重な草稿を、狂気のようになって古井戸の中へ投げ入れざるを得なかったのである。二人ともに、己れの生涯を賭けた創造の虚しさを知っていた。

私はのちにむしろ雨月以後の「春雨物語」を愛するようになったが、そこには秋成の、堪えぬいたあとの凝視のような空洞が、不気味に、しかし森厳に定着されているのである。こんな絶望の産物を、私は世界の文学にもざらには見ない。

五歳の時悪性の痘瘡によって左手を不具にされ、六歳の時養母に死別して継母の手に育てられ、晩年は眼病のために失明し、妻に先立たれ、世間からは狂人と呼ばれ、七十六歳で窮死したこの不幸な文人は、国学者としては本居一派のオルソドックスに徹底的に反抗し、おのれの学殖にふさわしい名誉をも得なかった。十九世紀の実証主義へのリラダンの挑戦を、日本的規模で行ったものとも言えようか。

初期の秋成は、西鶴的な作家であった。八文字屋本系統の気質物（かたぎもの）「諸道聴耳世間猿（しょどうききみみせけんざる）」と「世間妾形気（せけんてかけかたぎ）」で、当時の風俗小説の一ジャンルに根ざしながら、人間の本来的悲惨の諷刺に到達して西鶴の域に迫った。西鶴に発した気質物の小説は、日本に於ける人性批評家（モラリスト）の文学として、徒然草（つれづれぐさ）の伝統を継承するものである。しかしそれはともすると末流の、批評精神を喪失した単なる風俗小説に顚落（てんらく）した。

秋成は一見微笑を含んだ方法でこの小説手法を踏襲しながらも、明晰な批評精神の復活によって、西鶴を復活せしめたのである。彼はこの批評と諷刺を、次いで象徴の領域にまで高めた。社会諷刺は次元を高めて、作品の存在そのものの抗議（プロテスト）の形をとって、人間性へ対置されるにいたった。美学が明白な批評性を、又いわば、批評が明白な美学的性格を帯びるにいたった。モラリストと美学者との結婚が企てられたのである。これは西鶴が樹立した近世的小説への一種のアンチテーゼとなった。ルネサンス的な企図を帯びて古典的な小説の伝統に連なった。なぜなら、日本の古典的な小説の伝統は、源氏物語以来いつもこの二つのものの結婚を要件としてきたからである。

これらの成果がわが「雨月物語」であった。私はわけても「白峯」と「夢応の鯉魚」を愛した。これに次いで「菊花の約」と「仏法僧」を愛した。完璧な傑作「白峯」は、魔道に落ちた上皇の苦悩をえがき「夢応の鯉魚」は人間の羈絆を脱して鯉に化した僧の目に映る絶美の自然をえがいている。この二つの物語の美しさは、人間の信義のために幽魂が援用される「菊花の約」の及ぶところではない。鯉身の僧侶の目に映る琵琶湖の風光は、秋成の企てた究極の詩なのである。

> 不思議のあまりに、おのが身をかえり見れば、いつのまに鱗金光を備えて、ひとつの鯉魚と化しぬ。あやしとも思わで、尾を振り鰭を動かして、心のままに逍遥す。まず長等の山おろし、立ちいる浪に身をのせて、志賀の大曲の汀に遊べば、かち人の裳のすそ湿すゆきかいに驚されき。比良の高山影うつる深き水底に潜くとすれど、かくれ堅田の漁火によるぞうつつなき。ぬば玉の夜中の潟にやどる月は、鏡の山の峯に清みて、八十の湊の八十隈もなくておもしろ。沖津島山、竹生島、波にうつろう朱の垣こそおどろかるれ。さしも伊吹の山風に、旦妻船も漕出ずれば、葦間の夢をさまされ、矢橋の渡する人の水なれ棹をのがれては、瀬田の橋守にいくそたびか追れぬ。

この鯉魚の目には孤独で狂おしい作家の目が憑いていはすまいか。湖の水にその網膜の狂熱を冷やされて、一瞬の夢幻の偸安(とうあん)を許された魂がありのままに見た自然が展開するのである。魂の安息日が、この鯉の見た湖水のなかに息づいているではないか。羈束(ほだし)をのがれた一個の生命が、深く透明な存在の奥底を、やすらかな愉楽をこめて覗き見る眼差(まなざし)が目に見えるようではないか。

作品の解説はともかくとして、私が雨月物語に搏(う)たれたもう一つのものは、その非感性的な美の追求、ひいてはまたその追求の意識性であった。観念派の作家馬琴が、雨月に驚嘆したと伝えられるのは偶然ならぬ挿話である。秋成は感性の法則にやすやすと身を委(ゆだ)ねた作家ではなかった。怪異小説はいつも感性に対する逆説である。なぜならそれが読者の感性を征服する使命をもつために、作品自体が作者の感性を征服しつくしている必要があるからである。作品が極度に感性に愬(うった)えることを要するために、作品の形成は無限に感性から遠いものとならねばならぬ。

かくて秋成は非感性的な美の追求に到達し、雅文脈に漢語を交えた無感動な彫刻的文体を創造した。それは源氏の尖鋭(せんえい)ではあるが情感的な文体とはことなって、中世文学（殊に謡曲）のロココ的文体を通過した冷たい非感性的な文体なのである。この文体の完全な人工性は、ポオの文体の効果に接近する。しかし秋成が形式上の方面からポオに比せられても、それ以外の方面でもポオに比せられることは適当でない。怪異の効果は秋成にとっては、ポオよりもさらに、一種の抗議(プロテスト)としての意味が強かったと私には考えられるからである。

されぱこそ春雨物語が、あのおそるべき不満と鬱屈の書が、雨月のあとから生み出された、というよりは、吐き出されたのであった。それは「樊噲(はんかい)」の一種爽快な、白壁に打ちつけた墨痕のような「悪」のめざましい表示を伴なって、今日なおわれわれの前にあるのである。

――一九四九、六、二一――

柳田國男「遠野物語」——名著再発見

柳田國男氏の「遠野物語」は、明治四十三年に世に出た。日本民俗学の発祥の記念塔ともいうべき名高い名著であるが、私は永年これを文学として読んできた。殊に何回よみ返したかわからないのは、その序文である。名文であるのみではなく、氏の若き日の抒情と哀傷がにじんでいる。魂の故郷へ人々の心を拉（らっ）し去る詩的な力にあふれている。

「天神の山には祭ありて獅子踊あり。茲（ここ）にのみは軽く塵（ちり）たち紅き物聊（いささ）かひらめきて一村の緑に映じたり。獅子踊と云うは鹿の舞なり。（中略）笛の調子高く歌は低くして側（かたわら）にあれども聞き難し。日は傾きて風吹き酔いて人呼ぶ者の声も淋しく女は笑い児は走れども猶（なお）旅愁を奈何（いかん）ともする能（あた）わざりき」

この一章の、

「茲にのみは軽く塵たち紅き物聊かひらめきて……」

という、旅人の旅情の目に映じた天神山の祭りの遠景は、ある不測の静けさで読者の心を充たす。不測とは、そのとき、われわれの目に、思いもかけぬ過去世の一断面が垣間見られ、遠い祭りを見る目と、われわれ自身の深層の集合的無意識をのぞく目とが、――一定の空間と無限の時間とが――、交叉し結ばれる像が現出するからである。

又、採訪された聞書の無数の挿話は、文章の上からいっても、簡潔さの無類のお手本である。言葉を吝（お）しむこと金を吝しむが如くするエコノミーの極致が見られる。しかも、完結しないで、尻切れとんぼで、何ら満足な説明も与えられない断片的挿話が多いから、それはもちろん語り手の責任であるが、それが却（かえ）って、言いさしてふと口をつぐんだような不測の鬼気を呼ぶ。

柳田氏の学問的良心は疑いようがないから、ここに収められた無数の挿話は、ファクトとしての客観性に於て、間然するところがない。これがこの本のふしぎなところである。著者は採訪された話について何らの解釈を加えない。従って、これはいわば、民俗学の原料集積所であり、材木置き場である。しかしその材木の切り方、揃え方、重ね方は、絶妙な熟練した木こりの手に成ったものである。データそのものであるが、同時に文学だというふしぎな事情が生ずる。すなわち、どの話も、真実性、信憑（しんぴょう）性の保証はないのに、そのように語られたことはたしかであるから、語り口、語られ方、その恐怖の態様、その感受性、それらすべてがファクトになるのである。ファクトである限りでは、学問の対象である。しかし、これらの原材料は、一面から見れば、言葉以外の何ものでもない。言葉以外に何らたよるべきものはない。遠野という山村が実在するのと同じ程度に、日本語というものが実在し、伝承の手段として用いられるのが言葉のみであれば、すでに「文学」がそこに、軽く塵を立て、紅い物をいささかひらめかせて、それを一村の緑に映しているのである。

さて私は、最近、吉本隆明氏の「共同幻想論」（河出書房新社）を読んで、「遠野物語」の新しい読み方を教えられた。氏はこの著書の拠（よ）るべき原典を、「遠野物語」と「古事記」の二冊に限っているのである。近代の民間伝承と、古代のいわば壮麗化された民間伝承とを両端に据え、人間の「自己幻想」と「対幻想」と「共同幻想」の三つの柱を立てて、社会構成論の新体系を樹ててているのである。そこには又、「ここまできて、わたしたちは人間の〈死〉とはなにかを心的に規定してみせることができる。人間の自己幻想（または対幻想）が極限のかたちで共同幻想に〈侵蝕〉された状態を〈死〉と呼ぶというふうに。〈死〉の様式が文化空間のひとつの様式となってあらわれるのはそのためである」（一一三ページ）

などという、きわめて鋭い創見が見られる。

そういえば、「遠野物語」には、無数の死がそっけなく語られている。民俗学はその発祥からして屍臭の漂う学問であった。死と共同体をぬきにして、伝承を語ることはできない。このことは、近代現代文学の本質的孤立に深い衝撃を与えるのである。

しかし、私はやはり「遠野物語」を、いつまでも学問的素人として、一つの文学として玩味することのほうを選ぶであろう。ここには幾多の怖ろしい話が語られている。これ以上はないほど簡潔に、真実の刃物が無造作に抜き身で置かれている。その一つの例は、第十一話であろう。嫁と折合いのわるい母が息子に殺される話は、現代でも時折三面記事に散見するから、それ自体、決して遠く忘れ去られた物語ではない。しかしメリメのような残酷な簡潔さで描かれたこの第十一話は、人間の血縁とは何かという神話的問題についての、もっともリアリスティックな例証になるであろう。

無　題（塔晶夫著「虚無への供物」広告文）

推理小説を本道に戻すもの、
徹底的人工世界に、人間の情念の闇に引き戻すもの。

稲垣足穂(たるほ)頌

宇宙論と台密と能をつき合わせ、ダリ風の広大な青い秋空と、夜叉の群のように飛行機が舞い群がる月夜をつき合わせ、天狗と化した男性の絶対孤独と、永遠の美少年の昼のまどろみの唇をつき合わせ、立体派と百鬼夜行絵巻を、数学とエロスを、この世のもっとも永遠なものともっともはかないものとをつき合わせれば、そこに稲垣文学という絶妙のカクテルが出現する。日本近代文学の稀有(けう)なる孤高の星、粉々に砕けて光りを放つ天才、何ともかともと言いようのないもの、制御すべからざる電流として、ここに稲垣氏の文学を持つわれわれは倖せである。

解　説（「日本の文学4　尾崎紅葉・泉鏡花」）

作家の年齢などというものはふしぎなもので、師としての紅葉、その忠実な門弟としての鏡花を考えると、今日なお、紅葉は美髯（びぜん）を蓄えた立派な明治の文豪であり、鏡花はこれよりも若い才気煥発の白面の青年という感じがする。ところが実際は、紅葉は三十七歳で死んでいるのであり、鏡花は六十七歳まで生きのびたのである。

こういう読者のイメージは両者の文業にまで及んでいて、読者の好悪は別として、紅葉は明治文学史上逸すべからざる大物という感じがするのに、鏡花はどこか線の細い、いわば孤立した幻想派の作家という感じがする。作家としての独創性においてさえ、紅葉は硯友社（けんゆうしゃ）の統領として一派をひらいたのに、鏡花は一生その師の後塵を拝したとさえ見られるのである。

もちろんこれは誇張であり、多少とも文学に親しんでいる人はそうは思わないであろうが、紅葉も鏡花もそれぞれの時代の人気作家でありながら、鏡花のほうに一そう婦女子の弄び物の文学作品という印象が強く、又、鏡花自身も作品を通じて美しく聡明な女性の弄び物になることを好んだ傾きもあるのである。

しかし、文学的評価は半世紀を経てもなお絶対のものではない。文学史家の作ったいわゆる定見なるものが最終的勝利を占めるには、半世紀でもなお十分とはいえない。叙上のイメージを全く逆転させ、鏡花こそ大作家であり、鏡花こそ師を凌ぐ独創的な天才であり、鏡花文学こそ実は婦女子の弄び物たるには最も適しない高踏的な芸術だと云わせる可能性は残っている。ひょっとすると、鏡花は、明治以後の日本文学の唯一人の天才かもしれないのである。

しかし世間の常凡な感受性に、一方ではおもねりながら、一方ではこれを峻拒するような、ふしぎな矛盾した性格を持った鏡花の文学は、なお多くの誤解と偏見をくぐり抜けて生きてゆかねばなるまい。

これに比べると紅葉は、万神殿に入った作家として、文学史上に安定した地位を得ている。

紅葉については明治三十七年十二月、依田学海が、簡潔な漢文で「紅葉山人伝」を書いているので、それを訓読してみよう。

「清初の文章に三大家あり。曰く汪尭峯、曰く魏勺庭、曰く侯雪苑。尭峯は法度を以て勝り、勺庭は錬磨を以て勝り、雪苑は才気を以て勝る。汪は六十七、魏は五十七歳にて歿し、而して侯は三十七歳に死す。

わが紅葉山人、才気を以て錬磨を兼ね、歿年は侯と同じゅうすること奇というべし。

ある人、余に曰く、

『三大家の文章は、山人と体裁も同じからざるに、子併せて之を称う、亦謬りならずや』

余曰く、

『否、和漢古文時文、種類は自ら別なれども、その巧妙、人を動かすはすなわち一のみ。余の山人を以て雪苑に比するは、自ら信じて謬らざるなり』と。

山人、姓は尾崎、名は徳太郎。東京人。幼にして聡慧たり。小学中学を卒業して、法科大学へ進入し、二年にして文科に移る。しかるに科程の羈束するところを喜ばず、山田、石橋、巌谷、諸才子と共に去って硯友社を結び、我楽多文庫を発行す。

奇思湧くが如く、警語頗る多し。人はじめ之を異とす。

のち読売新聞社に参じ、小説をあらわす。『伽羅枕』、『多情多恨』の如し。『金色夜叉』はもっともその出色なるものなり。

平生、情に於て熱く、文に於て錬なり。又友との交りはきわめて厚く、性侠気あり、いわゆる江戸ッ児気象、山人よくその神髄を得たり。

嘗て胃癌の疾を患い、荏苒愈せず、明治三十六年十月三十日歿。

著わすところ数十種、友人輯して一書をなし、名づけて紅葉全集と曰ふ。大いに世に行わる。

けだし雪苑全書二十巻、その詩文、才気横逸して、読者をしてその人を想見ざることなからしむ。山人の著も亦かくのごとく、人の服するところとなるは宜なり。余、山人と善く、ために伝を作る。

依田百川（註――学海自身のこと）曰く、山人歿後、その門人柳川春葉に遭う。春葉いえらく、『それがし先師の遺筆一篇を得たり。開いてこれを見るに、すなわち先生あらわすところの譚海にして、先師、その数節を手抄せるものなり。けだし先師の先生を敬仰すること久し。すなわち出でてこれを示す』と。

その歳月をあらたむるに、余がいまだ山人と締交以前に係り、余が何を以てこれを山人に得たりしや知らざるなり。人世間に在りて、一知己を得れば足る。山人は真にわが知己なり。ああ山人も亦一偉人なるかな。山人の履歴行義は、門人の輯録するところ詳かにして、余復贅せず」（博文館「紅葉全集」第六巻）

――何のことはない。自分の文章を、まだ知り合う前に、丁寧に手写していたほど、自分を敬仰してくれていた紅葉であるから、紅葉を「一偉人」だと云って持ち上げているのは、いかにも明治学者の俗臭芬々でおもしろい。今の学者は、これほど無邪気に俗臭を発揮できないし、小説家に対して大風な口も利かないけれども、本質は同じであろう。

さて、ここにも書かれているように、当時の紅葉の小説は、一方では満天下の婦女子の紅涙もしぼったけれども、一方では、文章の巧妙錬達と、又、その、

「奇思湧くが如く、警語頗る多し」

によって敬愛されていたのである。はじめは人も異としたであろうが、奇思や警句を喜ぶ態度は、その文章を味わう態度と共に、文学鑑賞の知的態度と云わねばならない。

明治文学からこのような知的な読書のたのしみ方を除外すると、その魅力の大半が理解されなくなる惧れをなしとしない。鷗外にしても漱石にしてもそうである。小説中の客観描写の洗煉と、日本的なリゴリスムを伴った人事物象風景それ自体の実在感や正確度を要求する

態度は、自然主義や白樺派以後に固定した態度であり、このような鑑賞方法がその後の近代文学をがんじがらめにしたことは周知のとおりである。

従って紅葉を読むときには、まず、一種観念的なたのしみ方から入ってゆくことが必要である。洒落や地口も、警句の頻出も、はなはだアレゴリカルな筋立ても、そういうたのしみ方なら許容されるばかりか、明治文学の持っているむしろ健康な観念的性格に素直に触れることができるのである。

「金色夜叉」（明治三十年一月～三十五年五月「読売新聞」）については、熱海海岸の「お宮の松」という、架空の物語を現実化した名所までできているのであるから、今さら解説は不要であろう。

高利貸になってまで女に復讐する貫一のロマンティックな生まじめさは、そこに近代文学特有の自己諷刺やアイロニーを欠いているところから、現代の読者には滑稽に見えるかもしれないが、鏡花が師から学んだものも亦、こうした激越で悲劇的な、時代の金権主義への抗議であった。金権主義が社会主義的税制のおかげで一応穏便にカバーされている現代は、その実、「金色夜叉」の時代よりもさらに奥深い金権主義の時代なのであるが、これに対する抗議が今ほど聞かれない時代もめずらしい。というのは、現代では、金権主義に対抗する恋愛の原理が涸渇しているからであり、「金色夜叉」において、金に明瞭に対比させられている恋愛の主題には、実はそれ以上のものが秘められていたのである。それ以上のものとは、恋愛に関するストイシズム、そのストイシズムと儒教道徳の節倹主義との癒着の残存、金をいやしむ武士道徳の名残り、純潔な理想主義、……いや、そもそも青春そのものの非功利的性格が、時代の出世主義の裏側に、はっきり生きて動いていたのであり、それは又、読者の心の中にも活きていた。そこではじめて物語のロマンティックな生まじめさが成立しえたのである。現代の金権主義の対立概念として、恋愛を持ち出すほど時代錯誤はあるまいが、それが「金色夜叉」の古さであるなら、鏡花の新らしさは、これに「お化け」を持ち出したことだと思われる。俗世間VSお化けという構図が少しも古くならないことは、現在の諸現象の裡（うち）に、読者がいきいきと感知されるにちがいない。

さて、「金色夜叉」でもっとも人々に愛され敬われた名文は、実はその恋愛や復讐のドラマティックな場面ではなかった。

それは、お宮の死という悪夢を見たあとで、その夢の記憶が頭にまつわって離れぬまま、人生に絶望した間（はざま）貫一が、商用で赴く塩原旅行の一節である。

この「続続（しょくしょく）金色夜叉」の第一章、㈠の二は、ある年代の人々が競って暗誦したほど名文の評判が高かった。

「車は駛せ、景は移り、境は転じ、客は改まれど、貫一は易らざる其の悒鬱を抱きて、遣る方無き五時間の独に倦み憊れつつ、始て西那須野の駅に下車せり」

にはじまるそのリズミカルな風景描写に内心独白のからむ一節は、古風な名文ではあるが、全篇をここまで読み進むと、今日なお、新鮮な芸術的効果を上げているのがわかる。

すなわちそこでは、貫一の脳裡に二つのものが並行して、風景の移り変りと共に流れてゆく。すなわち、一方では、実人生の残酷に対する慢性化したスプリーンがあり、一方では、まだ覚めやらぬ夢の中でみごとに完結した悲劇がある。いかに怖ろしい悪夢であろうと、それは貫一の願望の表現であり、生に疲れた貫一は、このような清らかではげしい終末を望んだのであるから、それを夢であると知りつつ、なお、何か心の中で終ったものがある。苦しい生の持続と、美しい生の終末、醜い悒鬱と美しい悲哀とが、貫一の心に、木の間を洩れる日ざしと影のように交錯しながら、目に移る塩原の美しい風景と共に、ひたすらに流れるのである。これは明らかに小説的部分というよりも、浄瑠璃や能の道行の部分であり、道行という伝統的技法に寄せた日本文学の心象表現の微妙さ・時間性・流動性が活きている。

「金色夜叉」は、当時としては大胆な実験小説であったが、その実験の部分よりも伝統的な部分で今日なお新鮮なのである。

＊

若き泉鏡花が、もしこのような全集に、死後、もっとも尊敬する紅葉と共に、一冊に収められるところを想像したら、おそらくその想像の狂おしいほどの歓喜のために、喜死したにちがいない。これは、もっとも愛し敬う人と共に一つの墓に埋められる光栄と似ているからだ。

実際、死にいたるまで鏡花が世間に吹聴していた亡き師への渝(かわ)らぬ熱烈なアフェクションは、有名な「婦系図(おんなけいず)」のような事件（紅葉が、結局はのちに鏡花夫人となった芸妓と、鏡花との間を、師の威厳で冷酷に引裂いた事件）などを考え合せても、いささか眉唾物(まゆつばもの)に思われるのだが、すべてに今の言葉でいうと「オーバー」な鏡花が、犬ぎらいと潔癖症でも世間に名高く、コレラがはやったと云っては原稿用紙の一枚一枚に火鉢の灰をまぶして消毒し、字が何ものより大切だと云っては百貨店の包紙も字の部分を切り除(と)って他用に使うという風で、よろずに芝居がかっていた。これは江戸ッ子の特性というよりは、江戸文化に耽溺(たんでき)した金沢人のマニヤックな北方的性格に負うところが多いと考えられる。それは又同じ金沢人で、庭を通って入ってくる客が少しでも苔を踏もうものなら目くじら立てた室生犀星(さいせい)の偏執に似通っている。大体、ロンドンでも、本当のイギリス人よりももっと小むつかしい典型的なイギリス人は、実は帰化人であることが少くない。都会の根生の人間はもっと恬淡であるだけに、却ってその都会独特の文化的創造に与らないのである。

さるにても鏡花は天才だった。時代を超越し、個我を神化し、日本語としてもっとも危きに遊ぶ文体を創始して、貧血した日本近代文学の砂漠の只中に、咲きつづける牡丹園をひらいたのである。しかもそれを知的優越や、リラダン風の貴族主義や、民衆への侮蔑や、芸術至上主義の理論から行ったのではなく、つねに民衆の平均的感性と相結びながら、日本語のもっとも奔放な、もっとも高い可能性を開拓し、講談や人情話などの民衆の話法を採用しながら、海のように豊富な語彙で金石の文を成し、高度な神秘主義と象徴主義の密林へほとんど素手で分け入ったのである。そしてその文体は、とりわけ知的な反時代性を気取ったものでも何でもないのに、日本近代文学が置き忘れた連歌風の飛躍とイメージに充ちた日本語の光彩を復興し、身を以て、芸術家の反時代精神の鑑になった。言葉と幽霊とを同じように心から信じたこの作家は、もっとも醇乎たるロマンティケルとして、E・T・A・ホフマンの塁を摩するものである。

鏡花の文学は一部の愛好者によって尊崇されつづけては来たが、不幸なことに、それらの愛好者は鏡花の真の知己であったとは言いがたい。なぜなら、鏡花を好む作家の多くは、その情調や技巧に酔って、自分たちの技巧派の文学を、鏡花を楯に使って擁護したつもりになっていたからである。鏡花が知的な論争を好まなかったので、鏡花のまわりの人たちは知的な会話を避けた。金沢人の鏡花は、都会人とは、侠気に富んで、朗らかで、つまらない理窟は言わず、駄洒落ばかり飛ばしている人種だ、と思い込んでいた傾きがある。

日本の知的選良に対する鏡花の畏怖と事大主義は大へんなもので、彼は又、あれほど反抗児を好んで描きながら、自分はあらゆる世俗の権威に対して甚だ弱かった。鏡花の小説の中で、大学教授や名医が神のごとく描かれているのには定評があるし、小説の中では田舎者のお巡りをさんざんからかっているくせに、(たとえば「日本橋」)、実生活では戸籍調べのお巡りにまでペコペコしていた。

しかし鏡花の文学に対する批評家の誤解と浅見は、このような生活態度からも生じたのである。中ではわずかに芥川龍之介の有名な鏡花全集の推薦文が、マラルメに捧げたヴァレリーのオマージュの小型版の観を呈しているが、永いあいだ鏡花は無思想の芸術至上主義者、その文学は職人芸の神技と見なされていた。鏡花はついに真の知己を生前に持つことがなかったと断言できる。

鏡花は一方では、秋成以来の怪奇小説の伝統と、師紅葉ゆずりの硯友社風写実小説の骨法を伝えながら、一方では、夢や超現実の言語的体験という稀有な世界へ踏み入っていた。「天守物語」の妖怪たちが言うあのような人間蔑視のセリフや、「風流線」の通俗的布置を一挙に破砕するギリシア悲劇風な唐突な大団円は、新らしすぎて（！）当時の読者はおろか批評家にも理解されなかった。

私は今こそ鏡花再評価の機運が起るべき時代だと信じている。

そして、古めかしい新派劇の原作者としてのイメージが払拭された果てにあらわれる新らしい鏡花像は、次のようなものであることが望ましい。

すなわち、鏡花は明治以降今日にいたるまでの日本文学者のうち、まことに数少ない日本語（言霊）のミーディアムであって、彼の言語体験は、その教養や生活史や時代的制約をはるかにはみ出していた。これは同時代の他の文学者と比べてみれば、今日もっとも明らかなことである。風俗的な筋立ての底に、鏡花はいつも浪曼的個我を頑なに保ち、彼の自我の奥底にひそむドラマだけしか追求しなかった。それはかぎりなく美しく、かぎりなくやさしく、同時にかぎりない怖ろしさに充ちた年上の美女と、繊細な美少年との恋の物語である。女性は保護者と破壊者の両面をつねに現わし、この二面がもっとも自然に融合するのはカーリ神のごとき女神でなければ日本的妖怪に於てである。作者の自我は、あこがれと畏怖の細い銀線の上を綱渡りをしている。つねに敵としてあらわれるのは権力や世俗（すなわち「野暮」）であるが、実は鏡花は本当の意味ではこれらの敵と相渉ることがない。彼は敵の内面を理解しようという努力を一度たりとも試みないからだ。前衛的な超現実主義的な作品の先蹤であると共に、谷崎潤一郎の文学よりもさらに深遠なエロティシズムの劇的構造を持った、日本近代文学史上の群鶏の一鶴。……

さて、本全集の限られた頁数に、鏡花の厖大な作品の中から何を選ぶかについてはまったく苦慮した。どの全集にも必ず顔を出す作品ばかり選んでも意味がない。そこで比較的めずらしい「黒百合」を初期作品から選び、次に「高野聖」を以て短篇小説を、「天守物語」を以て戯曲を代表せしめ、晩年の作品から「縷紅新草」を執ったが、この四篇で鏡花の全貌を窺わせることはとても不可能だとわかっている。この四篇を通じて鏡花を知った読者は、いそいで鏡花全集の繙読へ赴いてほしい。そして、現代にいたるも鏡花文学の真価をみとめようとしない「野暮な」知識人たちを、私と共に嗤ってほしいのである。

「黒百合」（明治三十二年六月〜八月「読売新聞」）は、浪曼主義の傑作であり、かのノヴァーリスが「青い花」を書いたように、鏡花もこのような一篇の、より幽玄な黒い花の物語を書いたのである。

華族にして盗賊なる美少年滝太郎と、純情可憐な美女お雪が、黒百合をようやく手に入れながら、群がる蝶と大鷲に襲われ、共に死ぬことを誓う滝太郎の涼しい目が、この世の人間の高貴な極致の姿を示す一篇のクライマックスは、実は理学士の夢中の幻想にすぎないが、全篇の結構はここに集中し、作者の思想はここに結晶している。すなわち、この場面は、「黒百合」という芸術作品がこの世に実現しようとした「現実」の相に他ならない。

「理学士は又心から、十の我に百を加えても、尚遥かに其の少年に及ばないことを認めたのである。

譬(たと)えば己が目は盲(し)いたるに、少年の眼(まなこ)は秋の水の如く、清く澄んで星の如く輝くのである。我はお雪の供給に活きて、渠(かれ)をして石滝(いわたき)の死地に陥らしめたのに、少年は其の優しき姿と、斗大(とだい)の胆(たん)を以て、渠を救うために目前荒鷲と戦って居る」(五十六)

ここでは、我慾や利害の世界に生きる人間と、無私のロマン的情熱とが、正当に対比されている。そのロマン的情熱を、恋愛に置き代えることしかしなかった師紅葉とちがって、鏡花ははじめから、ロマン的情熱の現世における不可能を知悉(ちしつ)していた点で、師よりもリアリストではなかったかと思われるふしがある。

「高野聖」（明治三十三年二月「新小説」）によって、鏡花は作家としての地歩を築いた。「高野聖」は鏡花の想念がみごとに落ちこぼれなく凝縮した短篇で、文体は軽佻を脱して成熟し、読者の魂は「黒百合」のように唐突にではなく、十分の用意の下に天外境へ徐々に導かれる。

私は「高野聖」の成功の一つの理由を、能のワキ僧を思わせる旅僧の物語という、枠組のせいではないかと考えているが、こうした伝統的な話法によって、現実との間に額縁がきちんとはめられると、鏡花の幻想世界は人々の容易な共感を呼ぶものとなった。又、主題はヨーロッパの「洞窟の女王」風な、不老不死の魔性の美女の、悪にかがやく肉の美しさと、わが草双紙風な、みにくい白痴の良人（おっと）とのコントラストが、人々にすでに親しまれる要素を秘めていたといえるであろう。

「優しいなかに強みのある、気軽に見えても何処（どこ）にか落着のある、馴々しくて犯し易からぬ品の可（い）い、如何なることにもいざとなれば驚くに足らぬという身に応（こたえ）のあるといったような風の婦人（おんな）」（十七）

これこそ鏡花の永遠の女性であろうが、これが小説中に具体的にあらわれると、手を触れただけで人を癒（い）やす聖母的な存在が、その神聖な治癒力の自然な延長上に、今度は息を吹きかけるだけで人を獣に変える魔的な力の持主になり、しかも一方では、白痴の良人に対する邪慳ともやさしさともつかぬ母性愛的愛情を残している。そして作者の本音としては、こういう勝気でやさしく、「薄紅いの汗」もしたたりそうな無上の肉体の美をそなえた女に、生命と人間性の危機を孕んだ愛し方で愛してもらい、しかも自分だけの特権として、格別の恩寵によって、命を救われて帰還したいのである。

このような願望の裡にある特権意識こそ、鏡花の詩人的確信ではなかったであろうか。すなわち、官能の毒にたっぷり身をひたし、理想と幻覚の相接する境地にいかに深入りしようとも、自分だけは傷一つ負わず助かるのだ。彼が助かるのは、しかし、自分の努力や戦いの成果としてではない。他ならぬ対象の、清らかで魔的な美女が、自分にだけ向けてくれた例外的なやさしさのおかげで助かるのだ。愛されるというのはこのようなことであり、その愛のおかげで堕罪を免れることとなのだ。鏡花は、かくて、芸術家としての矜りをここに賭け、そのような免罪符的な愛を受ける自分の資格は、あの馬に変えられる憐れな富山の薬売などとはちがって、美を直視し表現する能力、いかなる道徳的偏見にも屈せず、ありのままに美を容認する能力が自分に恵まれているからだと考えたにちがいない。では、そのような芸術家とは何物であろうか。彼自身が半ばは妖鬼の世界に属し、半ばは妖鬼を支配し創造する立場に立つことである。このような決意が、次に述べる「天守物語」で、劇的機構を破って幕切れに人間性（鏡花にとっては、化物だけが純粋に保持しうるところの特性）の擁護者として登場する彫師桃六を造型するのである。

因みに、「高野聖」については、山蛭に充ちた森を通る描写の写実的手法のみごとさが、後段の超現実的な場面を成立たせる大切な要素であることを読み取るべきである。さらに白痴の良人との出会があって、はじめて読者は、清流に立つけだかい裸の美女の艶姿を心に刻むにいたるのだ。

「天守物語」（大正六年九月「新小説」）は、鏡花の戯曲の最高傑作であるが、戦後新派によって、花柳章太郎の天守夫人、水谷八重子の亀姫の配役、千田是也の演出、ドビュッシーの「雲」を伴奏音楽に使った上演が、おそらく初演であろう。その後歌舞伎でも上演されたが、私にはこの初演のすばらしさがいつまでも目に耳に残っている。それというのも鏡花のセリフは、歌舞伎の抽斗のセリフ廻しや様式的演技で処理されると、その真の詩を逸することになるのである。

それまで鏡花は、小説を脚色した通俗劇をとおしてのみ劇壇に知られていたのが、死後はじめて、ユニークな、すこぶる非常識で甚だ斬新な、おどろくべき独創性を持った劇作家として知られるようになった。未上演の戯曲の中にも、今上演されたら人を瞠目せしめるような佳作（一例が「山吹」）が残っている。戦後の世界に、鏡花はまずこの「天守物語」を以てよみがえったと云ってよい。

幕あきの女童の手鞠唄から、天守の五重に、五人の侍女（いずれも実は妖怪）が、松杉の間へ五色の釣糸を垂れている導入部はすばらしい。露で秋草を釣るという卓抜なイメージ。そこへ忽ち雷雨が襲ってきて、簑を被いだ美しい天守夫人富姫（妖怪の主）が還ってくる。

……

これも亦、もし魔力を恣にすれば、どんな残酷なこともできる無道徳な美的存在である妖怪たちが、人間の若者の真情に搏たれて、彼を人間界の悪から守護する物語である。

しかし、獅子頭の目が傷つけられて、共に失明する恋人同士は、桃六によって救われるが、このようなデウス・エクス・マキナの手法を用いて、しかもその救済の神を芸術家と規定する鏡花の気稟の高さには、ロマンティケルとしての面目が躍如としている。

セリフとして、えもいわれず見事なのは、帰ってきた天守夫人が、雨に襲われた鷹狩の人たちを描写する長いセリフである。このような強い、リズムのある、イメージに富んだすばらしいセリフの前に、日本の新劇の作家たちは慚死すべきであろう。

「縷紅新草」（昭和十四年七月「中央公論」）については、私に個人的な思い出がある。祖母が鏡花きちがいで、幼時から、鏡花の初版本を瞥見する機会があった私には、その新作を買うことは当然のことに思われて、渋谷の本屋で、「縷紅新草を下さい」と言って、店員に呆れ顔で笑われたおぼえがある。そのとき私は十四歳の中学生だったのである。

「縷紅新草」は、昼間の空にうかんだ灯籠のように、清澄で、艶やかで、細緻で、いささかも土の汚れをつけず、しかもまだ灯されない、何かそれ自体無意味にちかいような果敢なさの詩である。これも亦、能に似た気分を持った作品で、三十年前の心中事件は思い出の彼方へ融け入り、今、小春日和の午後の展墓にいそぐ美女と初老の男の心に、事件は幽霊の蜻蛉によって、淡々とよみがえってくる。そして現実に幽霊は、小説の末尾で姿を現わすのであるが、それも遠景として点綴されるだけである。お米には晴れやかな年増の美しさが匂い、「おじさん」には一生つづく悔恨が燻ぶっている。

私はこういう明るい詩を、鏡花がその晩年、しかも戦争の影が重くのしかかる時代に書いたことに、一つの遺書の意味を見ずにはいられない。鏡花の一生の仕事はこのような淡い美しい白昼夢にすぎなかったかもしれないが、白昼夢が現実よりも永く生きのこるとはどういうことなのか。人は、時代を超えるのは作家の苦悩だけだと思い込んでいはしないだろうか。

言葉だけを信じて困難な時代を生き抜いてきた作家が、老いに臨んで、永遠不朽の女性美の神秘を、白昼の幻想の裡に垣間見た詩は、近代日本の同じく困苦と夢想に充ちた歴史の中で何を意味したであろうか。私は世阿弥（ぜあみ）が理想としたあの真の花を思い出すのである。「これ真（まこと）に得たりし花なるが故に、能は、枝葉も少く、老木（おいき）になるまで、花は散らで残りしなり。これ、眼（ま）のあたり、老骨に残りし花の証拠なり」（風姿花伝）

解説（「日本の文学34 内田百閒・牧野信一・稲垣足穂（たるほ）」）

もし現代、文章というものが生きているとしたら、ほんの数人の作家にそれを見るだけだが、随一の文章家ということになれば、内田百閒氏を挙げなければならない。たとえば「磯辺の松」一篇を読んでも、洗煉の極、ニュアンスの極、しかも少しも繊弱なところのない、墨痕あざやかな文章というもののお手本に触れることができよう。これについてはあとに述べるが、アーサー・シモンズは、「文学でもっとも容易な技術は、読者に涙を流させることと、猥褻感を起させることである」と言っている。この言葉と、佐藤春夫氏の「文学の極意は怪談である」という説を照合すると、百閒の文学の品質がどういうものかわかってくる。

すなわち、百閒文学は、人に涙を流させず、猥褻感を起させず、しかも人生の最奥の真実を暗示し、一方、鬼気の表現に卓越している。このことは、当代切ってのこの反骨の文学者が、文学の易しい道を悉（ことごと）く排して最も難事を求め、しかもそれに成功した、ということを意味している。百閒の文章の奥深く分け入って見れば、氏が少しも難しい観念的な言葉遣いなどをしていないのに、大へんな気むずかしさで言葉をえらび、こう書けばこう受けるとわかっている表現をすべて捨てて、些（いささ）かの甘さも自己陶酔も許容せず、しかもこれしかないという、究極の正確さをただニュアンスのみで暗示している、皮肉この上ない芸術品を、一篇一篇成就していることがわかる。しかしこれだけの洗煉された皮肉、これだけの押し隠した芸、これだけの強い微妙さが、現代の読者にどれだけ理解されるであろうか。何でもよい、百閒の名品を一篇とりだして、「芸術品とはこういうものだ」と若い人に示したい気持に私は襲われる。それは細部にすべてがかかっていて、しかも全体のカッキリした強さを失わない、当代稀な純粋作品である。

　お化けや幽霊を実際信じていたらしくて、文章の呪術的な力でそれらの影像を喚起することのできた泉鏡花のような作家と、百閒は同じ鬼気を描いても対蹠的な場所にいる。百閒の俳画風な鬼気は、いかにも粗い簡素なタッチで表現されているようでいて、その実、緻密きわまる計算と、名人の碁のような無駄のない的確きわまる言葉の置き方によって、醸（かも）し出されているのである。

常識で考えて、お化けや幽霊は、そこに現実の素材として存在するのではない。従ってお化けや幽霊を扱う作家は、現実の素材やまして思想や社会問題によりかかって作品を書くわけではない。彼が信ずべき素材は言葉だけであり、もし言葉が現実を保証しなければ、それは一篇の興味本位の物語になり、いちばん大切な鬼気もあらわれないから、言葉の現実喚起の力の重さと超現実超自然を喚起する力の重さとは、ほとんど同じことを意味することになる。そこに百閒の、現実の事物の絶妙のデッサン力と、鬼気の表出との、表裏一体をなす天才が見られ、それがすべて言葉ひとつにかかっていることを考えれば、鏡花のように豊富な言葉の想像力に思うさま身を委（ゆだ）ねた作家と、百閒のような一語一語に警戒心を怠らぬしたたかな作家と、どちらが本当の意味で「言葉を信じて」いるか軽々に言えないのである。

「東京日記」はそういう意味で、一面から見れば百閒の正確緻密な観察力に基づいたドローイングの集成でもあり、一面から見れば一つ一つが鬼気を生ずるオチを持った幻想的小品の集成でもある、という無類の作品である。幻自体も、醒（さ）めた目でおそろしいほど的確に眺められている。初読後三十年ちかくもなるのに、丸ビルの前をとおるたびに、この作品「その四」の、丸ビルのあった辺りの地面に水溜りがあって、あめんぼうが飛んでいた、という描写が思い出され、その記憶のほうが本物で、現実の丸ビルのほうが幻像ではないか、と錯覚されることがある。文章の力というのは、要するにそこに帰着する。

「東京日記」は、異常事、天変地異、怪異を描きながら、その筆致はつねに沈着であり、どこかにきちんと日常性が確保されているから、なお怖いのである。たとえば「その一」を見よう。

「私の乗った電車が三宅坂を降りて来て、日比谷の交叉点に停まると、車掌が故障だからみんな降りてくれと云った」

そこまではよくあることだ。しかし、大粒の雨、無風、ぼやぼやと温かい空気、時ならぬ暗さ、という設定の裡に、

「雨がひどく降っているのだけれど、何となく落ちて来る滴に締まりがない様で……」

という一行に来ると、この「何となく落ちて来る滴に締まりがない様で」という、故意にあいまいにされた、故意に持って廻られた言葉づかいによって、われわれはもう百閒のペースへ引き入れられてしまうのである。この一行は、一方から見ると、単なる現実の雨の感覚的描写のようでもあり、他方から見ると、異常事の予兆のようでもあるから、この一行がい

わば、現実と超現実の間の橋をなしているのである。百閒はこうしてまず読者の神経を攪乱しておいてから名人芸の料理にとりかかる。次のパラグラフでは、お濠の水の白光と異常が語られ、「何だか足許がふらふらする様な気持になった」と、きわめて日常的表現で、こちら側の感覚の混乱が語られる。

読者はここまで来ればもう、更に次のパラグラフで、お濠の中から白光りのする水が一つの塊りになって揺れ出す異常事を、テレビのニュースを見るように、如実に見てしまうのである。

一節一節の漸層法。ついに「牛の胴体よりもっと大きな鰻が上がって来て」、交叉点を通りすぎようとするとき、

「辺りは真暗になって、水面の白光りも消え去り、信号灯の青と赤が、大きな鰻の濡れた胴体をぎらぎらと照らした」

という見事な感覚の頂点へ連れて行かれる。

一篇一篇がこの調子で磨き抜かれ、時には「その二十一」のような洒落たコントにもなる。E・T・A・ホフマンの短篇と、「その十六」との比較なども興味があるが、私にはいまだに怖いのは「その六」のトンカツ屋の挿話である。

一体こういう芸術品に何の意味があり思想があるのかとある人は言うかもしれない。しかし、百閒の作品を読んで、上田秋成の「雨月物語」を読むと、あの秋成の名品（たとえば「白峯」）ですら、百閒と比べれば、説教臭を残していて、洗煉度が足りないように思われる。百閒は有無を言わせぬ怪異（そこには思想も意味もない）の精緻きわまる表出によって、有無を言わせぬ芸術品を作り上げた。ともすると、（それすら余計な類推であるが）、百閒は、たしかな「物」としての怪異の創造を、たしかな「物」としての芸術品の創造の暗喩としているかのごとく思われる。「磯辺の松」は、百閒自身永年習っている琴の師匠宮城道雄氏をモデルとしたかと思われる小説であるが、これも純然たる想像力の創出した世界であることにおいて、怪異物と同じ次元にある。百閒は或る非日常の条件の枠を感覚にはめ込まれることによって、はじめて活々と動き出す感覚の持主らしい。「磯辺の松」は、筋としては、妻を失い弟子を失った検校の、老いらくの恋の物語であるが、百閒はそれを決して潤一郎のようには語らない。作品の質の高さとして、「磯辺の松」と「春琴抄」は相頡頏しているけれど、前者が後者ほど人口に膾炙していないのは、ひとえに百閒が、すこぶる皮肉な、すこぶる微妙な、すこぶる暗示的な表現でしか、官能的な事柄を語らないのみか、もっとも哀切な感情をもっともそっけなく語って、凄い効果をあげているところが、一般には通じにくいからであろう。盲目を描いて、「春琴抄」を女性的傑作とすれば、「磯辺の松」は男性的傑作であり、微妙な風趣に充ちたストイシズムの成果である。

「磯辺の松」は、盲人の世界の感覚と心理に対するおそるべき犀利(さいり)な洞察力と感情移入、ほとんど盲人の感覚世界への自己同一化、と謂(い)った形で、どんな細部もゆるがせにせず、いや、細部にこそ極度に盲人的触覚を働かせて、神技を駆使した作品である。そして、そのような感覚的真実はあからさまなほどリアルに積み重ねられてゆくのに、恋愛感情については極度に筆を節し、相手の女性三木さんは、言葉づかいの明るさだけで読者に好感を抱かせながら、しかし、検校をたよりにするともなくせぬともなく、検校に対して献身的であるようでもありないようでもあり、と謂ったこの女性の心持が、直接描写よりもはるかに生々しく盲人の心にとらえられており、この間接的色気とでも謂ったものは絶妙である。

第一章の発端の盲人の癇癖(かんぺき)の伏線、ついで「風の筋が真直ぐである」という感覚の鋭さ、草の匂い、三木さんが近づいてくると、「しかしまだ早過ぎると思うのに、自然に顔の筋が笑顔に崩れ出した」という、その「早過ぎる」という一語の使い方の巧妙さ、さりげない会話ににじみ出る情感、……こういうことは一つ一つあげて行けばきりがない。英子さんの挿話もすばらしいもので、検校の怒りの簡潔な強い描写が、後段の英子さんの怪我の噂の伏線になるのも愕(おどろ)かされる。三木さんとの稽古の、琴の演奏を通じて流れる情感から、枯木のような検校の身によみがえる生命力のあらわれとして、「日日の稽古に弾き馴らした古琴が、猛然と牙を鳴らして自分に立ち向かって来る様な気勢を感じた」という、気品の高い描写など、また第七章以下の検校の鬱屈も、すべて間接的に語られていながら、馥郁(ふくいく)たる情念をかもし出し、全篇の結語の、

「その後の十七年この方自分はまだ何人(だれ)にも『残月』を教えない」

という一句に集約されるのである。

実際これら昭和十年代の傑作に比べると、古典と目されている「冥途」などでさえ、習作に類するとも言われよう。中に「件(くだん)」は、カフカのメタモルフォーゼを思わせる名品で、宿命の怪物「件」に化身した作者の目が、不透明な不決断な社会と相対する構図は、後年の「磯辺の松」の遠い先蹤(せんしょう)のようにも思われる。

戦後では、恐怖の名品「サラサーテの盤」があるが、百閒の逸すべからざる側面であるユーモア、わざと重厚に構えて、自意識を幾重にも折り畳んで、いうにいわれぬとぼけた味を出すユーモアを味わおうとする人は、近業の「特別阿房列車」に就かれるがいい。

*

昭和初年代から十年代にかけて、いずれも業半ばにして死んだ三人の作家、梶井基次郎、中島敦、牧野信一の三人は、文豪と呼ばれるほどの大きな仕事を残したわけではないが、夜空に尾を引いて没した流星のように、純粋な、コンパクトな、硬い、個性的独創的な、それ自体十分一ヶの小宇宙を成し得る作品群を残したことで、いつまでも人々の記憶に、鮮烈な残像を留めている。作家の生死も宿命の関わるところで如何ともなし難いが、徒らに永生きをして、玉石混淆の厖大な全集を残すよりも、純粋な引き締った一二巻の全集だけを残して早世した作家のほうが、作家としては倖せのようにも思われる。その理想の姿は、二十歳で死んだレイモン・ラディゲのような作家であろう。

それはさておき、牧野信一は前述の三人のうちでは、又さらに異色の作家であって、あとの二人のストイックな生き方と作品形成に比べると、ヴァガボンド的要素に富み、私小説の系統ながら、独自の幻想とどす黒いユーモアに溢れ、文章も他二人に比べれば破格で、それだけに他の二人よりも読者の好悪のある作家である。

本集に集めた百閒、足穂の間に置くと、牧野信一は、その幻想味においては百閒にもやや近いが、その無頼と放浪の生活、その日本的風土に託した西欧の幻想、その知的ユーモア、その精神生活の飛翔による私小説からの脱却、等の要素において、むしろはるかに足穂に近い。しかし、足穂ほどの徹底した宇宙観と体系的思索には欠けていて、その独自な知性と野性との戯れも、当時の西欧派知識人の知的幻想を高く抜きん出るものではない。

昭和文学には、堀辰雄もその一人であろうが、日本人として日本の風土に跼蹐(きょくせき)して生きながら、これを西欧的教養で眺め変え、西欧的幻想で装飾して、言語芸術のみがよくなしうるこのような二重の映像を作品世界として、そのふしぎな知的感覚的体験へ読者を引きずり込む、一群のハイカラな作家がある。ただ簡単にハイカラと言ってはいけないが、こうした「坐ったままのハイカラさ」は、たとえば上林暁氏のような意外な作家にさえひそんでいるのである。

生涯席の暖まる暇もないほど転居に転居を重ねた牧野信一にとって、その精神的故郷ともいうべきふしぎな日本の田舎「鬼涙村(きなだむら)」は、その多くの作品の重要な舞台であり、そこに住む異邦人としての知識人牧野は、教養によってのみ現実離脱をなしとげ、その愛馬にすら「ゼーロン」と名をつけて、中世騎士道や古代ギリシアの幻想へ、日本のドン・キホーテとして旅立つよすがにするのである。

「ゼーロン」が牧野信一の傑作とも代表作とも呼ばれるのは、実は本当の原因は、幸運にもその主人公が馬だったからではあるまいか。馬、この神話的な壮麗な動物、この気品と誇りに充ちた、強力でしかも感じ易い、美しい彫刻的な獣。馬は近代知識人の自意識の悲喜劇などには一切頓着せずに疾駆して、西欧と日本との間の深い断絶などは苦もなく跳び越えてしまう。そして牧野信一という「憂い顔の騎士」は、ゼーロンを得て、その作品世界を、はじめて真の燃える野性の中へ飛び込ませることができたのである。

しかし、現実の作品世界の馬はこんな馬ではない。それが怠惰な鈍感な驢馬(ろば)に堕してしまったことを、誰よりも知っているのは「私」である。跛(びっこ)を引き、殴られてもちょっと駈けてまた立ち止り、始末に負えぬ騎行の果てに、山中の村の火事が起ると、はじめてゼーロンはゼーロンになり、小説の終末で、まさに牧野信一がゼーロンに託して夢みたような荘厳な光景を現出するのだ。ドン・キホーテの自己諷刺と、その幻影の完成とは、小説「ゼーロン」をして、現実の幻滅と現実の壮麗化の二重操作を可能ならしめる。この日本の私小説のドン・キホーテは、一瞬の幻の中で、緋縅(ひおどし)の鎧(よろい)を着ているのだ。

しかし、百閒の作品を味読した読者は、牧野信一の作品の言葉の運用のぞんざいなことに、多少眉をひそめるかもしれない。そこにはほとんど或る種の粗雑な戦後派の文体の先駆を思わせるものがある。

「ゼーロン」は中でも、かなり緊密な作品であるが、文章のぞんざいさは覆いがたい。しかしそういう欠点を補って、この架空の冒険譚には爽快な魅力がある。馬でゆく途中、あらゆるところに敵がひそむという設定、それはいかにも冗談半分でふざけて見えるが、結尾で半鐘の音で信号を送ってよこすピストルの盗賊団長などは、却って「私」への友誼のうちに、野放図な放浪生活の魅力を逆に訴えてくる。

「詩は、饑餓に面した明朗な野からより他に私には生れぬ」

という美しい一行を作者は書くが、このような戯れの果ての、切羽づまった明朗さは、やはり牧野信一の本領と言わねばならない。

*

久しい間一部の好事家にだけ知られていた稲垣足穂氏は、今や、時代のもっとも尖端的な現象の一つになり、若い人たちの伝説的英雄にさえなった。足穂の生活が週刊誌のグラヴィアに現われるなどということは、数年前は予想だにしえない事態であった。その結果、氏の昔のファンは、自分だけの寵愛の対象を、雑駁な大衆社会に奪われて、スネている人が多い。しかし足穂という一種巨大な哲学的毛脛が、大衆社会などという小さな水溜りに足をとられる惧れがないことを、何よりもよく知っているのもこの人たちである。

足穂はその孤立によって文学的栄光に包まれた作家であり、文壇を俗世間と同一視する資格を確実に持っている作家である。足穂的宇宙に匹敵する思想を持った現在の小説家は、おそらく埴谷雄高氏一人を除いて、他には誰もいないのである。それは壮大な島宇宙のように宇宙空間の彼方に泛んでおり、われわれの住んでいる太陽系は、それに比べれば裏店の棟割長屋にすぎない。もちろん棟割長屋の軒下にも、朝顔は咲くが……。

私のように、文士のくせに吐哺握髪の生活をしている者から見ると、百閒や足穂の生活こそ本当の文士の生活であるという羨望の念を禁じえない。しかし、無為が思想なら、多忙も思想でなければならない。日本の小説家は概してそのどちらの思想も持たずに、生活自体の自然法則にすべてを委ねて来たのである。

閑話休題。足穂の文学について語ろうとすると、何十枚をかけても紙幅が足りない気がするから、私の目にとまった足穂論の中で、もっともみごとな透徹した要約をなしとげた種村季弘氏の一文を引用しよう。

「……『僕の〝ユリーカ〟』を『少年愛の美学』として、『少年愛の美学』を『僕の〝ユリーカ〟』として読むことは、すこし事情通の読者なら、いとも容易なはずである。そしておそらくまた両者に共通するのは、ヤーコプ・ベーメ風の無底 Ungrund の観念である。

無底の観念が、かものはし的一元性の肉体のキュービックな円筒（ああ、天体望遠鏡）と無底の宇宙を結びつける。（中略）牢獄的な軟かい壁にかこまれた袋小路の子宮を嫌って、まっすぐに円筒状の父の体内に輸精管を逆行する根源的な郷愁というものがあり、この母胎還帰衝動よりはるかに古えにさかのぼる郷愁の世界は、本来的に、鳥類学的で、母なる大地の引力にほとんど干渉されることを知らないことを、わきまえるべきだろう。永遠の父は、球体にあらずして、管状・円筒状・直腸状であり、この見えない中空の管のなかを彼は、鳥と飛行機の航跡を描きながら、郷愁の黄金色の彼方へと飛ぶ。A感覚のなつかしくも遠い魅惑である。

（中略）とすれば、わたしたちもまた、かつて鳥類の一族であり、母胎も卵殻もなしに化生した天衆の一味であったのだろうか。つまりは菩薩のようなものなのだろうか」（「南北」第三巻第九号所載）

この短かい文章の中には、足穂の生涯のテーマである、美少年、天文学、宇宙論、飛行機、菩薩あるいは弥勒、のすべてが語り尽され、その相互の関連が明確に整理されていて余蘊がない。

しかし足穂の文学は、いうまでもなく、このような思惟の体系だけに拠るものではない。

足穂の愛読者は、一見とりとめのない、良家の白い折襟のお坊ちゃんのようにどこかお行儀のいい、永遠に少年的な文体のかげにひそむ、菫(すみれ)いろの夕空のノスタルジーを、あの永遠なものへの男性特有の郷愁を、夕方の焚火(たきび)の匂いにヘリオトロープの匂いのまじったような、なかなか家へ帰って来ない少年の匂いを、どことなくハイカラでどことなく古風なユーモアを、(飛行機を「ひぎょうき」と訓ずる謡の師匠のおかしさなど、今でも何度でも思い出される)、何かしら充たされぬ思いのそこはかとない充足を、いささかも感傷の湿気を伴わぬ哀愁を、言葉の意味においてもっとも本質的に「抒情的なるもの」を愛しているのである。

足穂は真に男性の秘密を売った最初の文学者だと私には感じられる。足穂があからさまにしかし高雅に語り出す前には、われわれ男性は、男性とは何ぞやということを知らなかったのである。直感的には知っていても、ついに口に出すことなく次々と死んでゆき、男性存在の生と死の意味は、人間最奥の秘密として大切に保たれていたのである。それを足穂はあばいたのだった。

思えば、足穂が男性におけるスパルタ乃至(ないし)「葉隠」への先天的憧憬と、「宇宙的郷愁」とを同一次元で語ってしまったとき、そこですでに凡(すべ)ては語り尽され、文化と芸術の問題性は究め尽されてしまったのかもしれない。この世界の構造は明らかにされ、ふいに透明な機構があらわになり、歴史は遠くまで見透かされ、逆に人間の営為は限定されてしまった。しかし安心なことに、足穂はなお常識に反しているのである。そして九十九パーセントの人間は、足穂を読んでも、「へえ、変った面白いことを言う人だね」と思っただけで忘れてしまい、常識の混迷のハンモックへ、午寝（ひるね）をしに帰ってゆくのである。

足穂は歴史と文化の裂け目に指をさし入れてビリビリと引き裂いてしまい、そこにのぞけるものは白光に充ちた天空だけであることを証明した。だがこの虚無は何という誘惑的な甘味に充ち、香気馥郁としていることだろう。足穂は実に「弥勒」になったのであるから、この聖者を前にして、われわれは人間であることの誇りを回復することさえできる。世間や俗物がどうあろうと、歴史や文化の中へ埋没する決意をした者が、実はもっとも飛翔する人間になる、という秘密を学んだのであるから。

昭和文学に天才と名付け得るまことに数少ない一人である足穂は、足穂以前の世界と、足穂以後の世界を分ったことにおいて、宇宙飛行士的な歴史的位置を占めている。足穂によってはじめてわれわれは宇宙の冷気に触れた。一度それに触れた者は、もはや愛された者になり、天狗に愛された少年のように、永遠にその記憶から脱け出すことはできない。

私は限られた枚数に、足穂の作品を選ぶために、その取捨選択にずいぶん骨を折った。あれもこれも捨てがたく、ここに選んだ数篇は、いささか私の趣味に偏したきらいがないではない。初期の有名な作品である「一千一秒物語」や「黄漠奇聞」もわざと逸したのである。そこには私の警戒心も働いて、若き日の足穂の軽金属のような軽みが、これを読む現代の青少年の軽薄な心に、あんまり癒着しすぎはせぬかと怖れたのだった。

「フェヴァリット」

「地球」

「白昼見」

「弥勒」

「誘われ行きし夜」

「山ン本五郎左衛門只今退散仕る」

「A感覚とV感覚」

この選択には、いわば音楽的な顧慮が働いている。「フェヴァリット」は軽やかな序曲である。「地球」と「白昼見」は、足穂の身辺的な回想に詩的哲学的考察がまじった独自な型式が、「弥勒」にいたって一つの頂点を形づくるための用意である。「誘われ行きし夜」は、「山ン本五郎左衛門只今退散仕る」を読むための、背景的知識を養うために重要である。

「山ッ本……」は古物語の書き換えであるが、足穂文学の中心主題を暗示するきわめて大切なカタストロフによって、みごとに自家薬籠中のものになっている。かくて「A感覚とV感覚」の論理的建築物へ入ってゆくのである。

選ばれた諸作品は、いずれも何ものかへ向って離脱している。建築におけるバロックを飛翔する形式だとすれば、これら諸作は真の意味でバロック的なものであろう。「美のはかなさ」は各所に溢れ、われわれはどこかへ確実に「誘われて」行くのである。

さて、足穂は最近の十数年を、自作の改作改編や自註に時をすごすことが多かった。これらを掲載したことは、名古屋の同人雑誌「作家」の大きな功績であるが、私が註するまでもなく、もっとも信頼のおける作家自註を引用しておこう。但しところどころ原文を要約したことをお許しをねがう。

《「フェヴァリット」――堀辰雄の「燃ゆる頬」に人名として「扁理」とかあったのにしてやられた。（三島註――「聖家族」の誤りならん）。自分も「多理」を使ってやってみようと思ったのである。本当は複数で、「ひいき達」という程の意味だが、それでは語呂が悪いので単数「フェヴァリット」とした。しかし同時に、あのブーケだの風景画のレッテルを貼った、リボンで飾られた小箱をも意味している。（下略）

「白昼見」――「新潮」に出た同名の作は「白昼見」の前半部である。（中略）後半は、「たげざんずひと」Tagesan Sicht として森谷均の雑誌に掲載された。ケーベル博士が随筆中で推奨しているフェヒナーのエッセー（『死後の生活』という訳本が出ている）に暗示されて書いたもの。

「地球」――も同じ影響の下に生れた。

「弥勒」――第一次大戦が漸く終った大正八年の春から夏にかけて、ユニヴァーサル社の〝真鍮の砲弾〟という連続冒険活劇のアート・タイトルに、ボール紙細工の都会の夜景が現われ、その上空に飛来した一個の砲弾（実は巨大な拳銃弾）が炸裂すると、中から新らしいタマが出て、これがクイック・マーチ〝サラゴーサ〟の旋律につれて踊りながら、その尖端でもって夜空に *The Brass Bullet* と綴るのだった。この未来的な、運動学的な効果に僕は魅せられて、あの感じを何と言い表わすべきかが永いあいだの懸案になっていた。これについて弥勒の概念が得られたのは既に二十余年が過ぎ、日中戦争のさなかのことである。こうしてわが半自叙伝的創作〝弥勒〟が生れた。（下略）

「山ン本五郎左衛門只今退散仕る」――はじめこの題であったが、のち一時「懐しの七月」と改める。

昭和二十三年七月、戸塚グランド坂上の旅館にいた頃、「平太郎化物日記」に邂逅した。平太郎少年の日記もまた七月ついたちからみそかまでになっていた。（中略）第二次の邂逅は、京都へ移って四五年目にやってきた。山本浅子が京大図書館から借り出してくれた平田篤胤全集中の一巻に、羽州秋田藩平田内蔵助校正「稲生怪異譚」が入っていたからだ。これで全容がはっきりした。このよろこびがやはり七月のことである》

二種類のお手本――『文章読本』第三章より

料理の味を知るには、よい料理をたくさん食べることが、まず必要であると言われております。また、お酒の味を知るには最上の酒を飲むこと。絵に対してよい目利き(めき)になるためには、最上の絵を見ること。これは、およそ趣味というものの通則であって、感覚はわかってもわからなくても、最上のものによってまず研ぎ澄まされれば、悪いものに対する判断力を得るようになるものらしい。そこで私は、まず二種類の、非常に対蹠的な文章をお目にかけるつもりである。一つは、森鷗外の「寒山拾得」の一節であり、一つは泉鏡花の「日本橋」の一節であります。

閭(りょ)は小女を呼んで、汲立(くみたて)の水を鉢に入れて来いと命じた。水が来た。僧はそれを受け取って、胸に捧げて、じっと閭を見詰めた。清浄(しょうじょう)な水でも好(よ)ければ、不潔な水でも好(い)い、湯でも茶でも好いのである。不潔な水でなかったのは、閭がためには勿怪(もっけ)の幸であった。暫(しばら)く見詰めているうちに、閭は覚えず精神を僧の捧げている水に集注した。

（森鷗外「寒山拾得」）

「お客に舐(な)めさせるんだとよ。」

「何を。」

「其の飴(あめ)をよ。」

腕白ものの十(とお)ウ九(ここの)ツ、十一二なのを頭(かしら)に七八人。春の日永に生欠伸(なまあくび)で鼻の下を伸して居る、四辻の飴(あめ)屋の前に、押競(おしくら)饅頭で集った。手に手に紅(べに)だの、萌黄(もえぎ)だの、紫だの、彩った螺貝(ばい)の独楽(こま)。日本橋に手の届く、通一つの裏町ながら、撒水(まきみず)の跡も夢のように白く乾いて、薄い陽炎(かげろう)の立つ長閑(のどか)さに、彩色(さいしき)した貝は一枚々々、甘い蜂、香(かんば)しき蝶に成って舞いそうなのに、ブンブンと唸(うな)るは虻(あぶ)よ、口々に喧(やかま)しい。

此の声に、清らな耳許、果敢なげな胸のあたりを飛廻られて、日向に悩む花がある。盛の牡丹の妙齢ながら、島田髷の縺れに影が映す……肩揚を除ったばかりらしい、姿も大柄に見えるほど、荒い絣の、聊か身幅も広いのに、黒繻子の襟の掛った縞御召の一枚着、友染の前垂、同一で青い帯。緋鹿子の背負上した、それしやと見えるが仇気ない娘風俗、つい近所か、日傘も翳さず、可愛い素足に台所穿を引掛けたのが、紅と浅黄で羽を彩る飴の鳥と、打切飴の紙袋を両の手に、お馴染の親仁の店。有りはしないが暖簾を潜りそうにして出た処を、捌いた褄も淀むまで、むらむらと其の腕白共に寄って集られたものである。

（泉鏡花「日本橋」）

「寒山拾得」の方の引用は、閭という、ある地方長官のところへ、不思議な僧侶が訪ねてきて、この閭が、レウマチ性の頭痛に悩んでいるのを治してやると坊主がいう。そしてまじないをするために水が欲しいという、その一節であります。鏡花の「日本橋」の方は、物語の発端の冒頭の一節であります。

「寒山拾得」は短篇小説であり、「日本橋」は長篇小説であります。それ以外にもこの二つの文章は、まことに対蹠的な文章で、だれが読んでも、近代日本文学のなかで最も代表的なコントラストをなす文章であるということは、気付かれるでありましょう。なぜこの二つを私がいい文章だというかという問題ですが、鷗外の文章から先にはいりますと、この文章はまったく漢文的教養の上に成り立った、簡潔で清浄な文章でなんの修飾もありません。私がなかんずく感心するのが、「水が来た」という一句であります。この「水が来た」という一句は、全く漢文と同じ手法で「水来ル」というような表現と同じことである。しかし鷗外の文章のほんとうの味はこういうところにあるので、これが一般の時代物作家であると、閭が小女に命じて汲みたての水を鉢に入れてこいと命ずる。その水がくるところで、決して「水が来た」とは書かない。まして文学的素人には、こういう文章は決して書けない。このような現実を残酷なほど冷静に裁断して、よけいなものをぜんぶ剝ぎ取り、しかもいかにも効果的に見せないで、効果を強く出すという文章は、鷗外独特のものであります。鷗外の文章は非常におしゃれな人が、非常に贅沢な着物をいかにも無造作に着こなして、そのおしゃれを人に見せない、しかもよく見るとその無造作な普段着のように着こなされたものが、たいへん上等な結城であったり、久留米絣であったりというような文章でありまして、駈け出しの人にはその味がわかりにくいのであります。この「水が来た」というたった一句には、文章の極意がこもっているので、もし皆さんがそこらの大衆小説をひもといて、こういう個所を読めば多くは次のような文章で書かれています。

「閻は小女を呼んで汲みたての水を、鉢に入れてこいと命じた。しばらくたつうちに小女は、赤い胸高の帯を長い長い廊下の遠くからくっきりと目に見せて、小女らしくパタパタと足音をたてながら、目八分に捧げた鉢に汲みたての水をもって歩いてきた。その水は小女の胸元でチラチラとゆれて、庭の緑をキラキラと反射させていたであろう。僧は小女へ別に関心を向けるでもなく、なにか不吉な兆を思わせる目付きで、じっと見つめていたのであった」

私はこのような悪文のお手本を書いてみました。つまりこんな文章は鷗外の「水が来た」のたった一句とちがって、現実の想像やら、心理やら、作者の勝手な解釈やら、読者への阿りやら、性的なくすぐりやら、いろいろなものでごちゃごちゃに塗りたくられています。これが古代の情景に対していつも時代物作家が、現代の感覚を持ち込もうとする過ちであります。彼等は古代の物語のおそろしい簡潔さに耐えられないで、現代の生活感覚でベタベタと塗りたくってしまいます。描写すればするほど古代支那の簡潔な物語の、すっきりした輪郭は崩れ、たとえばその衣裳を描写すればするほど、それはわれわれの感覚からかえって遠くなって、紙芝居のようになってしまいます。ただ鷗外がなんの描写もせずに、「水が来た」

と言うときには、そこには古い物語のもつ強さと、一種の明朗さがくっきりと現われます。そういう漢文的な直截（ちょくせつ）な表現を通して、われわれはその物語の語っている世界に、かえってじかに膚を接する思いがするのであります。

もちろん、これは鷗外の素質によるもので、現代小説を書いても鷗外はこのような文章を書きました。彼はあいまいなものに一切満足できなかったのであります。そうして彼の精神は汲みたての水を入れた鉢という物象を目の前にありありと見、手にとって眺めるような力で見るのでなければ、見る値打がないと感じました。彼は言葉をそのためにしか使わなかったし、言葉をよけいな想像で汚すことが、作品のなかに描いた物象の明確さを失わせることにしかならないのを知っていました。鷗外は人に文章の秘伝を聞かれて、一に明晰、二に明晰、三に明晰と答えたと言われております。これは作家の文章に対する一つの決定的な態度であります。スタンダールが「ナポレオン法典」を手本にして文章を書き、稀有（けう）な明晰な文体を作ったことはよく知られていますが、実は最も素人に模写し難い文章、舌で味わうにはもっとも微妙な味をもっている文章は、こういう明晰な文章なのであります。何故ならばそれは無味乾燥と紙一重であって、しかも無味乾燥と反対のものだからであります。このような文章について、ハーバート・リードがこう言っています。これはホーソンの文体について言ったものでありますが、私にはこれが「明晰な文章」というものに関する、非常に明晰な定義であると思われる。

「よき文体の秘訣は明晰な思考であると、ときどき言われる。なるほど、論理的な精神は悪しき文章の陥る多くの陥穽（かんせい）をかならず避けるものではあるが、散文芸術のためには他の特質が必要である。たとえば、思考よりも素速い目や、言葉の個性的特質――その響き、大きさ及び歴史――に対する感覚的感受性が必要である。さらにもっと何かが――情況の全体性や完全性の知覚を意味する何かが――存在する。その結果、言葉や文章ばかりでなく、これらをもっと大きな、もっと持続的な統一体へ綜合編成することが可能となるのである」

このハーバート・リードの言う「情況の全体性や完全性の知覚を意味する何か」、これこそ鷗外の文体の秘密であり、スタンダールの文体の秘密であります。こういう知覚をもたないものが、明晰な文体を志すとかならず無味乾燥で、味気ないかさかさの文体に陥ります。明晰な文体、論理的な文体、物事を指し示す何ら修飾のない文体、ちょうど水のように見える文体のなかにひそんでいる詩には、あたかもH_2Oという化学方程式そのもののように、無味乾燥の如く見えながら、実は詩の究極の元素があるのであります。それは目に見えるキラキラした詩ではなくて、元素にまで圧縮された詩であり、抽出された詩であって、このような文体がもっているほんとうの魅力は、実は詩であり、ハーバート・リードの言う「全体的知覚」であります。また詩人のよく言うサンス・ユニヴェルセール（宇宙感覚）というものとも通ずるものでありましょう。

さて次に鏡花の「日本橋」の文章に移りますと、私が鷗外の文章のなかで感嘆した要素はここには一つもありません。しかも私が鷗外の文章を改悪して、おそろしい悪文に仕立て上げたあの文章との類似点ならば豊富に認められるのであります。私がいままで鷗外の文章について述べた説は、すべて鏡花の文章をけなすために存在するかのようであります。しかし実はそうではない。これは鷗外の文章とぜんぜん反対の立場にたつ美学にのっとっており、この美学を極端にまで押し進めて、鏡花は先に私が改悪したあの悪文から、はるか離れた高みに達しております。そこには眼も綾な色彩の氾濫があり、自分の感覚で追っていくものに対する誠実な追跡があり、その文章全体は一つのものを確固と指示するかわりに、読者を一種の快い純粋持続にさそい込みます。この文体のなかに捲き込まれた読者は、一つ一つのものを明確に見極めたり、手にとったりするいとまもなく、次々と色彩的文体に飜弄（ほんろう）されて、一種の理性の酩酊に落ち込みます。理性の酩酊と私が言うのは、言語芸術である以上、われわれは言葉を通して、言葉を媒介にして感覚に落ち込むほかはないので、いずれは理性の作用に頼っているからでもありますが、鏡花の文体はこのような理性が、理性自体でたどり得る最高の陶酔を与えてくれると言っても過言ではありますまい。鏡花は自分が美しいと思うもの以外には見向きもしませんでした。鏡花にはそこに一つの物体があるということは、何ものでもありませんでした。水を入れた鉢がそこに存在しても、それが古い汚れた鉢であって、鏡花が美しいと思わないものならば、容赦なく無視しました。そうして自分が美しいと思うものにだけ感覚を集中し、思想を集中し、そうすることによって先のハーバート・リードの言葉のように、別の径路をたどって「全体性の知覚」に没入したのであります。

　これは、もし鷗外の文章をアポロン的文章と言うとすれば、ディオニュソス的文章と言うことができましょう。伝統的に言えば、それは漢文の文章であるというよりも、日本の国文学の文章、江戸時代の戯文、それから俳諧の精神、むしろ芭蕉以前の談林風の俳諧の精神、日本文学の中世以来繰り返された頻繁な観念聯合（れんごう）の文体、あらゆる日本文学の官能的伝統が開花したものであります。その文章はまさしく小説の文章でありますが、彼が追求したのは性格でもなく、事件でもなく、自分の美的感覚の一種の告白でありました。この点に鏡花の文体はすべてかかっているので、それを除いて鏡花の文体というものはあり得ませんでした。しかしこれは一面もっとも悪い文体にもまた似ております。先ほど私が作ったような悪文の悪さは、作家がそこまで自分の感覚を誠実につきつめないで、読者に対する阿りやいいかげんなリアリズムやいいかげんな想像力や、世間へほどほどのところで妥協した精神の上に書かれているので、醜悪な文章になるのであります。作家の個性が鏡花のように最高度に発揮されれば、それはそれなりに文章の完全な亀鑑となるのであります。

前章でも述べたことでありますが、マルセル・プルーストの文体が、いかにもフランス文学の古典的伝統から背反しているように見えながら、やはり重要なフランス文学の代表的文体の一つとなって勝利を占めたのと似たような消息がここに見られるかもしれません。しかし鏡花はまた日本では一種の伝統的文体なのであり、鷗外もまたもう一つの別の伝統、漢文の伝統にのっとっているのであります。私がこの二つを冒頭に引用したのは、序説の男文字と女文字の伝統、論理的世界と情念の世界との対立が、同じ近代文学と言われるもののなかに、いかにも尖鋭(せんえい)な形で相対しているところを示したかったからであります。他の作家の文体はいずれもこの二つの極の間に、それぞれ星座のように位しているのであって、その間には様々な折衷主義もあれば、また変種もあります。

もう一つの問題はこの文章が、鷗外の文章は短篇小説の文章であり、鏡花の文章は長篇小説の文章だということにもあります。鷗外は大長篇というものを一生のうち書きませんでした。非常に知的な明晰な人はあまり大作を書けないのではないかと疑われるふしがあります。ポール・ヴァレリーには数巻も続くような大作はありませんし、鷗外にもそうしたものはありません。もし世界が彼の頭脳のなかで、あまりにも明晰に簡素な形に圧縮されているならば、紙数をつくすことは無駄であり、言葉そのものが無駄であります。禅の不立文字(ふりゅうもんじ)ではないが、鷗外のはなはだ節約された文体、支那の古人の言ったような「言葉を吝(お)しむこと、金を吝しむがごとく」にして書かれた文体は、洋々たる持続には適しません。鷗外の作品でもっとも長いものの一つである「澀江抽斎(しぶえちゅうさい)」はこのような簡潔な文体で書かれたぎりぎりの長篇であります。それはあまりにも凝縮され、人生の波瀾があまりにも圧縮されて詰め込まれているので、まるで濃いエキスを飲むように、一般の読者にはにがい飲物であります。しかし「澀江抽斎」のたった一行を水に投ずれば、濃いエキスがたちまち水に広まって、口あたりのよい柔かい飲料になるように、誰の口にも合うおいしい飲物になるでありましょう。しかしそのように薄められた鷗外は、もはや鷗外ではないのであります。ですから鷗外の文章はあくまでも完全な簡素の上にたった短篇小説、および小品のための文体であったのである。これは志賀直哉氏の文体も同様で、氏は真の長篇小説としては「暗夜行路」を書いただけでありますが、それすら苦吟に苦吟を重ねて長い年月を要しました。

これに比べると泉鏡花の文体は、いかにも長篇小説に適した文体であります。それは流れを持続し、あたりに花びらを播(ま)くように色彩も華やかに進んでいく行列を思わせます。そこでは作者は読者と同様に自分の文章の流れに身をまかせて、ほろ酔い機嫌で進んでいくように見えるのであります。鏡花の物語は思想的な主題もなく、知的な個性もありませんが、厳然とした物語の世界を長々と展開することができました。この種の文体は谷崎潤一郎氏の文体にも、ある意味では似ているので、谷崎潤一郎氏の文体は鏡花に比べると、はるかに写実的文体に近く、文学的伝統から言っても、平安朝文学の影響を受けて洋々たる感情の流れを叙しながら、同時に広大な写実的世界を再現することに秀でていますが、その端的な例があの大作「細雪(ささめゆき)」でありましょう。

小説とは何か

一

テレビの発達につれて、ラジオはずいぶん衰退した。FM放送やカー・ラジオで息を吹き返しているという話もあるが、もっとも早いニュースをラジオ一つにたよっていた時代に比べれば、その第一義的な有効性が失われたことは疑えず、また、戦前にオリンピックの前畑嬢の敢闘などを、水しぶきの音と共にきいて昂奮した時代を思えば、われわれがもはやこの種の活潑な想像力を伴った昂奮をラジオから求めていないことは自明に思われる。

車を運転しながらの交通情報や、プロ野球の放送をきくなどの例を除けば、全般的に、ラジオの与えるものは、人を激発させるよりも慰め安らげるためのものが多くなった。朗読や、何よりも音楽が重んじられ、テレビのように視覚を奪わないから、いわゆるムードをかもし出すのにより好適である。カー・ラジオは現代の恋愛の不可欠な伴奏者の役割を占めている。それはあたかも十九世紀ヨーロッパで、レストランのテーブルの間をめぐり歩く楽師の役をチップ抜きで演じているのである。

ラジオはテレビより、ムードの醸成には有利な点もあろうが、意味伝達においては隔段にまわり道である。視覚的なものはすべて想像力に委ねられているからであり、一挙手一投足の労を惜しむ現代では、想像力の支出はかなり億劫な労務支出なのである。

では、ラジオが動的な機能よりも静的な慰安的機能により傾いてきた現代、ラジオのもっとも熱心な聴取者は誰であろうか？　車の運転者は、いろんな点ではなはだその場かぎりの、不まじめな、不実な聴取者と考えられる理由が十分ある。連続物の内省的な朗読などに、しんみり、心の底から耳を傾けてくれている人は誰であろうか？　目で見る他人の不幸の面白さに、あさましい好奇心をむき出しにするテレビの視聴者などとちがって、他人の内心の声のしたたりをしずかに自分の心に受けとめてくれる人は誰であろうか？

老人か？　とんでもない。老人はテレビにしがみついて、最新の情報と最新の流行に通暁している。もっともそれをただ否定するためにだけではあるが。

思うに、それは、テレビを持たぬ、あるいはテレビを見ることを禁じられている永患いの病人たちである。病人たちは時間をたっぷり持っており、愛憎は体にさわるので、いくぶん冷たくまた真摯な、他人に対する関心はゆるされており、自分の内省は体によくないが、他人の内省に深入りするだけの精力はのこしている。そしてかれらは熱心にラジオをきき、あるときは思い余って、投書をしたりするのである。

……私が今までただ永々と、ラジオのことを語ってきた、と人は思うであろうか？

実は私が語ってきたのはラジオのことではない。小説のことである。小説は現在なお大部数の出版に耐え、ラジオほどの日蔭者になっていないように見えるけれど、本質的にはラジオと同じ運命を荷っている。

元気な若い人たちにとっては、小説は、相手の要らない、或る手軽な想像力のクイズであるが、もちろんそういう点ではテレビのほうが数等上であって、小説はテレビよりも永い持続した興味と、ディテールと、テレビよりも高度に観念的な（それだけ高度に猥褻な）性的描写をなしうる点で、わずかにこれに対抗している。

しかし、真の享受者の数が限られているのは、その本質に根ざすもので、テレビは今まで小説に代償的娯楽を求めていた擬似享受者を奪ったにすぎない。

もともと小説の読者とは次のようなものであった。すなわち、人生経験が不十分で、しかも人生にガツガツしている、小心臆病な、感受性過度、緊張過度の、分裂性気質の青年たち。性的抑圧を理想主義に求める青年たち。あるいは、現実派である限りにおいて夢想的であり、夢想はすべて他人の供給に俟(ま)っている婦人層。ヒステリカルで、肉体嫌悪症の、しかし甚だ性的に鋭敏な女性たち。何が何だかわからない、自分のことばかり考えている、そして本に書いてあることはみんな自分と関係があると思い込む、関係妄想の少女たち。人に手紙を書くときには、自分のことを二三頁書いてからでなくては用件に進まない自我狂の少女たち。何となく含み笑いを口もとに絶やさない性的不満の中年女たち。結核患者。軽度の狂人。それから夥(おびただ)しい変態性慾者。……

……こんなことを言うと、人は、小説の読者を世にも不気味な集団のように想像するだろうが、実はそうではない。

右の人たちはみんな善良な市民であり、法律を遵守(じゅんしゅ)し、習俗を守っていると云ってまちがいはなく、それはそのまま、いわゆる「社会の縮図」であるにすぎない。社会とはもともとそのようなものであり、もし右に挙げたおそろしいリストの数十人の代表者が一堂に会するとすれば、それは実に遠慮ぶかいやさしい人たちの会合であることはまちがいがない。

かれらはあたかもテレビ討論会の人たちのように、朗らかに、幾分口ごもりながら、小説について語るであろう。かれらは見かけはいかにも平凡な、町のどこでも会う人たちであり、頭のよさそうな青年、美しい少女、好もしい主婦、実直な勤め人であるだろう。そして決してかれらは自分を小説につないだもっとも内的な動機については、何も語らないだろう。

実はかれらは、かれらを右のようなブラック・リストへひそかに組み入れた元凶が、かれらの愛する小説に他ならないことを知らないのだ。小説を世間へ発表し、読者を釣り上げる（何たる下品な表現！）ということは、右のようなリストに載らざるをえぬものを人々の中から誘発することであり、そのおかげで、読者の側からすれば、自分のもっとも内密な衝動の、公然たる代表者且つ安全な管理人を得るのである。或る小説がそこに存在するおかげで、どれだけ多くの人々が告発を免かれていることであろうか。それと同時に、小説というものが存在するおかげで、人々は自分の内の反社会性の領域へ幾分か押し出され、そこへ押し出された以上、もちろん無記名ではあるが、リスト・アップされる義務を負うことになる。社会秩序の隠密な再編成に同意することになるのである。

このような同意は本来ならば、きびしい倫理的決断である筈だが、小説の読者は、同意によって何ら倫理的責任を負わないですむという特典を持っている。その点は芝居の観客も同様だが、小説が芝居とちがう点は、もし単なる享受が人生における倫理的空白を容認することであれば、いくらでも長篇でありうる小説というジャンルは、芝居よりもずっと長時間にわたって、読者の人生を支配するので、（あらゆる時間芸術のうちで、長篇小説はいちばん人生経験によく似たものを与えるジャンルである）、人々は次第に、その倫理的空白に不安になって、ついに自分の人生に対するのと同じ倫理的関係を、小説に対して結ぶにいたることがないではない。すなわち読者は、与えられた特典を、自ら放棄するにいたるのである。

そのとき人々は、小説などというものがあるおかげで、それさえなければ無自覚に終った筈の人生の秘密に対して目をひらかされ、しかもその秘密の根を否応なしに自分の中に発見させられ、無言の告白を強いられ、……それだけですめばまだしも、告白を通じていつのまにか社会の外側の荒野へ引きずり出され、自分が今も忠実を誓っている社会的法則と習俗からはみだしている自分の姿を直視させられ、決定的な「不安」を与えられる。一冊五百円ぐらいの金を払ったために、こんな目に会わされてよいものだろうか。かくて、これが、「あなたのおかげで私の人生をめちゃくちゃにされた。一体どうしてくれる」という意味の文面の、未知の読者から小説家へ送られる手紙の原因をなすのである。

問題を整理しよう。

第一に、不安を与えられること。

第二に、その結果、不安を克服するために倫理的関係を小説と結ぶこと。

この二つが、小説享受のもっとも根本的本質的な影響である。ここまで行けばしめたものだが、大半の小説はここまで行かずに、「体をたのしまれる」だけで終ってしまうという売女(ばいた)の運命にあることは云うまでもない。

さて、第一の影響はかなり健全な結果で、小説の芸術的責任は実はここまでだということが云えるであろう。何故なら、市場においては、人々は喜々として「不安」をさえ買うからである。

しかし第二の影響のほうは黙過しがたい。なぜならこのほうは、場合によってはもっとも厄介な読者を培うからであり、一方、このような傾向に陥りやすい読者の心を収攬(しゅうらん)するつもりで作られた、さまざまな似而非(えせ)芸術、すなわち「人生論的小説」「いかに生くべきか小説」という短絡現象を生み出すからである。

もっとも熱心でまじめな読者が、ついに小説作品と倫理的関係を結ぼうと熱望するにいたるのは自然であるが、又、そこまで読者をのめり込ませる小説にはたしかに傑作が多いのは事実であるが、小説の最終的責任はそこまでは及ばない。そこまでは及ばない、ということを、しかし作者は、作品のどこかに、こっそり保証しておかなければならない。これをかりに芸術上の制御装置と呼んでもいいし、言い古された言葉で芸術上の節度と呼んでもよい。その制御装置を持たぬ作品は、却って作者自身の芸術家としての倫理的責任をごまかしたものであることが多いのである。そしてもし制御装置がしっかりしていれば、だまされた読者がわるいことになり、だましたほうにはちゃんと言訳が立つのである。

二

……さて読者についてあれだけ歯に衣着せぬことを言ったからには、今度はその刃を、小説の作者自身へ向けなければならない。

ものごとをやるには、それぞれに適した才能を持っていなければならないのは自明の理で、曲りなりにも職業的作家としてやってゆける人間は、それだけの才能に恵まれていると云わねばならない。

では、航空技師にならず、株屋にならず、作曲家にならず、小説家になったという才能の特質は何であろうか。もちろん人生には幾多の偶然が働らくから、親の強いた教育のおかげで、文学的才能を持ちながら航空機工学の権威になったという人もあろうが、結果論で云えば、それは単に彼の文学的才能がすべての制約を打ち破って噴出するほどに強力なものでもなければ、宿命的なものでもなかったということになる。私は今不用意に宿命的という言葉を使ったが、才能という考え方自体に宿命論があるのであるから、小説家になれなかった男は小説家の才能がなかったからにすぎない、と極言することさえできる。これが作家たちにこびりついて離れぬ天職の意識と職業的自負になっているのである。

では、小説家的才能というものは、将来もし小説に対する需要が皆無になり、誰一人小説にふりむく人がなくなった場合も、空しく小説の生産に精を出すであろうか。そこには何ら経済社会の需要供給の原則は働らいていないであろうか。本当のところ、小説という、歴史も浅ければ形式意欲も足りない芸術上の一ジャンルに、はじめから適合した人間が生れて、予定調和的に、その人間の才能の開花と読者の需要が見合うという考えは、不自然で変な考えなのである。それはあたかも、(私はわざと技術と芸術を混同して言っているのだが)、宇宙飛行士たるべき才能の人間が、十五世紀にもたくさん生れていたと主張するようなものである。こう考えただけで、職業的作家の持つ天職の意識が、いかに根拠の薄弱なものかがわかろう。

それよりもこう考えたほうが自然である。すなわち常凡な人間がここに生れて、先天的原因か後天的原因かわからぬが、何ものかが彼の全存在の軌道を或る方向へ一寸（ちょっと）曲げる。するとその曲った方向に、たまたま現代では小説というものがあって、そこへ彼の人生がすっぽりはまってしまった、という考え方である。彼は自ら意図しつつ、同時に自らの意図を裏切って、一つの快適な罠（わな）にはまったのである。その罠が現代ではたまたま小説と呼ばれるものだったのだ。

そのほんの少し曲げられた軌道こそ、小説家をして小説家たらしめるものであり、自分の人生をも含めた人生そのものを素材としたいという、危険で奇妙な選択のはじまりなのである。

たとえばこんな例を考えてみたらよかろう。昆虫学者が蝶を採集し、サーカスのために捕獲業者が猛獣を捕獲するように、人間を採集しようとしている異様な人間。人間でありながら人間を採集するというだけでも、すでに背徳的犯罪的な匂いがするが、それも現実につかまえるのではなくて、言葉という捕虫網で、相手の本質を盗み取ってしまう人間。しかもそれを、宗教家のように責任を以てやるのではなく、無責任きわまるやり口で、自分の不可解な目的のために勝手に使役しようとする人間。何の権利ももたずにそんなことをする人間を、社会が容認しているのは、実はへんなことなのである。

　地位も権力もないくせに、人間社会を或る観点から等分に取り扱い、あげくのはてはそれを自分の自我のうちに取り込んで、箸にも棒にもかからぬ出来損いのくせに、自分があたかも人間の公正な代表であるかのごとく振舞う人間。そういう人間がどうして出来上るかといえば、あるとき思いついて、誰にも見られない小さな薄汚ない一室で、紙の上に字を書き列(つら)ねだす時からはじまるのである。そしてそういうことは、大都会では、今この瞬間にも、怠け者の学生や失業者や、自分に性的魅力のないことをよく承知しているが、わけのわからぬ己惚(うぬぼ)れに責め立てられ、しかもひどく傷つきやすくて、ほんの些細(ささい)な自尊心の傷にも耐えられない神経症的な青年などの、粗末な机の上で、(何万という机の上で！)、今現にはじまっていることなのである。非常に傷つきやすい人間が、「客観性」へ逃避することのできる芸術ジャンルへ走るということほど、自然な現象があるだろうか。彼がちゃんとした肉体的自信を持ち、それ故に傷つけられることを怖れないなら、他人の「客観性」へ自ら身を委ねる俳優という職業だってあるのである。

告白と自己防衛とはいつも微妙に嚙み合っているから、告白型の小説家を、傷つきにくい人間だなどと思いあやまってはならない。彼はなるほど印度(インド)の行者のように、自ら唇や頰に針を突きとおしてみせるかもしれないが、それは他人に委(まか)せておいたら、致命傷を与えられかねないことを知っているから、他人の加害を巧く先取しているにすぎないのだ。とりもなおさず身の安全のために!

小説家になろうとし、又なった人間は、人生に対する一種の先取特権を確保したのであり、それは同時に、そのような特権の確保が、彼自身の人生にとって必要不可欠のものだったということを、裏から暗示している。すなわち、彼は、人生をこの種の「客観性」の武装なしには渡ることができないと、はじめに予感した人間なのだ。

客観性の保証とは何か? それは言葉である。しかも、特殊な術語でもなく、尊貴な用語でもなく、主観的な叫びでもなく、象徴的な詩語でもなく、通俗的な中世ロマンス語から小説が発生したと云われているように、なるべく俗耳に入りやすい言葉を使うことによって、彼が確保する客観性はマジョリティーに近づき、……要するにそれは好んで読まれなければならない。しかも言葉は二重に安全である。なぜなら、それはいくら親しみ易くても、想像力を刺戟するところの抽象的媒体にすぎないからである。

小説は好んで読まれなければならない。おそらくこれが小説の第一条件である。作者の側の要求から考えても、読まれなければ作者自身の安全が保証されない。なぜなら、言葉という抽象的媒体を使って、人々の想像を刺戟し、はじめてそこにあるかないかわからぬながら靄（もや）のような世界が現出して、小説家を現実から隔てるからこそ、彼の目ざした「客観性」の要件も充たされ、彼の身の安全も保たれるのであるが、もし読まれなければ、一日十時間ずつ書きつづけても、彼は人生と密着していなければならないからだ。

しかし、世間一般では、小説家こそ人生と密着しているという迷信が、いかにひろく行われていることであろう。何よりもそれを怖れて小説家になった彼であるのに！　私がいつもふしぎに思うのは、小説家がしたり気な回答者として、新聞雑誌の人生相談の欄に招かれることである。それはあたかも、オレンジ・ジュースしか呑んだことのない人間が、オレンジの樹の栽培について答えているようなものだ。

人生に対する好奇心などというものが、人生を一心不乱に生きている最中にめったに生れないものであることは、われわれの経験上の事実であり、しかもこの種の関心（インテレスト）は人生との「関係」を暗示すると共に、人生における「関係」の忌避をも意味するのである。小説家は、自分の内部への関係と、外部への関係とを同一視する人種であって、一方を等閑視することを許さないから、従って人生に密着することができない。人生を生きるとは、いずれにしろ、一方に目をつぶることなのである。

ここまで言えば、小説家というものが、前に列挙したグロテスクな読者像と、それほど遠いものではないということが分明（ぶんみょう）になろう。名誉慾や野心は人並に持ち、しかも「読まれなければならない」という本質的な要求のために、あらゆる卑しい工夫も積む代りに、一字一句の枝葉末節にプライドを賭け、おそろしい自己満足と不安との間を往復し、きわめて嫉妬深く、生きる前にまず検証し、適度の狂気を内包し、しかし一方では呆れるほどお人好しで、欺（だま）されやすく、苦い哲学と甘い人生観をごちゃまぜに包懐し、……要するに、一種独特の臭気を持った、世にも附合いにくい人種なのである。小説家同士が顔を合わせると、お互いの観察の能力で、お互いのもっとも隠しておきたいものを見破ってしまうから、紳士的な会話というものが成立たない。

何のために書くか、と小説家はよく人に尋ねられる。鳥に向って何のために歌うかときき、花に向って何のために咲くかときくことは愚かだが、小説家に対しては、いつもこのような質問が用意されている。それというのも、小説は歌のように澄んではきこえず、花のように美しくは見えないからで、いつもそこに何か暗い「目的」を含んでいるように疑われるからである。

三

さて、作者と読者に関するこのようなペシミスティックな観察、小説の本質のごとく見える「客観性」に関する陰気な疑問は、書きつづければきりがないが、ひとまずここで、私が最近読んだ小説のうち、これこそ疑いようのない傑作だと思われた二作品について、やや具体的に詳述してみることにしたい。

その一つは稲垣足穂(たるほ)氏の最新作「山ン本五郎左衛門只今退散仕る」(「南北」一九六八年八月号)であり、もう一つは、昭和元年以来四十三年ぶりで復刻された故国枝史郎氏の「神州纐纈城(こうけつじょう)」(桃源社刊)である。

稲垣氏の作品は今までごく少数の愛好者の間で、稀覯本(きこうぼん)をたよりに熱烈に論じられてきたものであったが、最近、再評価の機運が高まり、数多い研究も発表され、名作「弥勒(みろく)」も再刊されたことは喜びに堪えない。

「山ッ本五郎左衛門只今退散仕る」が、「僕の怪奇映画」という、あらずもがなの傍題をつけているのは、氏の少年時代のパテエ・フィルムへのノスタルジアだが、そんな風に、わざと映画物語と銘打った作品が、実は現在もっとも欠けている醇乎たる文学作品だということは、時代に対するこの上もない皮肉である。

内容は、物怪(もののけ)が憑(つ)くといわれる古塚に触って、日夜化物の来襲を受けることになった勇敢な少年平太郎が、いかなる変幻果てなき化物の執拗な脅しにもめげず、ついに一ト月を耐えとおすのを見て、その健気(けなげ)さに感心した化物の統領山ッ本五郎左衛門が姿を現わし、一挺の手槌(てづち)をのこして立ち去るまでの話であるが、その一ヶ月間に日記風に縷述(るじゅつ)された化物のヴァラエティーの豊富と、一種ユーモラスな淡々たる重層的描写の巧みさもさることながら、私がもっとも感心したのは、このような単調な魑魅魍魎(ちみもうりょう)の出現のつみかさねののちに、最後の夜、

「待タレヨ。ソレヘ参ラン」

という声と共にあらわれる尋常な裃(かみしも)姿の、しかし身の丈は鴨居を一尺も越す程の、はなはだ正体不明な、山(さ)ッ本(もと)という存在の出現と退去のクライマックスである。

彼は狐狸でもなく、天狗でもなく、いわんや人間でもない。何ものともわからない。源平

合戦の時はじめて日本へ来たが、

「余ガ類(タグ)イ、日本ニテハ神野悪五郎ト云ウ者ヨリ外ニハ無シ。神野ハシンノト発音致ス」

と礼儀正しく説明する。しかし、これではもちろん何者だかさっぱりわからない。殊に神(しん)韻縹渺(いんひょうびょう)としか評しようのないその退去の場面は、異形(いぎょう)の供廻りを従えて、星空へ消えてゆくのが、ここまで読んできた読者の魂を、確実に天外へ拉(らっ)し去るのである。次のようなみごとな章句を読むがよい。

「コノ駕(カゴ)ニアノ大男ガ乗レルカト思ッテイタガ、山ン本氏ハ片足ヲ駕ニ掛ケタト思ウト、畳ミ込ム様ニ何ノ苦モナク内部ヘハイッテシマッタ。サテ先供ソノ他行列ハ行進ヲ開始シタガ、彼ラノ足ハ庭ニアリ乍(ナガ)ラ、右足ハ練塀上ニ懸ッテイル。宛(サナガ)ラ鳥羽絵(トバエ)ノ様ニ、細長クナルノモアリ、又、片身下シノ様ニ半分ニナッテ行クノモアッテ、色々サマザマ廻リ灯籠ノ影法師ノ様ニナッテ空ニ上リ、星影ノ中ニ暫(シバラ)クハ黒々ト見エテイタガ、雲ニ入ッタト見エタノガ風ノ吹ク様ナ音ト共ニ消エ失セテシマッタ」

神野悪五郎という存在はついに作中に姿を現わさないが、ここまで読むと、この山ン本と同じ存在が他にもいるということの容易ならぬ事態がひしひしと身に迫り、しかも同類の者が、この世にたった二人しかいないということが、いいしれぬ恐怖感をそそるのである。

この不気味さはどこから来るのだろうか。それが「不可知」で、かつ「礼儀正しい」というところから来るように思われる。というのもそれまであらわれる無数の妖怪は、悉く礼儀を弁えぬ小者らしいからである。又、山ッ本も神野も日本では仮りに日本名を名乗っているが、飛行自在の国際的存在であるらしく、魔界における高位の者、並々ならぬ権力者であるらしいのである。私には殊に、ついに姿を見せぬ神野が何ともいえず怖ろしい。

恐怖はこの作品の中であまり日常的に豊富に濫用されるので、すぐに麻痺してしまって、おしまいには可笑しくなってしまうのであるが、読者がもう大丈夫と安心しきったところであらわれる山ッ本こそ、真の恐怖と神秘の根源を呈示し、森厳な「まじめな」怪奇の、威儀を正した姿を見せるのだ。

そしてそのさわやかな退去は、現世的な世界からの妖力魔力の二度とかえらぬ退去のうしろ姿を思わせて、いいしれぬ名残惜しさをさえ感じさせる。

「アノ心細サガ、今デハ何カ悲シイ澄ンダ気持ニ変ッテイル。秋ノセイダロウカ?」

と平太郎は述懐する。

「山ッ本サン、気ガ向イタラ又オ出デ!」

ここまで来て、読者は主題の思いもかけぬ転換に驚かされるのである。平太郎にとって妖怪との常ならぬ生活と山ン本の来訪とは、実は彼の二度とかえらぬ少年期を象徴するものではなかったか。その短かい時期を選んで、魔は人間とのもっとも清澄な交会を成就し、平太郎は又、人間の常凡な社会生活の虚偽を前以て徹底的に学んでしまったのではなかったか。稲垣氏は、逆の教養小説を、妖怪教育による詩と可能性の無限の発見を企てたようにも思われるのである。これほど夥(おびただ)しい妖魔の跳梁(ちょうりょう)は、試煉ではなくて、教育であり、懲らしめではなくて、愛だったのではないか。この小説の後註に、氏はいかにも氏らしい抒情的な唐突さで、「一体、愛の経験は、あとではそれがなくては堪えられなくなるという欠点を持っている」と追記している。

ノンシャランでありながら礼節正しい稲垣氏の文体によって、われわれは主人公平太郎の豪毅な少年の魂の内部を通過した。この通過はいかにもリアルに、巧みに運ばれるので、破局にいたって、ともすると読んでいる私自身こそ山ン本ではないかと疑われて来る。何故なら、閉ざされた少年の精神世界を最後に破る者こそ、読者である私自身でなければならぬからである。

……もとより私は小説一般について語るのが本来であり、一作品の解説紹介に終始してはならなかった。

しかし敏感な人は、すでに私が小説の本質について語ってしまっているのに気づく筈だ。稲垣氏はこの荒唐無稽な化物咄の中に、ちゃんとリアリズムも盛り込めば、告白も成就しているのみならず、読者をして、作中人物への感情移入から、一転して、主題に覚醒せしめ、しかも読者自らを、山ッ本という、「物語の完成者であり破壊者であるところの不可知の存在」に化身せしめ、以て読者の魂を天外へ拉し去ることに成功しているのである。

これこそ正に小説の機能ではないだろうか。しかも稲垣氏は、決して観念的なあるいは詩的な文体をも用いず、何一つ解説もせず、思想も説かず、一見平板な、いかにも豪胆な少年の呑気な観察を思わせる抒述のうちに、どこともなしに西洋風なハイカラ味を漂わせて、悠々と一篇の物語を語り終ってしまうのである。

悲しいことには、このような縹渺たる文学的効果は、現代もっとも理解されにくいものの一つになってしまった。人々はもっとアクチュアルな主題だの、時代の緊急な要求だの、現代に生きる人間の或る心もとなさだの、疎外感だの、家庭の崩壊だの、性の無力感だの、(ああ、ああ、もう全く耳にタコができた!) そういうものについてばかり、あるいは巧みに、あるいはわざと拙劣に、さまざまな文学的技巧を用いて書きつづけ、人々は又、小説とはそういうものだと思っている。自分の顔 (実は自分がそうだろうと見当をつけている自分の顔）を、すぐさま小説の中に見つけ出さなくては、読むほうも書くほうも不安なのだ。これはかなり莫迦げた状況ではなかろうか。

「山ッ本五郎左衛門只今退散仕る」は、決して寓話ではない。平太郎は単なる平太郎であり、化物は単なる化物である。それは別に深遠な当てこすりや高級な政治的寓喩とは関係がない。人は描かれたとおりのものをありのままに信じることができ、小説の中の物象を何の幻想もなしに物象と認めることができる。実はこれこそ言語芸術の、他に卓越した特徴なのであるが、小説は不幸なことに、この特徴を自ら忘れる方向へ向っている。

言語芸術においてこそ、われわれは、夢と現実、幻想と事実との、言語による完全な等質性に直面しうるのである。歴史小説や幻想小説は、いずれもこの特徴を別々の方向へ拡張したものであるが、歴史小説や幻想小説というレッテルでまず読者を警戒させることが賢明でないことはいうまでもない。音楽や美術では、音や色彩そのものがすでにわれわれのふだん用いる音や色彩とちがった法則性で整理されているから、夢と現実とは等質性を持ちえず、それと引き代えに、芸術としての独立性自律性と、象徴機能の醇化を獲得しているわけだ。

「山ッ本五郎左衛門只今退散仕る」に登場する化物どもは、かくて、無数の現代小説にあらわれる自動車や飛行機や、女たらしのコピー・ライターや、退屈した中年男や、小生意気なロをきく十代の少女たちと、全く等質同次元の存在であるが、化物のほうがより明確でリアルな存在に見えるとすれば、それだけ深く稲垣氏のほうが言葉というものを信じているからである。そしてもしこれが寓話であったら、読者はもはや化物を見ることはおろか信ずることもできず、言語芸術の本源的な信憑性は失われて、そこには物象乃至人物と抽象観念との、邪魔な二重露出がいつも顔を出すことになるであろう。

ここで私は「山ン本……」の原典である「稲亭物怪録」と、稲垣氏の現代化とをいちいち照合してみようと思う。

四

「山ン本五郎左衛門只今退散仕る」の、前に引用した部分は、原文では左のようになっている。

「思やるに中々常躰のかごに彼大男乗事はなるまじと見るうち、彼男片足よりかごに乗るに、其身たたみ込むようにて何の苦もなく乗ければ、先供其外行列を立て、左の足は庭に有ながら、右の足は土手の上にありて、さながら鳥羽絵の如く細長くなるもあり、又はかたみおろしのようになりて行(ゆく)もあり、色々さまざまに見え廻り、灯籠の影などの如くにして、皆空に上り雲に入るよと見えて、星影ながらしばしはくろぐろと見えけるが、風の吹くようの音して消失せぬ」

何のことはない、稲垣氏の名文は、単なる現代語訳で、それも人によっては、原文のほうがはるかに名文だという人もあるかもしれない。

しかし稲垣氏の換骨奪胎の才能を知るには、そこで速断を下してはならないのである。この神韻縹渺たるクライマックスを効果あらしめ、且つこれに西欧のロマンチック文学の味わいを加えるために、氏は十分計算して布石を打ち、独特のアンチ・クライマックスを書き加えて、素朴な怪異譚(たん)を哲学的な愛の物語に変え、みごとに自己薬籠中のものにしたことは前述のとおりである。

その布石とは、たとえば、原文では、出現に当って山ン本が、平太郎の詰問に答えて、すぐさま、

「成程汝(なんじ)が申如く人間にあらず、我は魔王の類なり」

と正体を明かしているのを、稲垣氏は、

「如何ニモ御身ノ云ウ如ク人間ニハ非ズ。サリトテ天狗ニモ非ズ。然(シカ)ラバ何者ナルカ？

コハ御身ノ推量ニ委ネン」

とことさら翻案して神秘を深め、読者の想像力を刺戟しているのであり、又、クライマックスの山ッ本昇天の駕籠の供廻りも、原文では、「駕籠も常躰の駕籠、供廻りも常躰の人なり」とあるのを、稲垣氏が、「駕ナドハ普通ノ物ダガ、供廻リハミンナ異形デ」と改変している如きをいうのである。

しかしそれも末節の技巧だと、言う人は言うであろう。肝腎なのは、稲垣氏の掌中で、できるだけ原文の抒述に忠実に従いながら、一つの古い忘れられた怪異譚が、いかなるものに形を変えられたかということなのである。そして一旦その物語の根本的な寓意が変えられると、物語のどんなディテールも、原文に忠実であればあるほど、完全にその意味その芸術的効果を一変してしまうということなのである。

＊

次に、国枝史郎氏（昭和十八年歿）の「神州纐纈城」について述べなければならない。大正十四年（一九二五）に書かれて、最近復刻されたこの小説は、多くのドイツ・ロマンチックの作品がそうであったように、未完成のまま、作者の死後に遺されたが、もともとこの奔放な構想と作者の過剰な感性は、未完の宿命を内に含んでいた。

一読して私は、当時大衆小説の一変種と見做(みな)されてまともな批評の対象にもならなかったこの作品の、文藻のゆたかさと、部分的ながら幻想美の高さと、その文章のみごとさと、今読んでも少しも古くならぬ現代性とにおどろいた。これは芸術的にも、谷崎潤一郎氏の中期の伝奇小説や怪奇小説を凌駕(りょうが)するものであり、現在書かれている小説類と比べてみれば、その気稟(きひん)の高さは比較を絶している。事文学に関するかぎり、われわれは一九二五年よりも、ずっと低俗な時代に住んでいるのではなかろうか。

富士の本栖湖(もとすこ)の只中に水城(みずき)があって、いつも煙霧に包まれて見えないが、この城の秘密は地下の工場で、人血を絞って纐纈なる紅巾(こうきん)を製(つく)り、又、その城主が、奔馬性癩(らい)の重患にかかって、崩れる全身を白布で包んでいることである。望郷の想いにかられて城主が城を出奔し、甲府城下まで駈け戻ると、その指に触れたものは忽(たちま)ち感染し、これを介抱する者もたちどころに癩者となるのである。

作者には陰惨、怪奇、神秘、色彩の趣味が横溢(おういつ)していた。小説はまず、秘密への好奇の心をそそり立てねばならぬことを知悉(ちしつ)していた。

知りたい。何を？　何をかわからぬが、とにかく知りたい。……そういう気持を起させることが小説本来の機能であるとすれば、「神州纐纈城」は、それだけで、もっとも模範的な小説なのである。

謎解きが、かくて小説の重要な魅力であるなら、現代流行の推理小説にまさるものはないといえよう。しかし、作者によって巧妙にしつらえられた謎が一旦解明されると人々は再読の興味を失う。過程はすべて、謎解きという目的のための手段であったにすぎず、再読すれば、その手段としての機構が寒々とあらわになるからである。

そこで、小説が文学であるためには、二次的ながら、この過程を単に手段たらしめず、各細部がそれぞれ自己目的を以て充足しうるような、そういう細部で全体を充たし、再読しても、手段としての機構ではなく、自足した全体としての機構のみが露（あら）わにされるように作るべきであり、それを保障するものが文体というわけだ。しかし、趣味が異様に洗煉されると、目的それ自体が卑しいものと見做されがちになり、読者の低い好奇心が知りたいと望むものを、作者が軽侮の目で見るようになり、あげくのはては、作者自身の目的をできるだけ読者の目的（知りたいという謎解きの目的）から遠ざけようとするがあまり、ついには手段としての細部を目的化し、小説からその本来の目的を除去したくなってくる。

ここに小説におけるプロットの軽視がはじまる。なぜならプロットとは小説における必然性であるが、劇においては必然性が十分高尚なものになりうるのに、小説では、必然性が小説を卑しくすると考えられるようになるのである。因みに、ストーリーとプロットの差について、E・M・フォースタアが、すこぶる簡潔な定義を挙げているが、フォースタアによれば、ストーリーとは、「王が亡くなられ、それから王妃が亡くなられた」という事実の列挙であり、プロットとは、「王が亡くなられ、それから王妃が悲しみのあまり亡くなられた」という、複数の事実の必然的連結だというのである。

それはさておき、読者はその「知りたい」という欲求を、プロットによって、「必然」に置き換えてもらいたいという欲求を抱くにいたる。何故、いかに、何を知りたいか、を読者はよく知らない。読者は、小説によってそれを教えてもらいたいと望むのだ。

伝奇小説の利点は、こうして謎が知られたのちも、なお謎が神秘の利点を失わないところに正に存するのだ。そして国枝史郎氏のような小説を読むときに、読者は、自分の知りたいという目的と、作者の知らせたいという目的とが、実はどこかで齟齬していて、作者も亦、読者と同じように、何か不可知のものに魅惑されているのではないかと直感するであろう。この何か甘い、胸のときめくような不信感は、作品が未完であることによって倍加される。

読者は作品を読む前に、まず犬のように匂いを嗅ぐ。この嗅覚はおどろくべきものだ。小説に限らず、映画の興行の初日のメータアは、いつも神秘に充たされている。事前の宣伝も行き届かず、前売券も売り出さず、ストーリーも分明でないのに、封切映画の初日の朝窓口に並ぶ群衆は、何ごとかを前以て嗅ぎつけているのである。一方、いかに宣伝が行き届いていても、当らない映画は初日の朝にすでに当らなかったことがわかってしまう。客はとにかく映画館へ来ようとしないのである。

「神州纐纈城」は、忌わしいものが彼方に待ち、しかもその忌わしさには超道徳的な美がまつわりついていて、作中人物は悉くそこへ向って惹かれて動く、という物語の結構を、読まない先から予感させる。恐怖と戦慄と神秘を味わいたいという欲求は、実はこの世でもっとも無益な欲求だと云ってもよい。多くのお伽噺の挿話に見られるように、開かずの間に対する好奇心のおかげで、身を滅ぼす人は多いのである。ともすると、人間にとっては、「命を賭けても知りたい」という知的探究心が真理を開顕することよりも、「知ることによって身を滅ぼしたい」という破滅の欲求自体のほうが、重要であり、好もしいことなのではなかろうか？　もし国枝氏の「神州纐纈城」が、すぐれたデカダンスの作であるとすれば、読者のこうした破滅の要求を必然化することになるのである。

ここまで来れば、この小説の目的が、謎解きにはなくて、恐怖自体を美と魅惑に変えることにあり、しかもそれを、幻想を信ずる作者の不可測な熱情の赴くままに、一種の神秘の精華ともいえる言語の美で、構築することにあるのは自明になろう。

「神州纐纈城」でもっとも忘れがたい場面のひとつ、若侍庄三郎が富士教団の私刑に遭い、富士胎内の水路を舟で流される場面は、優にエドガア・アラン・ポオの「アルンハイムの地所」や「ランダアの庭」に匹敵する。又、富士人穴にかくれ住む能面師月子が、行水をする場面は、泉鏡花の「高野聖」のあの裸婦の美しさよりも、さらに官能的な肉体描写を恣にする。

「一糸を纏わぬ彼女の裸体は、鴻のように白かった。灯明の火が陰影を付けた。紫立った陰影であった。彼女は一つの姿勢を執った。片膝を立て背を曲げた。立てた膝頭へ肘を突き、掌の上へ顎を乗せた。それを灯明が正方から照らした。肘の外側が仄々と光った。薄瑪瑙色の光であった。立てた膝頭から脛にかけ、足の甲まで仄々と光った。……」

五

さて、しばらく実作について説いたので、又しばらく原理的な問題に戻ることにしよう。

小説も戯曲も文学作品であることに変りはないけれども、大きなちがいは、小説が書かれた形で完全に完結しているのに引きかえて、戯曲は上演を予定し、他人の肉体や照明や舞台装置やさまざまなものの力を借りて、最終的に完結するということである。戯曲は、むしろ、楽譜に比較すべきものであって、作曲家の営為の記録された形である楽譜は、オーケストラと指揮者を予定し、劇作家の営為の記録された形である戯曲は、俳優と演出家を予定していると云えるのである。それでももちろん、モーツァルトも、イプセンも、それぞれ「完結した芸術家」であり、決して部品製造業者ではなく、それ自体が一つの世界である作品の作者なのである。

ところが小説はどうかというと、それは作者一人の手で何から何までしつらえられたものが、直に享受者の手に引渡されているわけで、むしろ小説は、絵画その他の造形美術にたとえられよう。強いて舞台芸術にたとえれば、小説というものは、舞台上の演出、演技、照明、音響効果、衣裳、靴、舞台装置、小道具、はては舞台監督、大道具方の仕事まで、作者一人で請負い、全責任を以て享受者に提供しているわけである。ただ小説の特徴は、生・自然・および人間（動物である場合もある）のすべての表現が、言語を通じてなされており、かつ、言語を以て完結している、ということである。この点では、随想等のノン・フィクションだってそうであるが、ノン・フィクションの場合は、形式上は言語表現を以てすべてが終っていても、内容上は言語以外のファクトに依拠しているところが多い、という点でことなる。この「ファクトに依拠している」という点で、歴史小説というのは、実に宙ぶらりんの矛盾した分野であるが、そういう例外はさておき、フィクションとしての小説は、

㈠言語表現による最終完結性を持ち、

㈡その作品内部のすべての事象はいかほどファクトと似ていても、ファクトと異なる次元
　に属するものである。

と定義づけることができるであろう。

すると又しても、モデル小説だの、私小説だの、という紛らわしい事例が出て来て、困ったことに、そういう紛らわしい分野では、芸術性の低いものほど、ファクトと異なる次元へ読者を連れてゆく努力を怠っているのであるが、その「別次元へ案内する努力」とは、とりもなおさず㈠の条件に関わってきて、㈠の条件を十分に充たしていないものは、㈡の条件も十分に充たさない、ということがいえるであろう。すなわち言語表現の厳密性・自律性をよく弁(わきま)えていないと、㈡の条件も怪しくなるのである。従って、よい小説とは、㈠㈡の条件が、両々相俟(あいま)って充足されることを必要としているわけである。

この「言語表現による最終完結性」こそ、おそらく芸術としての小説の、もっとも本質的

な要素といえよう。ところが小説は、実に自由でわがままなジャンルと考えられているだけに、この点の認識をなおざりにして書かれたものが実に多く、古い日本語の教養が崩れてゆくに従って、この認識自体が小説家の内部で日に日に衰えつつあるように思われる。

たとえば、物には名がある。名には、伝統と生活、文化の実質がこもっている。

一例をあげよう。「舞良戸（まいらど）」という名の戸がある。横に多数のこまかい桟のある板戸のことである。こんな戸は今では古い邸や寺などに見られるだけで、近代和風建築にはめったに見られず、ましてマンションやアパートの生活ではお目にかかれない代物である。しかし小説はマンション生活ばかり扱うべきだという規則があるわけではなく、小説家自身の過去の喚起が、小さな事物をも重要な心象たらしめるから、現代小説にだって、舞良戸が登場することは免かれない。そういうとき小説家は、言語表現の最終完結性を信ずる以上、第一にその「名」を知らねばならない。名の指示が正確になされれば、小説家の責任はおわり、言語表現の最終完結性は保障されるからである。

尤（もっと）もなかには取越苦労の多い小説家がいて、読者への親切心から、「舞良戸という横桟の多い板戸」と、註釈つきで表現するかもしれない。しかしこんな親切心は、時には小説を不必要に冗漫ならしめ、表現の簡潔さを犠牲にしかねない。第一、この種の親切心にどこまで附合うべきか、当の小説家にだって、はっきりはわかっていない筈であって、「マンション」といえば誰にも「ははあ」とすぐわかり、即ち共有のイメージが直ちに浮び、「舞良戸」といえば、註釈なしでは誰にもわからない、と思い出したら、いちいち心配になるわけで、小説中に登場する物象の名にひとつひとつ註釈をつけなければならない。（故宇野浩二氏は、この種の被害妄想的註釈癖を、一種のユーモラスな芸にまで化してしまった作家であった）すべては相対的な問題であり、現代語として誰にもわかる「カッコイイ」などという言葉が、十年後には誰にもわからなくなるであろうことは、歌舞伎十八番の「助六」の洒落(しゃれ)が、今日誰をも笑わせないのと同じである。伝統によって一定期間存続され且つそれに代る名称がないようなものについては、作家はその「名」を指示すれば、満足すべきなのであって、それが言語表現の最終的完結性というものを保障する一つの文化的確信であるべきである。極端なことをいえば、日本歴史を信ぜずして日本語を使うことなどできよう筈がない。私は明らかに、舞良戸は、ただ「舞良戸」と書くことを以て満足する小説家である。そして私は、読者に次のように要求する権利があると信ずる。すなわち、「もし私が『舞良戸』とだけ書いて、ただちにその何物なるかを知り、そのイメージを思い描くことのできる読者こそ、『私の読者』であり、あなたはこの小説のこの部分において、古い一枚の舞良戸がいかなる芸術的効果を発揮しているかを知り、かつ、それは必ず舞良戸であるべく、ガラス戸であってはならないという芸術的必然を直感することのできる幸福な読者である。しかし、『舞良戸』という名から、何らの概念を把握しえない読者は、躊躇なく字引を引いて、その何物なるかを知り、この言葉、この名をわがものにしてから、私の小説へかえってくるがよろしい。そうしなければ、あなたは私の小説の世界の『仮入場券』を手にしているにすぎず、いつまでたっても『本券』と引換えてあげるわけには行かないのだ」と要求する権利を。

しかしこのごろの新人、いや新人のみならず中堅に及ぶ作家の中にも、「舞良戸」が出てきたと仮定した場合、次のような表現をとる事例に、私はしばしばぶつかるのである。

①「横桟のいっぱいついた、昔の古い家によくある戸」

②「横桟戸」

③「まいらど、というのか、横桟の沢山ついた戸」

このうち私が検事であれば、③にもっとも重い罪を課する筈であるが、それは追って説明するとして、①のように書く作家は、物を正確に見ており、過去の喚起力も持っているけれども、それだけを作家の素質と考えている怠け者であり、言語表現の最終完結性について、すなわち小説の本質について、ぞろっぺえな考えを持っているのである。彼は字引を引くこと自体を衒学的な行為と錯覚しているにちがいない。

②の作家は平気で造語をする。「横桟戸」などという、サンドウィッチの一種のような言葉は日本語にはない。彼は言葉の伝統性について敬虔さを欠いた考えの持主であり、あるいは忙しすぎて、表現の厳密性に注意を払わない作家である。一事が万事、こういう作家に限って、決してユニークな感覚的表現はできず、他の個所では、きっと、「彼女は悲しくなるほど美しい微笑をうかべて」など、使い古されたルーティンな表現を平気で多用している筈である。彼はただ忙しいのである。

③の作家にいたっては論外である。なぜ論外かというと、こういう表現をするには、いくつかの心理的蓋然性が考えられる。一つは、彼の頭に「舞良戸」という名が浮ぶには浮んだが、字引なり何なりで確かめる労を省いて、その労を省いたという心理的経過をそのまま売り物にして、「というのか」と、責任を他に転嫁しているのである。もう一つは、実は彼が「舞良戸」という名をちゃんと知っていながら、作者自身あるいは登場人物の呑気な性格表現として、「というのか」を入れたほうが、表現が柔らかく親しみ易いものになると考えているのである。三つ目は、すべてが無意識な場合である。彼は表現の凝縮性も正確性も考えず、ただ、あいまいな心理状態を外界に投影して、外界自体をあいまいな「というのか」で

充たしており、しかもすべてを無意識にやっているのである。

私はすべての中で、この③の第三番目の場合をもっとも悪質だと思う。③の第一番目は、文士気質を売り物にしているから悪く、第二番目は、わざとらしい無智の衒いを、作中人物の呑気さの性格表現に利用しようと考えている点で、キザな心掛けが悪く、第三番目は、言語表現の自律性についての無反省において、作家としての根本的な過誤を犯しているからである。

私はこれらの例を、すべて「言語表現の最終完結性」についての小説家の覚悟のなさ、責任のなさという罪名に於て弾劾する。

何を些細なことを、と言われるかもしれないが、一方、もし劇作家がト書の中で、「下手に舞良戸」と指定すれば、職人はすぐ意を承けて舞良戸を制作するに決っており、単なる技術的指定として使われた言語が、舞台ではちゃんとした物象として存在するにいたるのである。そして小説とは、そのような、ちゃんとした物象、役者が凭りかかったぐらいではグラつかない本物の物象を、言語で、ただ言語のみで創造してゆく芸術なのである。

六

……さて、私は最近きわめて佳い小説を読んだ。この読後感の鮮烈さは、ちょっと比類のないものに思われたから、何を措いても、これについて書かねばならない。

それはジョルジュ・バタイユの「聖なる神」という作品集に収められている「マダム・エドワルダ」と「わが母」という二篇の小説である。今までバタイユの訳著は、その悪訳で読者を悩ませてきたのであるが、今度の生田耕作氏の飜訳は出色の出来栄えである。

現代西洋文学で、私のもっとも注目する作家は、他ならぬこのバタイユや、クロソウスキーやゴンブロヴィッチであるが、それというのも、これらの文学には、十九世紀を通り越して、十八世紀と二十世紀を直に結ぶような、形而上学と人間の肉体との、なまなましい、又、荒々しい無礼な直結が見られるからであり、反心理主義と、反リアリズムと、エロティックな抽象主義と、直截な象徴技法と、その裏にひそむ宇宙観などの、多くの共通した特徴が見られるからである。

さてバタイユの「マダム・エドワルダ」は、神の顕現を証明した小説であるが、同時に猥褻をきわめた作品である。娼家「鏡楼」で、自ら神と名乗る娼婦マダム・エドワルダを買った「おれ」は、そのあと、裸体の上から黒いドミノを直に着て黒い仮面をつけてさまよい出るエドワルダのあとを尾行け、その発作を目撃し、これをたすけて共に乗ったタクシーの中で、運転手に馬乗りになって交接するエドワルダの姿に、真の神の顕現を見るという物語である。

次の「わが母」と併読すると、エドワルダには母のイメージが重複していることがわかり、聖母の聖性を犯す近親姦の瀆聖の幻があることが了解されるが、これらの作品では、聖母は姦淫の対象として受身に犯されるのではなく、自ら人を鞭韃し、強制して、恐怖と戦慄と陶酔との相まじわる見神体験へと誘導するのである。

ここではバタイユ論を展開するのが目的ではなく、又、私がバタイユについて語りたい言葉は多すぎて、とても乏しい紙幅では果せない。

ただ明らかなことは、バタイユが、エロティシズム体験にひそむ聖性を、言語によっては到達不可能なものと知りつつ、（これは又、言語による再体験の不可能にも関わるが）、しかも言語によって表現していることとである。それは「神」という沈黙の言語化であり、小説家の最大の野望がそこにしかないのも確かなことである。そして小説に出現する神として、女が選ばれたのは、精神と肉体の女における根源的一致のためであり、女のもっとも高い徳性と考えられる母性も、もっとも汚れたものと考えられる娼婦性も、正に同じ肉体の場所から発しているという認識に依るのであろう。神を売笑婦の代表と呼んだボオドレエルの言葉(「赤裸の心」)をここで思い出してもよい。

バタイユを、こんな概念的な解釈で割り切ることはできない相談だが、この小説を読むには、(まして飜訳で!)、言語の壁を突破した場面だけしか描かれていない、という前提がまず必要なのである。

バタイユはその序文の中でこう言っている。

「万難を排して存在を絶ち切るべく、自己を超越するなにものか、すなわちわが意に反して自己を超越するなにものかが存在しなければ、私たちは、全力を傾けて指向し、同時にまた全力を傾けて排除する不合理な瞬間に到達することはない」

この「不合理な瞬間」とは、いうまでもなく、おぞましい神の出現の瞬間である。

「けだし戦慄の充実と歓喜のそれとが一致するとき、私たちのうちの存在は、もはや過剰の形でしか残らぬからだ。(中略)過剰のすがた以外に、真理の意味が考えられようか?」

つまり、われわれの存在が、形を伴った過不足のないものでありつづけるとき(ギリシア的存在）、神は出現せず、われわれの存在が、現世からはみ出して、現世にはただ、広島の原爆投下のあと石段の上に印された人影のようなものとして残るとき、神が出現するというバタイユの考え方には、キリスト教の典型的な考え方がよくあらわれており、ただそれへの到達の方法として「エロティシズムと苦痛」を極度にまで利用したのがバタイユの独自性なのだ。

「マダム・エドワルダ」は、ごくふつうの、一般的な、好色の酔漢である「おれ」を紹介する簡潔な一節にはじまる。「便所の階段へこっそり降りていく二人の娼婦」を見かけたときから、肉慾と苦悩に襲われた「おれ」は、スタンド・バアのはしごをはじめて日が暮れるが、この冒頭の紹介は、わずか六行でおわる。

次の一節で、物語は急転直下する。酔漢は、「おれの胯間と夜の冷気とを結びつけたかった」あまりに、町なかでズボンを脱いで、「屹立（きつりつ）した器官を片手に握りしめる」のである。

何がはじまるのか？　突然、この世の掟は、「おれ」のズボンと共にずりおちてしまう。物語は怖ろしいスピードで、「おれ」を娼家鏡楼（レ・グラース）へつれてゆき、娼婦マダム・エドワルダに会わすのである。

彼女を人ごみの乱酔と性的挑発の中から、部屋へ伴って交接するまでの、めくるめく螺旋階段を駈け上るような抒述には、正にフランス的簡潔さが溢(あふ)れている。女は片足をあげ、両手で太腿の皮膚を引張って、彼女の「桃色の、毛むくじゃらの、いやらしい蛸(たこ)」を誇示した上で、自ら「神」と名乗るのであるが、これらすべての抒述は、簡潔さとスピードと密度によって上品なのである。上品とは、事文学に関しては、ピンと背筋を立てている、という姿勢の問題でしかない。(私はかつて、円地文子さんが、野坂昭如氏の「エロ事師たち」を、上品と一言で評した評語を、面白く思い出すのである)そして猥雑の只中から身を起したマダム・エドワルダの「娼婦の部屋入り」の儀式は、その悲壮なまでの威厳と壮麗によって、ジャン・ジュネのあの汚穢(おわい)の、壮麗化の技法を想起させる。それは正(まさ)しく「戴冠の儀式」である。

さて、この短篇小説は、神の存在証明の怖ろしい簡潔な証言を意図したものであるが、全体の構造は、「いつ神が現われ、いつ神の存在が証明されるか」という、スリラーのようなサスペンスを織り込んでいる。そのための構成は、一幕物のように注意ぶかくしつらえられ、前段、「おれ」がマダム・エドワルダと会って、寝て、裸の上にドミノを羽織って突然外出するエドワルダを追うまでは、エドワルダ自身「神」を名乗りはするけれども、「おれ」は未だ見神の体験に達せず、神の存在証明は放置されている。

それが、「空虚な狂おしい星空」の下で、アーチの門下に立つ黒衣のエドワルダを「おれ」が見るとき、すでに性的釈放によって彼女から解放され、陶酔を免除された「おれ」は、エドワルダが、彼女自身名乗ったように「神」であったことを認識する。

しかし、それは実は、理神論的な神であり、肉慾から醒(さ)めた理智により悟性によって到達された、デカルト的な神であると云ってよかろう。これはいわば、この巧妙な小説家のトリックである。しかもこの中段の部分で、作者は、深夜の無人の大都会に、仮面をつけた黒衣の女を疾駆させ、前段とはガラリと変った、まるで巨大な伽藍(がらん)の内部へ読者を導くような、神秘な雰囲気を用意する。ここでエドワルダは、突然、発作を起して、身もだえと痙攣(けいれん)の白い裸身を、闇の白い裂け目のように、「おれ」と読者の前にさらすのである。

「おれ」は見ている。見るということの、虚無のなかで、砂時計の砂のように、自分の存在の実質を少しずつ対象へ移譲する時間を、「おれ」は、一種の冷たい焦躁を以てすごしている。彼女は自ら神と名乗り、又、「おれ」は神を認識した。もう神が「見えて」来なければならぬ。いつ、それは見えるのか。この絶望と苦悩と、その全的な肉体的表現であるエドワルダの白い裸体の痙攣を前にしながら、「おれ」は、存在の充足と存在の過剰との裂け目へ、もう少しで指を触れそうになりながら、まだ至らない。

しかし……

「おれの絶望のなかでなにものかが飛躍した」

「熱でかわいた陶酔が生まれつつあった」

再び「陶酔」が必要だったのだ！

かくて、「おれ」は、今までのほとんど数学的な記述から一つの錯乱へ陥ってゆき、言葉は脱落し、「おれの書く行為は無駄だ」というあがきにとらわれる。この、言語に関する不可能性、到達不可能のコメンタリーは、小説の単なる寄り道ではなく、これが、後段の、エロティックな見神体験の伏線をなしているのである。

後段のタクシーの場面にいたって、小説は真のクライマックスを迎える。タクシーの運転手との交接の場面は、人間存在のもっとも暗い深淵と同時に、そこに生ずる清澄な薄明の領域を垣間見させる十数行であって、バタイユは、このとき、小説家として、一瞬人の目をくらませるような、衝撃的な腕力を振うのだ。

もはや「神」という言葉はあからさまに使われない。「おれ」は自己放棄に達し、見ることすら放棄し、「おれの苦悩と発熱はものの数ではなかった」と告白する。しかし、又、それなればこそ、このとき神が出現し、「おれ」が神を見たことは確実になるのである。

「マダム・エドワルダ」は、いかにも異様な小説で、たとえばプロスペル・メリメの「マテオ・ファルコーネ」のような、古典的短篇小説のお手本から見ると、わがままな八方破れの作品のように思われるのだが、仔細に読むと、そこには厳格な古典的構成が隠されていて、息づまるような迫力の醸成は、こうした古典的骨格に拠っていることがわかるのである。

七

ジョルジュ・バタイユの「わが母」は、「マダム・エドワルダ」とは打って変ったフランス風の古典的心理小説の体裁をとった中篇である。実はこれは体裁だけにすぎないのであるが、「わが母」によってわれわれは、バタイユがこうした普通の小説家の古典的技法に熟達した作家であることを知り、その技法だけで十分やってゆけるにもかかわらず、敢てその技法の依って立つ基盤の根柢をゆるがすような問題にしか興味を持たず、その結果極めて気むずかしい寡作家になった事情を知ることができる。

一九〇六年「僕」が十七歳のときに父が亡くなるが、いつも泥酔していて母を苦しめていた父を「僕」は憎み、反教権主義者だった父に反抗して、宗門に入ることさえ一時は考えた

「僕」も、父の死後、崇拝する神聖な母と同居できる倖せによって、僧侶になることを諦める。

それまで少年の目にとって、母は酒と女と博打に身を持ち崩した暴虐な父親の、悲しい清らかな犠牲者であり、又、自分のことをいつも「美男の恋人」と呼んでくれる甘い美しい存在であり、少年は健気(けなげ)にも母の騎士でさえあろうとしていた。ここまではよくある物語であり、簡潔な発端は、修飾のきわめて節約された、しかも甘美を内にひそめたみごとな数節から成立っている。

愁いにみちた美しい母の、ひそかな飲酒癖については、父の生前から「僕」は気づいていたのであるが、父の死をきっかけに、母の像は一変する。意外にも母は、自分が父よりもさらに悪い存在であることを告白するのである。

「母の醜悪な微笑、錯乱した微笑は、不幸の微笑であった」

意外にも「僕」の人生は、大人たちの配慮によって「仕組まれ」ていた。

「後になって、母は僕に父の言葉をあかしてくれた。《みんなおれのせいにしてくれ》。それが父の念願だった。僕の眼には母が完璧な存在であることを、なんとしてでもその状態をつづけねばならぬことを、父は心得ていたのである」

真相は徐々に明らかになる。母は最後には毒を仰いで死ぬのであるが、その遺言ともいうべき言葉は次のようである。

「あたしは、死の中でまでお前に愛されたいと思います。あたしのほうは、いまこの瞬間、死の中でお前を愛しています。でもあたしがいまわしい女であることを知ったうえで、それを知りながら愛してくれるのでなければ、お前の愛は要りません」

倒錯と狂気の果てに、神聖な精神的母子相姦の場面で終るこの物語は、読者の享受に委(ゆだ)ねるほかはないが、この作品から、私が、近来の日本の小説でどうしても癒(い)やされなかった渇を、癒やすことができたのは事実だった。

母の真相が暴露されるにつれて、バタイユの筆も亦(また)、今までの穏和で節度正しい筆致を離れ、次々と鋭利なメスを突き出し、安定していたとみえた快適な居間の壁がただのボール紙の壁にすぎなかったことを立証すべく、無礼の限りを尽して、壁を切り裂いてゆくのである。

「お前の眼の中にあたしは軽蔑を読みとりたいのよ、軽蔑と、怖気(おじけ)を」

これが母の、母としての、又、女としての最終的な願望であった。人を堕落に誘うとは、真理に目ざめさせることであり、彼女はもはや究理者ではなくて、その信ずる真理の体現者でなければならず、要するに究極的に「神」でなければならないのである。これがバタイユ

の小説のおそらく根本的な構造である。ときどきバタイユのうちに、私は十八世紀理神論者の残滓（ざんし）を読みとるのだが、

「堕落するにつれて、わたしの理性はますます冴（さ）えわたります」

と「母」に言わせている。

人に、（しかも愛する息子に）、見神体験を得させようとする真摯（しんし）な愛とは何だろうか。しかも彼女は本質的にサフォーのともがらなのだ。

われわれが小説を読むとは、半ば官能的、半ば知的究理的な体験である。「どうなるか」という期待と不安、「なぜ」「どうして」「誰が」という疑問の解決への希望、こういう素朴な読者の欲求は、高級低級を問わず、小説を読む者の基本的欲求と考えてよい。独乙（ドイツ）の教養小説（ビルドゥングス・ロマーン）は一人称に拠ること多く、一人称はもっとも読者にとって感情移入のしやすい人称であるから、これをとらえて、読者と主人公を同一化させ、その知的探究慾に愬（うった）えながら、永い年月にわたる教養形成の経過をわずか数日で味わせよう、というのが、教養小説の仕組である。

バタイユの小説はあたかもその逆であり、堕落の教養小説ともいうべきものだが、基本的構造はよく似ている。すなわち読者のナイーヴな究理慾、知的分析慾、自意識、抒情性、性

慾などを「僕」が代表して、心ならずも、正にそれらの欲求の必然的結果として、もっとも見たくない真相に直面させられ、その嫌悪と戦慄を経過することによってのみ、はじめて見神体験を得るように仕組まれた小説である。

では「母」とは何か。母は、神に向ってわれわれをいざないゆく誘惑者であり、神自身ですらあるが、自分の体現する最高理性へ人を誘い寄せる通路が、官能の通路しかないことを知悉しており、しかもこの官能は錯乱を伴っていなければならないのである。彼女の「愛」は残酷であり、自ら迷うことなく、相手を迷わせ、滅亡の淵に臨ませ、相手の官能的知的欲求のギリギリの発現をきびしく要求し、叱咤する。

「お前はまだあたしを知りません。あたしに到達することはできませんでした」

母の堕落の真相を知り、その中に巻き込まれて気息奄々たる息子に答えて、母が言うこの言葉は、正しく神の言葉である。

しかし一面からいえば、神は怠けものであり、ベッドに身を横たえた駘蕩たる娼婦なのだ。働らかされ、努力させられ、打ちのめされるのは、いつも人間の役割である。小説はこの怖ろしい白昼の神の怠惰を、そのまま描き出すことはできない。小説は人間の側の惑乱を扱うことに宿命づけられたジャンルである。そして神の側からわずかに描くことができるのは、人間（息子）の愚かさに対する、愛と知的焦躁の入りまじった微かな絶望の断片のみであろう。神は熱帯の泥沼に居すわった河馬（かば）のようだ。

「お前の母親は泥沼の中でしか落着けないのよ」

人間の神の拒否、神の否定の必死の叫びが、実は「本心からではない」ことをバタイユは冷酷に指摘する。その「本心」こそ、バタイユのいわゆる「エロティシズム」の核心であり、ウィーンの俗悪な精神分析学者などの遠く及ばぬエロティシズムの深淵を、われわれに切り拓（ひら）いてみせてくれた人こそバタイユであった。

しかし前にも言うように、バタイユはこのエロティックな形而上学的小説に、小説として必要な精緻な「心理的手続」を織り込むことを、決してゆるがせにしていない。死んだ父の書斎の仕事を清純な息子に委（まか）せ、わざわざ猥写真を発見するように仕向け、息子の嫌悪を予測し、

「共通の嫌悪が彼女を錯乱の境地にまで昂（たかぶ）らせるものを、なんらかのかたちで僕にも分け与えるまでは、どうしても彼女は落着けなかったのだ」

と説明するときの作者は、一人の心理小説家なのである。

そのあとではすぐ、怒濤（どとう）のようなやさしさ、共通のみじめさに溢れた愛、一種の残酷さを

秘めた甘美なものが、蜜のようにひろがる。

そして母子相姦のデヌーマンを慎重に準備するに当って、作者はわざとその後の母の自殺の結末を洩らし、母の自殺が、ついに息子をベッドに誘うほかはなくなった事態に対する自責の念からであると共に、「僕は母に欲情を感じず、彼女も僕に欲情を感じてはいなかった」という絶望からであることを暗示する。ところで、これは単に心理学的分析であり、読者を納得させる手続である。心理小説としてはそれで十分なのであるが、作者の野心は単なる心理的破局を描くことではなかったから、わざとそのような心理的破局を前以て読者に洩らし、結末を知って安心した読者を、肉体的母子相姦よりもさらに怖ろしくさらに官能的でさらに「堕落」した、精神的知的母子相姦のデヌーマン（見神体験としての）へ推し進めてゆく準備を整えるのだ。

母自身こう言っている。

「知性の快楽こそは、肉体の快楽よりも不潔で、いっそう純粋で、その刃がけっしてさびつかない唯一のものです。退廃はあたしの目には、そのまぶしさに命を奪われる、精神の黒い輝きのように思えます。堕落は万物の奥底に君臨する精神の癌です」

この言葉が、前に引用した「堕落するにつれて、わたしの理性はますます冴えわたります」という一行につづくのである。

サフォーのともがらである彼女にとって、「男」とは何であったか。「男はけっして彼女の想いを占めることはなく、ただ灼(や)けつくような砂漠の中で、彼女の渇きをいやすためだけに介入し、その中で彼女は、不特定のよそよそしい存在の静かな美しさが、彼女もろとも汚濁にまみれて自滅することを願っていたのだろう。この淫蕩(いんとう)の王国に愛情のための土地があっただろうか。福音書の言葉が招き寄せるその王国から、優しい者たちは追放されるのだ。violenti rapiunt illud（猛(たけ)き者どもそを奪い去る）。彼女が君臨する激しさへ、母は僕を運命づけていたのだ」

小説「わが母」の最後の母の独白は、おそるべき最高度の緊張に充ちた独白であるが、全篇を読んだ人の感興にのみ真に深く訴えるこの独白を、私はわざと引用しないでおこう。

八

たまたまバタイユの「わが母」の、最後のすばらしい独白の小説的効果に触れたので、あたかも古典劇の幕切れのセリフのような、最高度の高みにまで昇りつめて一挙に観客を突き離すこのような効果が、きわめて演劇的効果に似ていることに言及せねばならぬが、それは独白というものの古典的性格にも依り、バタイユというフランスの小説家のフランス的性格にも依るので、いつも小説の最高の効果と演劇の最高の効果が共通しているわけではない。

共通しているわけではなくて、むしろ逆である。

これは対話というものの性質をよく考えてみればわかる。多くの写実的小説は舌端火を吹く対話を避け、会話はむしろ描写の息抜き、写実の味つけとして用いられている。しかし戯曲では、いかに写実的戯曲といえども、一行一行の会話が、いわば立体的な柱であって、会話は列柱状をなして配列されていることに、注意深い読者は気づくであろう。これはそこにいる何人かの登場人物の、戯曲的把握と小説的把握の差を考えてみれば、すぐわかることである。

戯曲では、喋っていないときも、人物は舞台上にいて、観客の目に見えているということが前提になっている。たとえ端役であってもそれがひいき役者なら、観客は主役には目もくれず、その端役の一挙手一投足だけを目で追っている自由も権利もあるわけだ。そして一つの役のセリフがたとえば一幕に二十五あるとすると、その俳優はその二十五のセリフに自己表現の成否を託することになり、戯曲の読者にとっても、その人物を心の中に造型するには、その人物が二十行前で何を言ったかをたえず喚起していなければならない。従って戯曲の会話というものは、いかに円滑にやりとりされていても、その一つ一つが別々の人物の全性格をたえず背後に負っているのであるから、私はこれを列柱状と形容したわけであるが、さらに正確に言えば、赤緑黄の三色に人物を色分けすれば、その三色に彩られた柱が交互に並んでいるところを想像してもらえばよかろう。

これに反して、小説では、喋っていないときの人物も、内面描写によって、たえず存在せしめることができる。喋ることだけが自己表現や性格表現の主要素ではないからである。会話はむしろ、その人物の全的表現でないことが多く、このことは、内心独白の立体化ともいうべき私小説に於て極まるのである。小説における会話は、トオマス・マンの「魔の山」や、ドストイエフスキーの「カラマゾフの兄弟」などのような、思想的な論争小説を除いては、暗示的効果や雰囲気醸成のために使われることが多く、そういう小味な技巧は、短篇小説の場合、特に有用である。

芥川龍之介の「将軍」の末尾の会話は、このような瀟洒（しょうしゃ）な味として比類のないものだ。

「少将は足を伸ばした儘（まま）、嬉しそうに話頭を転換した。

『又榲桲（マルメロ）が落ちなければ好（い）いが、……』」

しかし、日本文学はマンやドストイエフスキーのような、理念の衝突が人物の衝突として描かれるロマン・イデオロジックの伝統に乏しいため、小説中の会話が思想表白の手段として用いられることが少ない。思想の闘いとして行使される長大な会話は、上演をあてにした戯曲のように観客の注意力集中の限界を心配しないですむために、小説の大きな武器となるものであり、西欧では、戯曲とは云えない対話形式の文学作品が多く生み出されてきた。ゴビノォ伯爵の「ルネッサンス」などはそのすぐれた一例である。又、「カラマゾフの兄弟」の原作の会話だけを再編集して上演した例もパリであった。

これは一つには、ギリシア以来の広場（アゴラ）の弁論術や、上流社会のサロンの会話など、抽象的論争そのものを娯しむ社会伝統と関わりがあり、ヨーロッパの演劇がこの伝統上にあれば、小説もこの伝統から恩恵を受けていない筈はないのである。写実主義小説と写実主義戯曲との間にある、前述のような方法上理念上の区別は、まだ小説形式が未発達だった十八世紀には、明瞭でなかった。十八世紀フランス文学では、小説の会話と戯曲の会話との間に本質的な意味効用の差はないと云ってよい。

しかしこれをこのまま日本へ持ってくると、見るも無残なことになるのである。私は「美しい星」でその実験を試みたが、成功したとは云いにくい。論争の小説化としては古くは源氏物語の「雨夜の品定め」から、江戸末期の洒落本（しゃれぼん）、明治初期の逍遥の「当世書生気質（かたぎ）」や二三の政治小説などに片鱗があるけれど、その後日本の近代小説は、外国人をして会話小説（Conversation Novel）と言わしめた潤一郎の「細雪（ささめゆき）」も含めて、論争を小説中に取り入れることを諦めてしまい、写実的会話だけが小説の会話としてふさわしいという一種の文学的慣習を作ってしまった。もちろん例外はいくつかあるが、その例外にしても、横光利一の「旅愁」のように、

「じゃ、あなたがたは、科学と道徳とどちらが良いと思われるのですか。」

などという、一読肌に粟（あわ）を生ぜしめるような怪奇な対話を出現させたのである。

問題を整理しよう。日本語では抽象語がそれ自体生活の伝統と背景を欠いているため、逆に、会話に於ける抽象語の濫発（それは論争には不可避である）は、サタイヤとしての効果を狙うならいざ知らず、狙わなくても、それだけで、根無し草の近代都市インテリの或るタイプのイメージを、会話だけから浮び出させてしまう。従って、その臭味を避け、そのイメージの限定を避けて、抽象的論争の会話を作中に持ち込むことは至難である。殊に女性を抽象的論争に加わらせることは、その女性のイメージ自体を特殊化することであり、化粧、髪型、服装、顔形まで、きわめて特殊な、それも決して美しくない女のイメージを喚起させて

しまう。もちろんこういうことは社会の変化と共に変っても来るであろう。しかし、主題の普遍化を意図した抽象的会話は、却って小説を或る特殊なインテリの社会集団の間接的写生に近づけてしまうのである。

かくて日本語の会話は、できるだけ抽象語観念語を避け、感情や心理についてもできるだけ分析的表現を避けて暗示にとどめるほうが、無難だということになる。殊に小説は演劇とちがって、俳優の肉体の有無を言わせぬプレザンスに扶けられることがないから、会話が肉体を侵食する惧れに絶えずさらされている。そして近代小説の進化に伴って、小説の地の文の、分析性観念性抽象性には、日本語の限界ギリギリまで読者も馴らされて来たのであるが、この無理な要請が、却って会話の部分に写実性具体性官能性を要求させ、些少の不自然も許容させなくなった、ということが云えると思う。読者の感覚的違和感をいかに欺しながら主題を展開するか、ということは、日本の近代小説家のほとんど詐欺師的メチエに属する。

それから日本語のもう一つの特性は、敬語の使い分けによって人物を描き分けた源氏物語ほどでないにしても、なお敬語によって階級や身分の差を、男性語女性語によって性別を、何の説明もなしに如実に表現できるという利点を持っていることである。もちろん小説家はこういう利点を存分に利用する。このために外国の小説のように、一々「彼は言った」「彼女は言った」を繰り返さなくても、男女の会話はたちどころに弁別できるのであるが、こういう便益が、前述したような互角の論争のむずかしさと相表裏しているのもたしかなことである。

私は小説中の会話を、一種の必要悪と考えて諦めることにしている。それは整然たる地の文の抒述に対して、授業中に脇見をする生徒のような、或るうしろめたい安息と即興的抒情をもたらす。どんなに深刻な会話であっても、地の文に比べれば、魂の重味が軽いような気がするのは、私が単に日本人であるためかもしれない。会話にはどうしても浮薄な性質が抜け切れぬように感じられるのは、一番重要なことは口に出して語らないというわが文化伝統のせいかもしれない。私の小説の人物はあまりお喋りではないのに、私の戯曲の人物は最大限にお喋りである。それは不自然を承知で、環境説明、心理描写、自然描写など、小説の地の文に当る部分を、すべてセリフに盛り込もうとする私の独特な作劇法のためである。

小説のドラマティックな頂点で、もちろん白熱する会話が重要な役割を演ずる場合もある。しかし単なる会話の羅列は、私にはいつも小説の頂点として、何か濃度の不足なものに感じられる。私は手綱を引き締め、会話の一つ一つのリアリティーの裏附けのため、顔の表情や心理の動きや情景描写を点綴（てんてつ）する。場面がそんな余裕のないほど緊迫していればいるほど、そういう挿入がふしぎな効果を発揮するのが小説というものであり、このあくまで客観的な芸術では、登場人物のどんな感情の嵐のさなかにも作者が冷静を失っていないという証拠を、読者は要求したがるからである。この要請をあまり無視しすぎると、作者自身が陶酔しているように疑ぐられ、この疑惑は直ちに読者の陶酔を冷ますのだ。

これに反して、戯曲のクライマックスの場面では、私は何ら描写の義務に迫られないですむ。戯曲では序幕がもっとも難物であるが、大詰か大詰に近い部分で、いよいよプロタゴニストとアンタゴニストの対決がはじまると、いつも経験することだが、私の筆はほとんど心霊科学の自動書記のようになって、思考が筆に追いつかぬほど、筆が疾駆する。それというのも、待ちに待たれたそういう頂点に来ると、相対する二人の登場人物は、私の内部で全く相対立する二ヶの人格となって動き出し、その「言葉の決闘」のすさまじさを、私の筆はただ息せき切って追いかける他はないからである。

九

現代小説に対しては程よいお附合はするけれども、本当のところ「三嘆これ久しゅうする」というほどの感激を味わうことができなくなっているのは、こちらの感受性の磨滅にも依るのであろう。文学賞の審査をいくつもやりながら、なお小説を読むのが三度の飯より好き、などという人がいたら、その人はまちがいなく怪物であろうと私には思われる。

では、私が小説がきらいになったかと云えば、そうも云えない。依然私は「小説」を探しているからである。評論を読んでも歴史を読んでも私が小説を探していることに変りはなく、その点は、法律の講義をききながら、その中に一生けんめい「小説」を探していた学生時代の私と、今の私が別人になったわけではない。

新らしい本を追いかけて読むよりも、むかし感銘を受けた本を再読して、むかし気づかなかった「小説」をそこに豊富に発見することがある。ただ「小説」と抽象的に言うだけでは、いつまでたってもあいまいであろうから、端的な実例をあげることにしよう。

私は最近、そういう自分のたのしみのためだけの読書として、柳田國男氏の名著「遠野物語」を再読した。これは明治四十三年に初版の出た本で、陸中上閉伊郡の山中の一聚落遠野郷の民俗採訪の成果であるが、全文自由な文語体で書かれ、わけても序文は名文中の名文である。この序文についてはあとで触れるとして、私の挙げたいのは、第二十二節の次のような小話である。

「佐々木氏の曾祖母年よりて死去せし時、棺に取納め親族の者集り来て其夜は一同座敷にて寝たり。死者の娘にて乱心の為離縁せられたる婦人も亦其中に在りき。喪の間は火の気を絶やすことを忌むが所の風なれば、祖母と母との二人のみは、大なる囲炉裡の両側に坐り、母人は旁に炭籠を置き、折々炭を継ぎてありしに、ふと裏口の方より足音して来る者あるを見れば、亡くなりし老女なり。平生腰かがみて衣物の裾の引ずるを、三角に取上げて前に縫附けてありしが、まざまざとその通りにて、縞目にも目覚えあり。あなやと思う間も無く、二人の女の坐れる炉の脇を通り行くとて、裾にて炭取にさわりしに、丸き炭取なればくるくるとまわりたり。母人は気丈の人なれば振り返りあとを見送りたれば、親縁の人々の打臥したる座敷の方へ近より行くと思う程に、かの狂女のけたたましき声にて、おばあさんが来たと叫びたり。其余の人々は此声に睡を覚し只打驚くばかりなりしと云えり」

この中で私が、「あ、ここに小説があった」と三嘆これ久しゅうしたのは、「裾にて炭取にさわりしに、丸き炭取なればくるくるとまわりたり」という件りである。

ここがこの短かい怪異譚の焦点であり、日常性と怪異との疑いようのない接点である。この一行のおかげで、わずか一頁の物語が、百枚二百枚の似非小説よりも、はるかにみごとな小説になっており、人の心に永久に忘れがたい印象を残すのである。

こんな効果は分析し説明しても詮ないことであるが、一応現代的習慣に従って、分析を試みることにしよう。

通夜の晩あらわれた幽霊は、あくまで日常性を身に着けており、ふだん腰がかがんで、引きずる裾を三角に縫い附けてあったまま、縞目も見おぼえのある着物で出現するので、その同一性が直ちに確認せられる。ここまではよくある幽霊談である。人々は死の事実を知っているから、そのときすでに、ありうべからざることが起ったということは認識されている。すなわち棺内に動かぬ屍体があるという事実と、裏口から同一人が入って来たという事実とは、完全に矛盾するからである。二種の相容れぬ現実が併存するわけはないから、一方が現実であれば、他方は超現実あるいは非現実でなければならない。そのとき人々は、目前に見ているものが幽霊だという認識に戦慄しながら、同時に、超現実が現実を犯すわけはないという別の認識を保持している。これはわれわれの夢の体験と似ており、一つの超現実を受容するときに、逆に自己防衛の機能が働いて、こちら側の現実を確保しておきたいという欲求が高まるのである。目の前をゆくのはたしかに曾祖母の亡霊であった。認めたくないことだが、現われた以上はもう仕方がない。せめてはそれが幻であってくれればいい。幻覚は必ずしも、認識にとっての侮辱ではないからだ。われわれは酒を呑むことによって、好んでそれをおびき寄せさえするからだ。

しかし「裾にて炭取にさわりしに、丸き炭取なればくるくるとまわりたり」と来ると、もういけない。この瞬間に、われわれの現実そのものが完全に震撼されたのである。

すなわち物語は、このとき第二段階に入る。亡霊の出現の段階では、現実と超現実は併存している。しかし炭取の廻転によって、超現実が現実を犯し、幻覚と考える可能性は根絶され、ここに認識世界は逆転して、幽霊のほうが「現実」になってしまったからである。幽霊がわれわれの現実世界の物理法則に従い、単なる無機物にすぎぬ炭取に物理的力を及ぼしてしまったからには、すべてが主観から生じたという気休めはもはや許されない。かくて幽霊の実在は証明されたのである。

その原因はあくまでも炭取の廻転にある。炭取が「くるくる」と廻らなければ、こんなことにはならなかったのだ。炭取はいわば現実の転位の蝶番(ちょうつがい)のようなもので、この蝶番がなければ、われわれはせいぜい「現実と超現実の併存状態」までしか到達することができない。それから先へもう一歩進むには、(この一歩こそ本質的なものであるが)、どうしても炭取が廻らなければならないのである。しかもこの効果が、一にかかって「言葉」に在る、とは、愕(おどろ)くべきことである。舞台の小道具の炭取では、たとえその仕掛がいかに巧妙に仕組まれようとも、この小話における炭取のような確乎たる日常性を持つことができない。短い抒述の裡（うち）にも浸透している日常性が、このつまらない什器の廻転を真に意味あらしめ、しかも「遠野物語」においては、「言葉」以外のいかなる質料も使われていないのだ。

私が「小説」と呼ぶのはこのようなものである。小説がもともと「まことらしさ」の要請に発したジャンルである以上、そこにはこのような、現実を震撼させることによって幽霊（すなわち言葉）を現実化するところの根源的な力が備わっていなければならない。しかもその力は、長たらしい抒述から生れるものではなくて、こんな一行に圧縮されていれば十分なのである。

上田秋成の「白峯（しらみね）」の、崇徳上皇出現の際の、

「円位、円位と呼ぶ声す」

の一行のごときも、正（まさ）しくこれであろう。そのとき炭取は廻っている。

しかし凡百の小説では、小説と名がついているばかりで、何百枚読み進んでも決して炭取の廻らない作品がいかに多いことであろう。炭取が廻らない限り、それを小説と呼ぶことは実はできない。小説の厳密な定義は、実にこの炭取が廻るか廻らぬかにあると云っても過言ではない。

そして柳田國男氏が採録したこの小話は、正に小説なのである。

「遠野物語」に小説が発見されるのは、この第二十二話にとどまらない。第十一話の、嫁と折合のわるい母を殺す倅(せがれ)の物語は、プロスペル・メリメも三舎を避ける迫力と簡勁の極である。この一篇を熟読玩味すれば、小説とはいかなるものかがわかろう。そこには肉親愛のアンビヴァレンツが、一言の心理説明もなしに惻々(そくそく)と語られ、母と妻と息子という、両性のもっとも単純化された原始的な三角関係が、母殺しの大鎌を磨(と)ぎつづけて夕方にいたる永い時間の経過を圧縮して、もっとも兇暴な、しかし不可避の人間悲劇のカタストロフへ一気に押し進める。何ら論理的な構成は意図されていないのに、その必然性の産み出す力は圧倒的なものである。目をそむけたいほどの人倫破壊が、実は血みどろの人倫によって成就されているのである。

これはただ、山村できいた柳田氏の聴書にすぎぬではないか、という人もあろう。小説に告白をしか求めない人は、言語表現が人に強いる内的体験というものを軽視しているのである。別に小説たらんと意図したわけではない柳田氏の聴書が、かくもみごとな小説たり得ているのは、氏の言語表現力の一種魔的な強さ、その凝縮力、平たくいえば文章の力のために他ならない。

　ただ単に、情感に裏付けられた紀行文としても、「遠野物語」の序文は、このような氏の文章力を証明する名文である。この序文のさりげない抒景は、「遠野物語」全篇の序として比類のないものであり、歴史から取り残された山間の一聚落に伝えられた、人間生活の恐怖の集大成である「遠野物語」は、その序文に描かれた風景をとおして読むときに、一種やるせない情緒を増すのである。それは哀感を通り越して、氏の文章の堅固なインディフェレンスのために、ほとんど残酷に感じられるほどである。

　寒村の小人間集団であるために、なお濃密に不可避に仕組まれた人間存在の「問題性」の、間接的な表現であるところの民話の集成の、血なまぐさい成果を示すに当って、氏が次のような美しい序文を書いた心事に想到してみるがいい。

「天神の山には祭ありて獅子踊あり。茲にのみは軽く塵たち紅き物聊かひらめきて一村の緑に映じたり。獅子踊と云うは鹿の舞なり。（中略）笛の調子高く歌は低くして側にあれども聞き難し。日は傾きて風吹き酔いて人呼ぶ者の声も淋しく女は笑い児は走れども猶旅愁を奈何ともする能わざりき」

十

私がこうして縷々と小説論を展開しても、いうまでもないことながら、それはあくまで「私の小説論」にとどまる。

芥川賞のような新人の作品の審査をするに当って、いずれもしたたかな十一人の小説家が居並ぶと、その小説観の多種多様なことにおどろかされ、しかも各審査員が一人一人、永年の経験とカンで、

「これは小説ではない」

「これは小説だ」

という、ほとんど独断的な確信を抱いていることに驚嘆させられるのである。又、お互いに文学的傾向の近いと考え合っている二人の作家が、一つの候補作品について極端な好悪のちがいを示すかと思うと、お互いに資質も傾向も全く異質だと考え合っている二人の作家が、一つの候補作品についておどろくほどの意見の一致を見ることもある。十一人の審査委員が十篇の候補作を審査して、たとえ最後は機械的な多数決に陥りがちにもせよ、一篇の当選作

を選び出すにいたる過程は、神秘としか名付けようがない。

もちろん、小説とは何か、という基準的範例的な考え方と、好きな小説きらいな小説という、ごく主観的な趣味や感覚の撰択とは、しばしばあいまいに混同される。しかし一方では、趣味的感覚的にきらいな小説でも、自分の感覚に逆らってまで、客観的な批評基準をこれに適合させようという良心的努力は、十分に払われていると信ぜられる。それがまたしばしば見当外れの努力であるにしても。

小説の賞というものは、当選作が候補作の中で最上の作品であったとは、なかなか言い難いものだが、「小説とは何か」という原理的思考へ審査員の小説家たちを、しばしがほどは立戻らせるだけでも、有益な事業と云わねばならぬであろう。

たとえ未熟な新人の作品であっても、一人の成熟した作家が、審査員としてこれに立ち向うときには、さまざまな心理的な思惑に悩まされるものである。

『何という下手な書出しだろう。地理的関係も、人間関係も、何もわからぬではないか。……まあ、よしよし、その内面白くなるだろう。しかし、それにしてもひどい文章だな。このごろの若い人は、小説を書くのに、文章などどうでもよいと思っているのかしらん。……箸にも棒にもかからぬたわ言を、読者がうかうか読んでしまうのは、文章の力のおかげなのだが。……おやおや、女が出て来たぞ。出て来るなり、女が何か気障なことを言い出した。女にこんなことを言わせてはいかん。これでイメージは台なしだ。しかも主人公は、女のそういうイヤなところに気づかず惚れ込んでゆくが、それはいいとしても、作者まで、こういう女を肯定しているらしいのは、青二才もいいところだ。……ははあ、今度は何かカクテル・パーティーのシーンらしいぞ。へえ、洗煉された会話のつもりで田舎の洋裁学校のような会話を喋らせている。お里が知れるな。……よく読むと、そういう軽薄な会話は、諷刺のつもりらしいが、諷刺のつもりで自慢の鼻をうごめかせている作者自身が、同じ水準だということはすぐにわかる。……もっと侮蔑を！　もっと侮蔑を！　侮蔑が足りない。プチ・ブゥルジョアを描くのに、片時も侮蔑のタッチを忘れてはだめだ。一体フロオベエルを読んだことがあるのかしらん？……ははあ、今度は風景描写と来たな。海か。ちっとも潮の匂いがしないじゃないか。言葉を沢山使えば使うほど、張りぼてになってしまうじゃないか。……うん、うん。オートバイのあんちゃんたちが出て来た。この連中の会話は一寸面白い。へえ、こんなふうに女の子をからかうのかねえ。昔では一寸想像のつかんことだ。なるほどねえ。はやり言葉もこう機関銃のように使われると、一種のダイナミズムが出て来る。これは一寸真似ができんな。……おやおや、伏線も引かずにこんな事件を突発させて、短篇の枚数で、どう処理するつもりだろう。これをそもそも書きたかったのなら前置きが長すぎ、尻切れ蜻蛉（とんぼ）になるのはわかりきっているじゃないか。バカだな。そんなこともわからないのか。……そら、そら、そら、……おっと。この結末は完全な失敗。これでこの小説はオジャンだ』

一つの作品を読む審査員の内心独白は、ざっとこんなものである。これはまだ自己に忠実なほうで、他人のことを考え出したら、「古い」と思われたくなく、又、「新らしがり」と思われたくなく、「頑固」と見られたくなく、又、「妥協的」と見られたくなく、心理的葛藤でヘトヘトになってしまう人もあろう。

しかしともあれ町会の旦那衆は、御神酒所（おみきしょ）に陣取って表面だけはにこにこしながら、年々歳々担ぎ方が下手になり格を外れて来たように思われる神輿（みこし）の渡御を見送るのである。

『ちぇっ。俺が若いころは、ずっと巧く、ずっといなせに担いだもんだがなあ』

——だが、困ったことに、小説は神輿ではなく、小説には型も格式もない。

それでも「これが小説だ」というものがある筈だ、本当の小説なら必ず一ヶ所でも炭取の廻るところがある筈だ、という思いは、審査員のどの胸にもくすぶっている。そして子供らしい希望がまだ消えずに残っていて、十一人が十一人とも、天才の珠玉の前にひれ伏したい気持を持っているのである。

私が永年この種の審査に携って来て、只一度、生原稿で読んで慄然たる思いのしたのは、深沢七郎氏の「楢山節考」に接した時のことである。中央公論新人賞というのは、百枚以上の中篇を生原稿で十篇以上も読むのであるから、決して楽な審査ではない。いくつかの候補作に倦んじ果てたのち、忘れもしない或る深夜のこと、炬燵に足をつっこんで、そのあまり美しくはない手の原稿を読みはじめた。はじめのうちは、何だかたるい話の展開で、タカをくくって読んでいたのであるが、五枚読み十枚読むうちに只ならぬ予感がしてきた。そしてあの凄絶なクライマックスまで、息もつがせず読み終ると、文句なしに傑作を発見したという感動に搏たれたのである。

しかしそれは不快な傑作であった。何かわれわれにとって、美と秩序への根本的な欲求をあざ笑われ、われわれが「人間性」と呼んでいるところの一種の合意と約束を踏みにじられ、ふだんは外気にさらされぬ臓器の感覚が急に空気にさらされたような感じにされ、崇高と卑小とが故意にごちゃまぜにされ、「悲劇」が軽蔑され、理性も情念も二つながら無意味にされ、読後この世にたよるべきものが何一つなくなったような気持にさせられるものを秘めている不快な傑作であった。今にいたるも、深沢氏の作品に対する私の恐怖は、「楢山節考」

のこの最初の読後感に源している。

そのような文学上の傑作とは何だろうか。私はその後、もう一度このような体験をしたことがあるが、それはアーサー・クラークのSF「幼年期の終り」を読んだときであった。クラークのこの作品は、私の読んだおよそ百篇に余るSFのうち、随一の傑作と呼んで憚らないものであるが、「幼年期の終り」は徹頭徹尾知的な作物である点で、「楢山節考」とは正に対蹠的でありながら、その読後感のいいしれぬ不快感は共通しているのである。

SFを好まぬ読者には、つまらぬ筋立てと思われようが、ある日地球の上空に大宇宙船団があらわれ、人類の世界国家建設と戦争の絶滅を促し、その意図は全く人間主義的な理想主義を最高度に示し、見えざる上帝が船中から地球を間接支配するにいたる。誰も見たことのないその上帝が、五十年後姿をあらわすと、それは人間の伝説上の、翼を持った悪魔と全く同じ姿なのである。悪魔伝説は古い昔に、この宇宙人の姿を垣間見た人類が、人類の敵と考えて造型し伝承させたものであり、上帝はこの姿を見た人類に誤解されることを怖れて、五十年の時を仮して、人類の集合的無意識の退化、文化・宗教伝統の廃絶を待ったのち、その真の姿をあらわしたのであった。

人類の歴史自体を幼年期と考え、さらに成人するときの苛烈なイニシエーションをドラマに仕組んだこの小説の、筋を悉く紹介している暇はないが、上帝が悪魔の姿であらわれるとき、この知的構築に秀でたSFにとって、何とばかばかしい工夫かと一瞬読者は思うが、考えるうちに、そこにすこぶる不快なアイロニーがこめられていることがわかる。キリスト教信者がこの小説を読んだときの不快はさこそと察せられるのである。

　われわれは小説なんかを読むことによって、自分一個の小さな矜りならばともかく、人間としての矜持を失いたくない。その矜持の根柢を突き崩してくれなどと、誰も小説家にたのんだおぼえはない。しかし或る種の不快な（すばらしい才能のある！）作家たちは、ひたすらこのような不快な作業に熱中して日を送っているのだ。それを考えるとわれわれは慄然とする。

　今さらカタルシスの説を持ち出さずとも、或る種の小説は、たしかに浄化を目睹してはいるが、その浄化がわれわれの信じている最終的な矜りを崩壊させることと引代えでなくては与えられぬように仕組まれている。そこに私は、小説の越権というようなものを感じるのである。

　そういう小説では、たしかに「炭取は廻った」のであるから、それを小説と認めなければならない。しかし、一方、小説と認めた以上、すべてを認めなければならぬという義理もないのである。猥褻や残酷については、文学的節度を云々(うんぬん)することはむしろたやすいけれども、猥褻でも残酷でもなくて、文学的節度を明らかに逸脱したものについては論じにくい。バタイユがいくら羽目を外しても、私にはキリスト教内部の叛逆と感じられるが、この世には、ただ人を底なしの不快の沼へ落し込む文学作品もあるのである。いわばこれを「悪魔の芸術」と呼ぶことができよう。

十一

気ままな連載の形を許してもらっているので、前回で未解決の問題をさしおいて、自分の身辺のことを語らせてもらいたいと思う。一種の間(あい)狂言というつもりでお読みをねがう。

つい数日前、私はここ五年ほど継続中の長篇「豊饒の海」の第三巻「暁の寺」を脱稿した。これで全巻を終ったわけでなく、さらに難物の最終巻を控えているが、一区切がついて、いわば行軍の小休止と謂(い)ったところだ。路ばたの草むらに足を投げ出して、煙草を一服、水筒の水で口を湿らしているところを想像してもらえばよい。人から見れば、いかにも快い休息と見えるであろう。しかし私は実に実に実に不快だったのである。

この快不快は、作品の出来栄えに満足しているか否かということとは全く関係がない。では何の不快かを説明するには、沢山の言葉が要るのである。これからが、おそらく他人には何の興味もない、私の陰気な独白になる。

私は今までいくつか長篇小説を書いたけれども、こんなに長い小説を書いたことははじめてである。今までの三巻だけでも、あわせて優に二千枚を超えている。長い小説を書くには、ダムを一つ建てるほどの時間がかかる。小説と限らず、目前に七年がかりの仕事を控えた人間が、未来に対して何を考えるか、大体決っている。時間というものは不確定なものである。まして七年となればこれに歴史がからむ。自分が不慮の病気か事故で死ぬか、それとも現実のほうが一変して、同じ条件で仕事をつづけることを阻むかは、蓋然(がいぜん)性として容易に考えられる。そういうことを考えない人はよほどの楽天家である。

書きはじめるとき、私もこれを考えた。この作品の完成には、作品にとって幸運な種々の条件が調わねばならぬことは自明の理だった。大体私の長篇小説が演劇的欠陥を持っている、とはよく言われることで、計画どおりに進まないと気持がわるいから、終結部を脳裡に描きながら、現実的諸条件をいわば凍結しておいて、書き進めることが多かったが、これほどの長い作品になると、そうも行かなかった。

従って、「豊饒の海」を書きながら、私はその終りのほうを、不確定の未来に委ねておいた。この作品の未来はつねに浮遊していたし、三巻を書き了えた今でもなお浮遊している。しかしこのことは、作品世界の時間的未来が、現実世界の時間的未来と、あたかも非ユークリッド数学における平行線のように、その端のほうが交叉して融け合っているということを意味しない。なぜならいかに未確定の未来といえども、その未来は、二千枚の中にすでに胚子として蓄えられ、その必然性をのがれる術もないからである。作品世界の未来の終末と現実世界の終末が、時間的に完全に符合するということは考えられない。ポオの「楕円形の肖像画」のような事件は、現実には起りえないのだ。

かくて、この長い小説を書いている間の私の人生は、二種の現実を包摂していることになる。バルザックが病床で自分の作中の医者を呼べと叫んだことはよく知られているが、作家はしばしばこの二種の現実を混同するものである。しかし決して混同しないことが、私にとっては重要な方法論、人生と芸術に関するもっとも本質的な方法論であった。故意の混同から芸術的感興を生み出す作家もいるが、私にとって書くことの根源的衝動は、いつもこの二種の現実の対立と緊張から生れてくる。そしてこの対立と緊張が、今度の長篇を書いている間ほど、過度に高まったことはなかった。

さて、進行中の作品であるから、作品内の現実もなお未来を孕(はら)んで浮遊しており、作品外の現実はもちろん常のごとく未来を孕んで浮遊している。

世間で考える簡単な名人肌の芸術家像は、この作品内の現実にのめり込み、作品外の現実を離脱する芸術家の姿であり、前述のバルザックの逸話などはその美談になるのである。しかし、その二種の現実のいずれにも最終的に与(くみ)せず、その二種の現実の対立・緊張にのみ創作衝動の泉を見出す、私のような作家にとっては、書くことは、非現実の霊感にとらわれつづけることではなく、逆に、一瞬一瞬自分の自由の根拠を確認する行為に他ならない。その自由とはいわゆる作家の自由ではない。私が二種の現実のいずれかを、いついかなる時点においても、決然と選択しうるという自由である。この自由の感覚なしには私は書きつづけることができない。選択とは、簡単に言えば、文学を捨てるか、現実を捨てるか、ということであり、その際どい選択の保留においてのみ私は書きつづけているのであり、ある瞬間における自由の確認によって、はじめて「保留」が決定され、その保留がすなわち「書くこと」になるのである。この自由抜き選択抜きの保留には、私は到底耐えられない。

「暁の寺」を脱稿したときの私のいいしれぬ不快は、すべてこの私の心理に基づくものであった。何を大袈裟(おおげさ)なと言われるだろうが、人は自分の感覚的真実を否定することはできない。すなわち、「暁の寺」の完成によって、それまで浮遊していた二種の現実は確定せられ、一つの作品世界が完結し閉じられると共に、それまでの作品外の現実はすべてこの瞬間に紙屑になったのである。私は本当のところ、それを紙屑にしたくなかった。それは私にとって の貴重な現実であり人生であった筈だ。しかしこの第三巻に携わっていた一年八ヶ月は、小休止と共に、二種の現実の対立・緊張の関係を失い、一方は作品に、一方は紙屑になったのだった。それは私の自由でもなければ、私の選択でもない。作品の完成というものはそういうものである。それがオートマティックに、一方の現実を「廃棄」させるのであり、それは作品が残るために必須の残酷な手続である。

私はこの第三巻の終結部が嵐のように襲って来たとき、ほとんど信じることができなかった。それが完結することがないかもしれない、という現実のほうへ、私は賭けていたからである。この完結は、狐につままれたような出来事だった。「何を大袈裟な」と人々の言う声が再びきこえる。作家の精神生活というものは世界大に大袈裟なものである。

浮遊していたものが確定され、一つの作品のなかに閉じ込められる、というときの一種痛ましい経験については、作家はどんなに大袈裟に語っても、まだ十分でないと感じるにちがいない。

しかしまだ一巻が残っている。最終巻が残っている。「この小説がすんだら」という言葉は、今の私にとって最大のタブーだ。この小説が終ったあとの世界を、私は考えることができないからであり、その世界を想像することがイヤでもあり怖ろしいのである。そこでこそ決定的に、この浮遊する二種の現実が袂（たもと）を分ち、一方が廃棄され、一方が作品の中へ閉じ込められるとしたら、私の自由はどうなるのであろうか。唯一ののこされた自由は、その作品の「作者」と呼ばれることなのであろうか。あたかも縁もゆかりもない人からたのまれて、義理でその人の子の名付け親になるように。

私の不快はこの怖ろしい予感から生れたものであった。作品外の現実が私を強引に拉致（らち）してくれない限り、（そのための準備は十分にしてあるのに）、私はいつかは深い絶望に陥ることであろう。思えば少年時代から、私は決して来ない椿事（ちんじ）を待ちつづける少年であった。その消息は旧作の短篇「海と夕焼」に明らかである。そしてこの少年時の習慣が今もつづき、二種の現実の対立・緊張関係の危機感なしには、書きつづけることのできない作家に自らを仕立てたのであった。

吉田松陰は、高杉晋作に宛（あ）てたその獄中書簡で、

「身亡びて魂存する者あり、心死すれば生くるも益なし、魂存すれば亡ぶるも損なきなり」

と書いている。

この説に従えば、この世には二種の人間があるのである。心が死んで肉体の生きている人間と、肉体が死んで心の生きている人間と。心も肉体も両方生きていることは実にむずかしい。生きている作家はそうあるべきだが、心も肉体も共に生きている作家は沢山はいない。作家の場合、困ったことに、肉体が死んでも、作品が残る。心が残らないで、作品だけ残るとは、何と不気味なことであろうか。又、心が死んで、肉体が生きているとして、なお心が生きていたころの作品と共存して生きてゆかねばならぬとは、何と醜怪なことであろう。作家の人生は、生きていても死んでいても、吉田松陰のように透明な行動家の人生とは比較にならないのである。生きながら魂の死を、その死の経過を、存分に味わうことが作家の宿命であるとすれば、これほど呪(のろ)われた人生もあるまい。

「何を大袈裟な」と笑う声が三度(みたび)きこえる。

「お前は小説家である。幸い本も多少売れ、生活も保障されている。何を憂うることがある。大人しく小説を書いていればいいではないか。われわれはそれをたのしんで読み、読み飽きれば古本屋へ売り、やがて忘れるだろう。それだけが小説家の仕事ではないか。お前は何か誇大妄想に陥っているのではないか。ただ大人しく小説を書いておれ。それ以外にお前のやるべきことはなく、われわれもそれ以外にお前に対して何も期待してはいないのだ」その忠言はまことに尤もであり、一々当を得ていて、返す言葉もない。しかし私は生きている限り、力の限りジタバタして、この忠言に反抗し、この忠言からのがれようとつとめるであろう。もし、(万が一にもそんなことはありえないが)、私が心を改めて、こんな忠告に素直に従うとしたら、その時から私は一行も書けなくなるであろうからである。

十二

このごろは一般に小説家の偽善的言辞を弄する者が多くなって、偽善の匂いの全くしない小説家といえば、わずかに森茉莉さんと野坂昭如氏ぐらいしかいないのはまことに心細い。これはもちろん、内田百閒氏や稲垣足穂氏のごときは別格と考えての上である。

私はかつて昭和二十三年に「重症者の兇器」という漫文を書き、その中で、「私の同年代から強盗諸君の大多数が出ていることを私は誇りとする」と書いたが、今もこの心持は失っていないつもりである。「金閣寺」という小説も明らかに犯罪者への共感の上に成り立った作品であった。

私がこんなことを言い出したのは、晩近のいわゆるシー・ジャック事件のことからで、これに対する文士の反応は、弁天小僧を讃美した日本の芸術家の末裔とも思えぬ、戦後民主主義とヒューマニズムという新らしい朱子学に忠勤をはげんだ意見ばかりであった。近ごろこの種の事件が起るたびに、何か飛び抜けた意見があらわれず、これを言ってはいけない、これは否定しなくてはいけない、という自己検閲が、文士の間ですら無意識に強化されているらしいのは、まことにふしぎな傾向である。

　ドストイエフスキーの「罪と罰」を引張り出すまでもなく、本来、芸術と犯罪とは甚だ近い類縁にあった。「小説と犯罪とは」と言い直してもよい。小説は多くの犯罪から深い恩顧を受けており、「赤と黒」から「異邦人」にいたるまで、犯罪者に感情移入をしていない名作の数は却って少ないくらいである。

　それが現実の犯罪にぶつかると、うっかり犯人に同情しては世間の指弾を浴びるのではないか、という思惑が働らくようでは、もはや小説家の資格はないと云ってよいが、そういう思惑の上に立ちつつ、世間の金科玉条のヒューマニズムの隠れ蓑に身を隠してものを言うのは、さらに一そう卑怯な態度と云わねばならない。そのくらいなら警察の権道的発言に同調したほうがまだしもましである。

さて、犯罪は小説の恰好の素材であるばかりでなく、犯罪者的素質は小説家的素質の内に不可分にまざり合っている。なぜならば、共にその素質は、蓋然性の研究に秀でていなければならぬからであり、しかもその蓋然性は法律を超越したところにのみ求められるからである。

法律と芸術と犯罪と三者の関係について、私はかつて、人間性という地獄の劫火の上の、餅焼きの網の比喩を用いたことがあるが、法律はこの網であり、犯罪は網をとび出して落ちて黒焦げになった餅であり、芸術は適度に狐いろに焼けた喰べごろの餅である、と説いたことがあった。いずれにしても、地獄の劫火の焦げ跡なしに、芸術は成立しない。

トルーマン・カポーティは、「冷血」という、きわめて語り口の巧いドキュメンタリー・ノヴェルの中で、弁護の余地のない凶悪犯罪を、一種の神話的タッチで、しかもきわめて無責任に描いたが、この小説は弁護の情熱だけは徹底的に避けて通るという点で、ソフィスティケイテッドな効果をあげた一方、小説としての倫理的性格を根本的に欠くことになった。それはもちろんカポーティの最初からの意図であったろう。しかしこのような倫理的性格をはじめから放棄したものを、小説とよんでよいかどうか疑問である。もちろん私は小説と修身を混同しているわけではなく、「冷血」が悪徳小説でありえていないという点を批判しているのである。サド侯爵の作中の食人鬼が、いかに自己正当化の理論を情熱的に展開するか、思い出してみるがよい。

小説は、世間ふつうの総花的ヒューマニズムの見地を排して、犯罪の被害者への同情は（当然のことであるから）世間に預けて、むしろ弁護の余地のない犯罪と犯罪者に、弁護の情熱を燃やすところにしか、成立しない筈のものであった。法律や世間の道徳がどうしても容認せず、又もし弁護しようにも所与の社会に弁護の倫理的根拠の見出せぬような場合に、多数をたのまず、輿論をたのまず、小説家が一人で出て行って、それらの処理によって必ず取り落されることになる人間性の重要な側面を救出するために、別種の現実世界に仮構をしつらえて、そこで小説を成立させようとするものであった。

もちろんこんな情熱を正義感とまちがえてはいけない。小説家も商売人である以上、世間がどんなヒューマニズムの仮面をかぶっていても、その下に陋劣な好奇心と悪への嗜慾を隠していることを知悉している。一旦その通路をとおれば、どんな人も犯罪者の孤独と無縁でなくなることをよく知っている。しかも小説家の方法は、講演会場で大ぜいの聴衆の賛同を求めるという行き方ではなく、ひとりひとりの個室へ忍び入って、余人をまじえずにしんみりと説得するというやり方なのである。

世間ふつうの判断で弁護の余地のない犯罪ほど、小説家の想像力を刺戟し、抵抗を与え、形成の意慾をそそるものはない。なぜならその時、彼は、世間の判断に凭りかかる余地のない自分の孤立に自負を感じ、正に悔悟しない犯罪者の自負に近づくことによって、未聞の価値基準を発見できるかもしれぬ瀬戸際にいるからである。小説本来の倫理的性格とは、そのような危機にあらわれるものである。

もちろんそういうときの小説家にとっても、いろんな安易な逃げ道はある。昔からある性善説を利用して、犯罪動機を社会環境から説明して、社会や政治体制に罪を押しつける方法もある。しかしそれはあんまり使い古された方法で、社会のほうでも罪を自認しているのだから、始末がわるい。社会がいくら罪を犯しても、社会が逮捕されたという話はきかないから。

一方、小説家が「通俗を避けて」性悪説に加担したとしても、悪を安易に一般化するという弊は避けられない。もし性悪説が正しいなら、どんなに凶悪な犯罪も、われわれ自身の共通の人間性の反映に他ならないが、もし又性善説が正しいなら、機械的に犯人とわれわれは同じ出発点に立ち、われわれのほうがいくらか運が良かったというだけのことになる。

それにしても犯罪の中にあるあの特権的な輝きは何だろうか。小説家の興味はおそらく最終的にそこに帰着するのであるが、犯人が浩瀚な検事調書や警察調書の中でも、（本人の表現能力の不足もあって）ついに告白しえていない秘密とは何だろうか。もちろんそんな秘密は、たとえ語られなくても、法律構成上何ら支障はないから、強いて語らせられることなく終るであろう。しかし小説はそこに魅かれ、そこを狙うのである。

そのとき悪は、抽象的な原罪や、あるいは普遍的な人間性の共有の問題であるにとどまらない。きわめて孤立した、きわめて論証しにくい、人間性の或る未知の側面に関わっている筈である。私はアメリカで行われた凶悪暴力犯人の染色体の研究で、男性因子が普通の男よりも一個多い異型が、これらの中にふつうよりもはるかに多数発見されたという記事を読んだとき、戦争というもっとも神秘な問題を照らし出す一つの鍵が発見されたような気がした。それは又裏返せば、男性と文化創造との関係についても、今までにない視点を提供する筈である。

それはさておき、犯罪は、その独特の輝きと独特の忌わしさで、われわれの日常生活を薄氷の上に置く作用を持っている。それは暗黙の約束の破棄であり、その強烈な反社会性によって、却って社会の肖像を明らかに照らし出すのである。それはこの和やかな人間の集団の只中に突然荒野を出現させ、獣性は一閃の光りのようにその荒野を馳せ、われわれの確信はつかのまでもばらばらにされてしまう。

実は小説家が小説を書くことによって狙っている効果も、このようなものなのである。効果そのものにはそういう犯罪的意図があっても、小説は近代社会特有の寛大さのおかげで、めったに罰せられることがないから、法律や社会道徳を無視した倫理的緊張を自らに悠々と課することができ、いわば法律上の「確信犯」の体系を美的に形成することができるのである。現実の犯人は現実の法律に屈するほかはないが、小説は、かくて、もし成功すれば、その小説を裁く者は神しかないところへまで、自己を推し進めることができる。

しかしそれは、小説独自の作用であり、小説家の自前の功績であろうか。その点がどうも疑わしい。小説家の犯罪者的素質は、殺人よりもむしろ泥棒にあり、むかしから盗作はおろか、人の魂を盗むことは得手なのだ。成功した犯罪小説（私は「赤と黒」から「異邦人」までをすべて含めて言うのだが）は、作者が、現実の、あるいは仮構の犯罪から、犯罪特有の特権的な輝きを、みごとに盗み了（おお）せることによって成功したのではないだろうか。犯人自身はその輝きを放った代りに刑死せねばならなかったが、小説家は生きてその輝きを自分の作品の栄冠に代えるのではなかろうか。

こう考えてゆくと、犯罪独特のあの「特権的な輝き」、それこそ犯罪の本質であると考えられるもの、それは一体何だろうか。それは社会内部から見た者の目に映る、孤絶した反社会性の、黒い鉱石のような輝きに他ならないかもしれない。或る理性の無統御、無知、衝動的性格等によって、犯人が「心ならずも」そういう反社会性の極北へ自分の身を追い込んだとき、本人に叛逆の企図も思想もないだけに、却って純粋に、そうした輝きを放つのかもしれない。少くともシー・ジャック事件には、ハイ・ジャック事件のような滑稽な馴れ合いの余地はなかった。

次に私は、順序として、小説が狂気を扱いうるかについて語らねばならない。

十三

先ごろ私は芥川賞の選衡に当って、久々によい新人の作品を読んだ。吉田知子さんの「無明長夜（むみょうちょうや）」がそれである。この作品は狂気を扱って、それなりに成功した小説といえるであろう。

「学校へ行っても家へ帰っても私には親しく話しあう人はなかったので他人のことは、あまり考えたことがありませんでした。他人のことばかりではなく、外界にも現実にも深い関心は抱きませんでした。それらは所詮、仮のかたちにすぎないのです。ほんの間に合せなのです」

こんな心境で育った女主人公も、そのうち平凡な技師と結婚し、「味のない女」と云われ、子供も生めず、一方、変り者の姑の福子とも葛藤を生ぜず、そのうち良人が出張先から行方不明になって二ヶ月後、一人で実母のいる門前村へ戻って様子を見ることにする。そこには自分の心の根源の「物自体」ともいうべき御本山があり、又、一方、その近くの千台寺六角堂には、幼時から「純粋男性」の影ともいうべき印象を深く刻まれていた新院がいる。その新院との一方的な心の交渉、幼なじみの癲癇もちの玉枝を間接的な方法で殺してしまう事件、本山の小火などが後半のあらすじであるが、後半へゆくほど、女主人公の狂気は昂進して、現実と非現実との境界はあいまいになってゆくので、こんなレジュメは意味をなさない。

しかしこの小説の面白さと実感はあくまで細部にあるので、筋立てはやむをえず設けたもののように、作者自身も言っている。主人公は人間にはめったに感動せず、「晩秋に見た焚火」には官能の極ともいうべき感動を覚えるが、人間に対して深い関心が働らくのは玉枝の癲癇の発作のように、人間が即時に「物」に化する瞬間のみである。又、新院に対する感情も、決して思慕などというなまやさしいものではなく、さりとて色きちがいのべたべたした色情でもなく、忘れられた官能の根源へ迫ろうとする一種の形而上学的嗜慾とごっちゃになっている。つまりそれは知的焦躁の官能的形式なのであり、主人公はどうしても手が届かず、届かぬのみかますます離隔を深める現実に対して、何ら回復の手段も持たぬまま、何とか自分のなまの存在感を取り戻そうとして空しい焦躁にかられている。

感じようとしても感ずることのできないこの深い離隔のなかで、しかも人間の形をして生きていることに、狂人の矛盾があって、一たん自分自身をコーヒー・ポットだと信ずるにいたれば、それはもう狂気の勝利なのだ。

文学と狂気との関係は、文学と宗教との関係に似たところがある。ヘルダーリンの狂気も、ジェラアル・ド・ネルヴァルの狂気も、ニイチェの狂気も、ふしぎに昂進するほど、一方では極度に孤立した知性の、澄明な高度の登攀(とうはん)のありさまを見せた。何か酸素が欠乏して常人なら高山病にかかるに決っている高度でも、平気で耐えられるような力を、（ほんの短かい期間ではあるが）、狂気は与えるらしいのである。

もちろん「無明長夜」は、そこを描こうとしたものでもなく、作者自身の体験から出たものでもない。描かれているのは狂気の経過であり、或る人間離脱の素因が、次第次第に成長して、人間的現実の喪失感を増し、クレッチマアがいみじくも言ったように、「外界に接する皮膚がだんだん革のようにごわごわしたものになる」分裂症の進行に似たものが、鮮明なディテールの集積によって、一つのクライマックスにいたる物語である。しかし分裂症の進行が、往々あるように、殺人や自殺に終っても、それを厳密な意味でクライマックスと呼ぶことはできないであろう。こちら側から見れば、危険な反社会性の現実化であり、一つの社会事件としてのクライマックスであっても、向う側から見れば、さらに進行する経過の上の偶発的事件であるにすぎないからである。

ここに狂気を扱う場合の、構成上の最大の難関があって、「無明長夜」もその点で、明白な弱点を持っている。すなわち、小説は、構成上の必然性がなければならず、プロットは因果関係の上に成立たねばならぬとは、しばしば述べてきたとおりである。それが小説をして「お話」から脱却せしめた要素であり、E・M・フォースタアも言うように、「王が亡くなられ、それから王妃が悲しみのあまり亡くなられた」という、「悲しみのあまり」というプロット要因に小説の本質がひそむのである。

しかるに、狂気は、その進行過程において、ついに必然的クライマックスを持たない。必然的クライマックスとは「物化」「自己物質化」であって、常人の側からは「死」と同じことである。狂人の自殺は二重の意味を持つ。すなわち、自己物質化を狂気が達成しうるのに、さらに死によってその達成を助けることだからである。一方、狂人の殺人は、その反社会性によって社会とは一見対立関係に立つようだけれども、法も亦責任能力を免除しているように、厳密な一対一の対立関係は成立しない。「きちがいに刃物」とはよく言ったもので、狂人に殺された人間は、社会の用語によれば「事故死」なのである。

　このような偶然性の体現、自己の行為を偶然化されること、そのこと自体が、自己物質化の進行と浸潤を意味する。なぜなら、偶然とは「物」の特質だからである。これを宗教の用語で言えば、偶然とは「神」の本質であろう。すなわち人間的必然を超えたところにあらわれる現象は、神の領域に他ならないからである。

「無明長夜」の殺人と本山炎上の妄想のクライマックスは、この点で、むりに小説を終結させようとした作者の恣意にもとづいている。このような小説は、ディテールの集積だけで十分なのであり、その最良のディテールは、ホフマンスタールの「チャンドス卿の手紙」をさえ思わせる。しかしクライマックスはこれを裏切るのだ。

　狂気と正常な社会生活との並行関係乃至（ないし）離反のプロセスだけが、小説の題材になりうる、ということを、この小説は教えている。狂気の困った特色は、その本質が反社会性にあるのではなくて、狂気の論理自体にしか本質がないのにもかかわらず、狂人の幻想には社会生活の残滓が、（もっとも低俗なものをも含めて）、横溢しているということなのである。このことは、前回の犯罪の問題と比べてみるとよくわかるであろう。犯罪的素因を先天性のものと考えるロムブロゾオなどの諸説はともかく、犯罪はその本質を反社会性に持っている。なぜなら犯罪を正当化する最高の論理は、政治的犯罪と非政治的犯罪とにかかわらず、われわれが自己の社会を正当化する論理と同じ次元に立っているからである。このことが、小説の題材として、古来、狂気よりも犯罪が親しまれてきた一因であろう。

　われわれが殺人を許容しない社会に住んでいることは、一種の社会契約によって、われわれ自身の殺人をも許容されないものにしてしまっているわけだが、狂気はあくまで病気の一種であり、人間の自由意志とは関係がないから、いかに狂気が危険でも、われわれ自身が発狂することは許されているのである。

　これは一見ヘンな論理だと思われるであろう。しかしここには小説の大切な問題がひそんでいる。

　なぜなら、小説も芸術の一種である以上、主題の選択、題材の選択、用語の選択、あらゆるものに、作者の意志がかかり、精神がかかり、肉体がかかっている。われわれはそれを不可測の神の意志、あるいは狂気の偶然の意志に委ねるわけには行かないのである。なるほどソクラテスはその哲学をデエモンの霊感によって得た。しかし、ソクラテスは狂気には陥らなかった。

選択それ自体が自由意志の問題を抱え込んでおり、小説は、「自由意志」という信仰の極限的実験であったともいえる。この社会の要求する社会契約も、倫理的制約も、すべて自由意志自身の責任において乗り超え踏み破ろうとする仮構であった。

ひとたびここへ狂気の問題を導入すると、この根本的なメカニズムにひびが入ってしまうのである。自由意志が否定されたところで、どうして小説世界の構築性という、自由意志の精華のようなものが具現されるであろうか。

犯罪と狂気について述べつつ、私はいわゆるパーヴァージョン（倒錯）の問題には触れずにしまったが、最後に、このような小説世界の構築性という問題に触れて、沼正三氏の「家畜人ヤプー」を取り上げぬわけには行かない。

この作品をマルキ・ド・サドの「ソドム百二十日」と比較したくなる誘惑をしばしば感じるのは、スカタロジーの類縁ばかりではなく、一にかかってその構築性の論理にある。「家畜人ヤプー」の世界は決して狂気の世界ではない。それはイヤになるほど論理的で社会的で俗悪でさえある。文章自体がとり立てて文学的だというわけでもなく、感覚のきらめくディテールがあるわけでもない。この点でも「ソドム百二十日」とこの作品はよく似ている。

愕(おどろ)くのはただその自由意志による壮大な構築性である。その世界は実にわれわれの社会と同じ支配被支配の論理に立ちつつ、ただそれを露骨千万に押しすすめただけであって、この作品のアナロジーや諷刺を過大評価してはいけない。アナロジーや諷刺は遊びの部分である。瞠目させるのはただ、マゾヒズムという一つの倒錯が、自由意志と想像力によって極度に押し進められるときには、何が起るかという徹底的実験が試みられていることである。一つの倒錯を是認したら、ここまで行かねばならぬ、という戦慄を読者に与えるこの小説は、小説の機能の本質に触れるものを持っている。そこでどんな汚穢(おわい)が美とされようと、その美はわれわれ各自の感受性が内包する美的範疇(はんちゅう)と次元において少しも変りはしないのである。

十四

小説とは何か、という問題について、無限に語りつづけることは空しい。小説自体が無限定の鵺(ぬえ)のようなジャンルであり、ペトロニウスの昔から「雑俎(サテユリコン)」そのものであったのだから、それはほとんど、人間とは何か、世界とは何か、を問うに等しい場所へ連れて行かれる。そこまで行けば「小説とは何か」を問うことが、すなわち小説の主題、いや小説そのものになるのであり、プルウストの「失われし時を求めて」は、そのような作品だった。概して近代の産物である小説の諸傑作は、ほとんど「小説とは何か」の、自他への問いかけであった、と云っても過言ではない。小説はかくて、永久に、世界観と方法論との間でさまよいつづけるジャンルなのである。その彷徨とその懐疑とを失った小説は、厳密な意味で小説と呼ぶべきでないかもしれない。

そこで小説とは、小説について考えつづける人間が、小説とは何かを模索する作業だ、と云ってしまえば、技術的定義に偏して、重要な何ものかを逸してしまう、というところに、又、小説の怪物性がある。「小説の小説」たるジイドの「贋金（にせがね）つくり」や、現代各種のアンチ・ロマンが、ほとんど血の通った印象を与えないのともこれは関わりがある。

小説は、生物（いきもの）の感じのする不気味な存在論的側面を、ないがしろにすることができない。どんなに古典的均整を保った作品でも、小説である以上、毛がはえていたり、体臭を放っていたりする必要があるのである。

この間私は江の島の海獣動物園で、ミナミ象アザラシという奇怪な巨大な海獣を見た。この何ともいえない肥大した紡錘形の、醜悪な顔つきの海獣は、実に無意味な、始末に困る存在であり、かれ自身も自分を持て余しているように見えた。鉄いろの滑らかな体軀を怠惰に寝そべらせ、人が小魚の餌で誘っても、そっちのほうへ向くのは面倒くさいので、まるで見当外れの方向へ、桃いろの口をあんぐりひらいて、結局その餌をアシカにとられてしまっても、恬淡としている無精さであった。水へ飛び込むのも億劫、寝返りを打つのも億劫、だからコンクリートの上で、腹這いになって、ときどき提灯なりにちぢめた長い鼻をうごめかせたり、糞をひったりしている。目をあけたり、閉じたり、それにも大した意味はない。住家の大洋からは隔てられ、その巨体と背景とのバランスを失い、全くバランスを失った巨大さが、見物人を興がらせている。置かれるべきところに置かれていないからこそ珍奇さを増し、風の加減で異臭が人々を閉口させ、とにかくいろんな欠点はあるが、自然が何のためにこんなものを作ったのか、という或る莫迦莫迦しい疑問で、人々の感興をそそることをやめない。少くともこれは、あの通俗的な鯨なんかよりずっと独創的であり、人々の持っている既成概念に逆らう点で斬新であり、しかも自然の中に完全に埋没した非社会的存在なのだ。

　これを見ているうちに、これこそ理想的な小説だ、という感じが私にはした。へんに鋭敏だったり繊細だったりしないのがいい。グロテスクだが健康で、断じてデカダンではない。

そしてその主題は、怠惰で肥大した体軀の中におのずから具わっているのだった。体臭、動物性、孤独、自然から隔絶されたところでも頑固に保っている自然性、海流に対する紡錘形の形態的必然、会話の皆無と無限の日常的な描写力、人を倦かせないユーモラスな単調さ、押しつけがましい主題の反復、そしてその糞、……これこそは小説であり、小説が人に愛される特質だった。現代の小説はこのあらかたを失ってしまったのである。

ミナミ象アザラシの小説的特性を数え上げれば、まだまだあった。ただ存在しているだけで十分満たしている意外性の条件、存在の無意味と生の完全な自己満足との幸福な結合の提示、人に存在の不条理について考えさせる力、情熱の拒絶とものうげな自負、そして全体に漂う何ともいえない愛すべき滑稽さ、……これらはいくつかの小説の傑作が、不断に読者に与えて来たところのものである。

彫刻が生の理想形の追求であったとしたら、小説は生の現存在性の追求であった。小説におけるヒーローは、劇におけるヒーローとちがって、糞をひり、大飯を喰い、死の尊厳をさえ敢て犯すのだった。

私がこのような感想を以て動物園を離れ、自宅へ帰って読み耽った小説は、しかし、このような小説とは截然とちがっていた。

それはジュリアン・グラックの「陰鬱な美青年」（小佐井伸二氏訳）である。

ここには冷たい一分の隙もない知的構成があり、一種の瀟洒な気取りがあり、荒涼とした避暑地のブゥルジョア生活があり、海辺の「魔の山」ともいうべき有閑男女の知的病人の社交界があり、そこにあらわれる主人公の「陰鬱な美青年」アランは、終始一貫、一点の乱れもなく、もちろん大飯も喰わず、糞もひらず、典雅をきわめた姿勢を崩さずに、居ながらにして人々を支配し、ついには自らの死へ端然と歩み入るのである。

私はこの飜訳の硬さ、殊に女の会話の生硬さに、閉口しながら読み進んだが、ジュリアン・グラックの反時代的な趣味、その冷艶な趣、世紀末文学の現代への余響、しかもすこぶる現代的な追究力と主題の展開に、終始魅せられながら読み終った。そしてなかなか小説というものは、ミナミ象アザラシだけでは律しきれないということを、今更ながら覚った。

ただ本書の解説で、主人公アランを「死」そのものだと決めつけているのはどうかと思われる。私見では、アランは決して「死」そのものではない。彼がはじめから自殺の決意を以てここに現われたことは、登場人物たちにはなかなか気づかれず、ホテルの主人のはしたないお喋りによって、はじめてそれと気づかれるのであるが、作者がアランを形象化して言いたかったことは、死の決意が人に与える透明無類の万能性であろう。生きようという意志がすでに放棄されているのであるから、そのまわりに群がる精神的な死者や知的な病人は、こうした自己放棄に決して敵(かな)わない自分たちを発見して、ごく自然にアランの王権に服するのである。アランの王権は、ただこの一点から発して、すべての人々を圧服してしまう。人々は、アランの謎、アランの不可解に魅せられるが、それは彼がすでに「彼方(かなた)」からこちらを眺めていることに気づかないからである。賭事のいさぎよさも、人間関係における超越性も、アランが決して異類ではなく、ただアランが、人々を瞬時に凍りつかせるような或る視点を獲得したということから起る。このような視点を、グラックはおそらく通常の小説の作者の視点とは異なる、彼自身の作家の視点として設定したものであろう。従って人々はアランにこの世ならぬ目で眺められていることに気づかずに、ひたすらアランを見詰めて彷徨し、その結果、アランの毒にやられてしまう。アランは本来、眺められる存在ではなく、小説の中へ露骨に姿を現わした「見者」なのであるが、彼の美しさがどうしても人々の注視を集めてしまう。しかも彼の肉体的魅力は、実はもはや彼自身から完全に見捨てられたものなのである。

非常に微妙なことを巧みに言い廻すフランス的な文体が、いやでも余分な文学臭を帯びてくることは避けがたい。この不吉で憂鬱なドン・ジュアンは、しかし、現代に憂鬱(スプリーン)の値打を復活させた。それは一九一〇年代以後、たえて顧みられることのなかったものだ。

――それにしても私の読書は何と偏頗であろう。ジュリアン・グラックの小説を読んで数日後、私は村上一郎氏の短篇小説集「武蔵野断唱」を読み、巻末に収められた「広瀬海軍中佐」という一篇に心を搏たれた。

この短篇集を読んだのは、あの魂をおののかせるような「北一輝論」の著者が、どういう小説を書くのだろう、という純然たる好奇心からであったが、ここでも私が触れたのはミナミ象アザラシからは無限に遠い小説であった。もう言ってもよかろうが、ミナミ象アザラシから無限に遠い、ということは、バルザックから無限に遠い、というのと、ほとんど同じことを意味する。

こう言っては失礼だが、村上一郎氏の小説技巧は、ちかごろの芥川賞候補作品などの達者な技巧と比べると、拙劣を極めたものである。しかしこれほどの拙劣さは、現代に於て何事かを意味しており、人は少くともまごころがなければ、これほど下手に小説を書くことはできない。下手であることが一種の馥郁たる香りを放つような小説に、実は私は久しぶりに出会ったのであった。そこにこめられた感情が、表現のもどかしさに身悶えし、紺絣の着物と小倉の袴の素朴さを丸出しにし、すべての技巧を安っぽく見せ、自他に対する怒りがインクの飛沫をあちこちへ散らし、本当は命がけでなくては言えないことを、小説と抒情詩をごっちゃにした形で言おうとしている、その奇矯なわがままが美しいというほかない小説。私はふと吉田健一氏の小説との類似性を、（文体も主題も全くちがうが）、読みながらときどき感じた。

筋というべきものは、戦時中海軍の主計将校になった「俺」が、広瀬中佐の慰霊祭の祭文に感動しつつ自らは死なずに終戦を迎え、戦時中死に接してあこがれを放っていた女性を、戦後思いを遂げて妻として娶り、貧しい生活の中に児を得ながら、なお例の祭文を心にとどめていて、それがたえず心の憂悶を培う、というだけの話である。

しかしこの短篇ほど、美しく死ぬことの幸福と、世間平凡の生きる幸福との対比を、二者択一のやりきれぬ残酷さで鮮明に呈示している作品は少ない。地上最美の文字ともいうべき祭文の強い暗示力、そこに盛られた圧倒的な「死の幸福」の観念は、いつもこの地上の幸福にのしかかってやまず、村上氏は、最も劇的な対立概念を、おそれげもなく、赤裸のままで投げ出して、氏のいわゆる「小説」に仕立てたのであった。

本書は『決定版 三島由紀夫全集』（新潮社）、『澁澤龍彥全集』（河出書房新社）を底本とした。

本文表記は原則、新漢字・新仮名づかいを採用した。

一部、今日の観点からみるとふさわしくない語句・表現が用いられているが、作品の時代的背景と文学的価値を鑑み、そのまま掲載することとした。

収録作品初出一覧

I　幻想と怪奇に魅せられて（小説篇）

仲間　「群像」昭和四一年一月号
朝顔　「婦人公論」昭和二六年八月号
卵　「増刊 群像」昭和二八年六月号
緑色の夜　執筆年不明／『決定版 三島由紀夫全集　第一五巻』新潮社／平成一四年二月
鵲　執筆年不明／『決定版 三島由紀夫全集　第一五巻』新潮社／平成一四年二月
花山院　昭和一六年執筆／『決定版 三島由紀夫全集　第一五巻』新潮社／平成一四年二月
黒島の王の物語の一場面　「東雲」昭和二〇年六月号
伝説　「マドモアゼル」昭和二三年一月号
檜扇　昭和一八年～一九年執筆／「新潮」平成一二年一一月号

Ⅱ　王朝夢幻、鏡花の縁（戯曲篇）

屍人と宝　昭和一三年執筆／『決定版 三島由紀夫全集　第二一巻』新潮社／平成一四年八月

あやめ「婦人文庫」昭和二三年五月号

狐会菊有明「まほろば」昭和一九年三月号

Ⅲ　澁澤龍彥とともに（対談・書評・書簡篇）

鏡花の魅力（三島由紀夫&澁澤龍彥）『日本の文学4　尾崎紅葉・泉鏡花』月報（中央公論社）昭和四四年一月

タルホの世界（三島由紀夫&澁澤龍彥）『日本の文学34　内田百閒・牧野信一・稲垣足穂』月報（中央公論社）昭和四五年六月

澁澤龍彥氏のこと　渋澤龍彥著『快楽主義の哲学』カバー（光文社）昭和四〇年三月

現代偏奇館――澁澤龍彥「犬狼都市」「神聖受胎」「週刊読書人」昭和三七年四月三〇日

デカダンスの聖書――ユイスマン著　澁澤龍彥訳「さかしま」「東京新聞」昭和三七年九月一九日（夕刊）

澁澤龍彥訳『マルキ・ド・サド選集』序（彰考書院）昭和三一年七月

人間理性と悪――マルキ・ド・サド著　澁澤龍彥訳「悲惨物語」「週刊読書人」昭和三三年一一月一七日

恐しいほど明晰な伝記――澁澤龍彥著「サド侯爵の生涯」「日本読書新聞」昭和三九年一〇月二六日

「サド侯爵夫人」について　「NLTプログラム」昭和四〇年一一月
澁澤龍彦宛書簡集　『決定版 三島由紀夫全集　第三八巻』新潮社／平成一六年三月

Ⅳ　怪奇幻想文学入門（評論篇）

本のことなど――主に中等科の学生へ　『決定版 三島由紀夫全集　第二六巻』新潮社／平成一五年一月
雨月物語について　「文芸往来」昭和二四年九月号
柳田國男「遠野物語」――名著再発見　「読売新聞」昭和四五年六月一二日
無題（塔晶夫著「虚無への供物」広告文）「朝日新聞」昭和三九年三月二〇日
稲垣足穂頌　稲垣足穂著『ヒコーキ野郎たち』帯（新潮社）昭和四四年一〇月
解説『日本の文学4　尾崎紅葉・泉鏡花』（中央公論社）昭和四四年一月
解説『日本の文学34　内田百閒・牧野信一・稲垣足穂』（中央公論社）昭和四五年六月
二種類のお手本――『文章読本』第三章より　「婦人公論」昭和三四年一月号
小説とは何か　「波」昭和四三年春季号～秋季号、昭和四四年新春号～九・一〇号、昭和四五年一・二月号～一一・一二号まで連載

編者解説

今から五十年前のその日、小学校六年の私は自宅最寄りのバス停で、塾通いのためバスを待っていた。そこへたまたま通りかかった級友が、私に気づくと、こう声をかけた。

「おい、知ってるか？　ミシマユキオって人が自衛隊の基地を襲撃したんだってよ！」

昭和四十五年（一九七〇）十一月二十五日に起きた、三島自決事件の第一報だった。三島由紀夫の名と自衛隊襲撃という出来事が咄嗟には結びつかず、なんとも荒唐無稽の感に搏たれたことを懐かしく想い出す。

その時点で三島由紀夫の名前は知っていたけれど（最も印象強烈だったのは、愛読していた水木しげる『鬼太郎夜話』に出てくる三島由美夫だが）、著作自体はまだ読んだことがなかった。事件と前後して本屋の店頭に、白地に赤く書名が記された鮮烈な新装カバーの新潮文庫版三島作品が山積みされていたことを、よく憶えている。

当時の私は創元推理文庫の『怪奇小説傑作集』を皮切りに泰西怪奇小説に開眼、「帆船マーク」のレ・ファニュやマッケン、ストーカーの『ドラキュラ』、「SFマーク」のブラッドベリなどを嬉々として読み漁っていた最中なので、現代日本の著名な文豪には、さほど前向きな関心はなかったのだ。

したがって三島作品と本格的に出逢うのは翌年の春、立風書房から刊行されたばかりの澁澤龍彦編『暗黒のメルヘン』（一九七一）に収録されていた、まことにもって謎めいた小品「仲間」から、ということになる。泉鏡花「龍潭譚」と坂口安吾「桜の森の満開の下」という妖女譚の競演に始まり、江戸川乱歩や日影丈吉、島尾敏雄や安部公房らの傑作を精選収録した同書によって、私は日本の怪奇幻想小説の沃野に導かれると同時に、アンソロジーというものの面白さに心底魅了され、ハッと気づけば半世紀後の現在、こうしてアンソロジストを日々の生業（なりわい）にしているわけだ。

ちなみに生まれて初めて購入した三島本は『午後の曳航』で、こちらも桃源社版『澁澤龍彦集成』に収録されていた同書の書評を読み、興味を惹かれたのだった。そこから『三熊野詣』や『近代能楽集』『サド侯爵夫人』『美しい星』そして何より『小説とは何か』と『作家論』を経て、市ヶ谷ではないが自衛隊勤務で、ふだんは小説類は読まない父（三島と同い年だったことに最近になって気づいた）が、事件の直後に購入していた〈豊饒の海〉四部作へと至るのだから、三島由紀夫読者としては相当に偏頗な部類に属することは否定しない。

さて、本書『幻想小説とは何か』は、『金閣寺』でも『潮騒』でも、ましてや『憂国』でもなく、選りによって「仲間」から三島文学の世界に参入した編者による前代未聞、かつてないコンセプトの三島由紀夫アンソロジーである。

いや、正直に告白しておくと、前代未聞はいささか誇大広告気味で、編者は過去に一度、似たような趣旨の三島アンソロジーを手がけている。平成十九年（二〇〇七）にちくま文庫から刊行した『文豪怪談傑作選 三島由紀夫集 雛の宿』だ。

とはいえ同書は、もっぱら怪談文芸の視点から、中短篇小説の代表作を網羅することに力点が置かれていた。これに対して本書は、小説よりもむしろ論考とエッセイをはじめとするノンフィクション作品および初期の小品と戯曲に光を当てることに主眼が置かれている。

その早すぎる晩年、三島は畢生の大作にして異形の現代幻想小説というべき〈豊饒の海〉四部作を死の直前まで書き継ぐかたわら、新潮社のPR誌「波」に長篇エッセイ「小説とは何か」を、やはり死の直前まで連載していた。そこでは稲垣足穂の「山ン本五郎左衛門只今退散仕る」と国枝史郎の「神州纐纈城」が、柳田國男の『遠野物語』と上田秋成の『雨月物語』が、バタイユの「マダム・エドワルダ」とジュリアン・グラックの「陰鬱な美青年」が、三島一流の犀利な切り口と絢爛たるレトリックで顕彰されており、より直截に「幻想小説とは何か」と呼びたくなるような内容であった。また、中央公論社版〈日本の文学〉担当巻の編纂解説（『作家論』所収）や、澁澤龍彦を相手役に抜擢した対談においても、泉鏡花、稲垣足穂、内田百閒という近代幻想文学の巨匠たちの魅力を熱心に称揚してやまなかった。

それら一連の著作は、一九七〇年代前半――いまだ全容の定かならぬ「幻想文学」という未開拓ジャンルの魔界へ、おずおず分け入ったばかりの中学生にとって、得がたい水先案内となり、文章指南の手引ともなったのである。

三島にはこの種の文章がほかにもある。最初期にあたる学習院高等科時代に書かれた「本のことなど――主に中等科の学生へ」では、平井呈一（文中では「程一」）と松村みね子の訳業にいち早く注目し、称讃していることに一驚を喫するだろう。かれらが怪奇幻想小説翻訳の先覚者として、戦後世代によって再発見されるのは、はるか後年のことだからだ。

とりわけ、戦時下の書店に空しく売れ残っていたらしい（！）第一書房版の『かなしき女王』（フィオナ・マクラウド著／松村みね子訳）をたまさか読んで、一切の予備知識なしに、その真価を余すところなく云い当てている洞察力といい、〈目がさめてみたら夢のなかでさずかったのがまさしく枕上にあったというような本〉と記す卓抜な表現力といい、早熟の天才とはこの人のためにある言葉だと、否応なく得心させられたものだ。

この種の文章を集大成することで「三島由紀夫による怪奇幻想文学入門」というべきアンソロジーを編めるのではないか……というのが、編者の年来の野望であった。没後半世紀という記念すべきタイミングで、本書にゴーサインを出してくださった平凡社ライブラリーの編集部には感謝のほかはない。

ところで、晩年の三島における怪奇幻想文学やオカルト的なものへの関心の高まりに、少なからぬ影響を及ぼしたと考えられるのが、澁澤龍彥の存在である。

両者の交流が始まったのは昭和三十一年（一九五六）五月、彰考書院版〈マルキ・ド・サド選集〉の刊行に際して、澁澤が三島に序文の寄稿を依頼したのがきっかけだった。

三島は澁澤より三歳年長だが、すでに「仮面の告白」や「潮騒」「金閣寺」と話題作を相次ぎ世に問い、社交的な性格とも相俟って、文壇に揺るぎない地歩を築いていた。

一方の澁澤は、サドを専門とする仏文学者・翻訳家として頭角を顕わしつつあったものの、いまだ知る人ぞ知る存在だった。彼が世にいう「サド裁判」で、図らずも世間的な知名度を一躍高めるのは、昭和三十五年（一九六〇）のことである。

澁澤幸子の回想記『澁澤龍彥の少年世界』（一九九七）によると、口下手な本人に代わって三島邸に電話をかけた妹の幸子に対して、三島は「ああ、サドをやっていらっしゃる珍しい方ですね。あれは名訳です」と、河出文庫版『恋の駈引』に言及しつつ、即座に寄稿を快諾したという（本書所収の六月七日付書簡に「御病気」「御快癒」云々とあるのは、幸子が機転を利かせて、本人が病気のため代理で電話をしていると告げたからだとか）。

これを受けて澁澤は三島に書信を送り、両者の文通が始まる。翌年（一九五七）の二月五日、澁澤は完結したサド選集の第三巻を届けるため、当時は目黒区緑ヶ丘にあった三島邸を訪問して、初対面を果たしている。こうして始まった両者の交友は、自決を目前にひかえた三島が、龍子夫人とともに初の欧州旅行に旅立つ澁澤を、羽田へ見送りに出向いたとき（一九七〇年八月三十一日）まで、十四年半にわたり続けられることとなった。

本書の第三部「澁澤龍彥とともに」には、三島が遺した澁澤関係の文業と書簡（全集収録分）、両者による対談のすべてを収載した。それらを通覧すると、類稀なる「褒め上手」の三島が、常にもまして昂揚した口調で、〈偏奇〉なる後輩の仕事を称揚し、一心に世に広めようとする姿勢が歴然であり、しばしば目頭を熱くさせるものがある。

〈この人がいなかったら、日本はどんなに淋しい国になるだろう〉（「澁澤龍彦氏のこと」）――いやはや、なんとまあ一撃必殺の殺し文句であることか！

これに対する澁澤は三島の没後、長きにわたる交友の折節に発表された文章をまとめた著書『三島由紀夫おぼえがき』（一九八三）の中で、次のように記している。たいそう踏みこんだところのある一文なので、やや長くなるが、まとめて引用させていただく。

かつての私にとって三島がかけがえのない先達であったことは申すまでもないとして、それでは三島にとって私は何であったろうか、ということを考えないわけにはいかない。目のきいたフランス文学者、練達の翻訳家、思想や気質において自分と一脈通ずるものを持っている友人。おそらく三島はそんなふうに私を見ていたろうと思うが、表現者として一流だとは必ずしも思っていなかったろう。三島が生きているあいだ、私はろくな仕事をしていなかったし、まがりなりにも自分の意にかなう仕事ができるようになったのは、もっぱら三島の死後だからである。しかしまあ、そんなことはどうでもよいことだ。

小島千加子さんの『三島由紀夫と檀一雄』が出て、「暁の寺」に登場する今西という、性の千年王国を夢みる人物のモデルが私だということが天下に暴露されるにいたった。

（中略）

今西という不健康な、性的妄想に取り憑かれた、愚にもつかぬ駄弁を弄するインテリが出てくるために、「暁の寺」は『豊饒の海』四部作のなかでもいちばん暗鬱な、重苦しいものになっている。こんな人物のモデルと目されたらやりきれないが、それでも三島をして、そう言わしめたことに対する責任の一端は私にあると考えなければならないだろう。三島は私をよほど不健康な人物と誤解していたようだが、私も三島の前で、いくらか演技をしていたということがないとはいえなかった。

いかに千年王国だとかユートピアだとか終末思想だとかを論じても、私には生来ルサンチマンというものが決定的に欠けているので、ちょうどボルヘスが宗教や哲学を論じる場合のように、あくまでこれを一種の思想的意匠としてしか見ることができないのである。観念の迷宮を構築するための材料としてしか見ることができないのである。三島はそういう私の本質を見抜くことができなかった。私自身、かつては見抜かれまいと努力していたのだから仕方がない。

（「三島由紀夫をめぐる断章」）

文中の「暁の寺」モデル問題については、三島の昭和四十五年（一九七〇）一月三十日付書簡に言及があるので参照されたい。

三島宛に送られた澁澤の書簡は、その一部が河出書房新社版『澁澤龍彥全集』別巻1に収載されている。両者が書面上でどんなやりとりをしていたのか、その一端を窺うようすがとして、三島の昭和四十三年一月二十日付書簡と前後する、同年一月十八日付および二十二日付の書簡から、それぞれ一部を引用しておこう。ちなみに前者の終わり近くに見える、足もとの地面から出る三島の首というくだりは、偶然にもその壮絶な臨終の姿を予感させるかのようであり、覚えず肌に粟を生ぜしめるものがあろう。

いま、文芸の「Ｆ１０４」と、新潮の「奔馬」と、批評の「太陽と鉄」とを、興味ぶかく読み了えたところです。

今や、貴兄のスタイルは、完全に自己中心的、権力意志的、ニーチェ的スタイルになってしまわれました。

そして私が立っている地点から、じつにじつに遠くの高みへ貴兄は翔け上ってしまわれたようです。いつまた貴兄は、この地上へ舞い下りて来られることでしょう？

烏滸がましい言草ですが、私は貴兄とは反対に、ますます無倫理の動物性に退行して行こうと考えています。

しかしロバチェフスキーではないが、空間は曲っているのです！　ぐんぐん高みへ舞い上った貴兄が、いつまた、私の足もとの地面から、ひょっこり首をお出しにならないとも限りません。じつを申せば、私はその日を楽しみにしているのですが……

（昭和四十三年一月十八日付　三島由紀夫宛書簡）

この前貴兄に差し上げた手紙、舌足らずで、何か誤解を生じたのではないかと気になりますので、また筆をとった次第ですが、貴兄が最近追及しておられる「鋼鉄のやさしさ」ともいうべき tenderness については、小生、十分わかっているつもりなのです。

ただ、貴兄が小生の知らない行動の世界、文武両道の世界へ、まっしぐらに走ってしまわれたような気がして、ちょっと淋しくなり、怨みごとのようなものを申し述べたにすぎません。

貴兄は小生にとって大事な人であり、貴兄と同時代を共に生きる仕合わせを、小生はいつも感じております。

尊敬や友情を、あんまりべたべたしたやり方で示すことは、貴兄もお嫌いでしょうし、小生も好みませんから、このへんで止めておきます。

お目にかかってお話しなくても、貴兄はいつも小生の気持を分って下さる、と勝手に解釈して、小生は楽しんでいます。

（昭和四十三年一月二十二日付　三島由紀夫宛書簡）

なお、右の「鋼鉄のやさしさ」をめぐるやりとりについて、澁澤は先述の「三島由紀夫をめぐる断章」の中で〈そういわれても、本当のところ、私にはよく分らなかったとしかいいようがない。三島が死んではじめて、その意味がおぼろげに分ったにすぎないのである。それにしても、この手紙の三島の口調には、なにかほろりとさせるものがある〉と記している。その伝で申せば、澁澤による二十二日付返信にも〈なにかほろりとさせるものがある〉ように、私には思われる。

さらにまた、こうしたやりとりを踏まえて、三島の自決からわずか半年後に世に出た『暗黒のメルヘン』（それはアンソロジストとして卓越した手腕を示した澁澤のアンソロジー第一作となった）を眺めるとき、これは幻想文学啓蒙普及の途(みち)なかばで逝った先達の衣鉢を、残された澁澤が引き継ごうとした書物であるようにも思えてくるのだ。

さて、話の順番が逆になってしまったけれども（実は当初のプランでは評論の部を巻頭に据える予定だったのだが、版元サイドの意向を容れて現行の形に落ち着いたのである）、第一部の小説篇と第二部の戯曲篇には、三島流怪異小品の完成形というべき「仲間」と「朝顔」の両傑作および珍無類の怪作として名高い「卵」（これは余談だが、先述の『鬼太郎夜話』で、吸血木が実らせた巨大な卵から全裸の三島由美夫が誕生するエピソードと本篇には何らかの関連がありやなしや、以前から気になっている）を除いて、これまであまり顧みられることの少なかった初期作品中心のセレクションを試みている。今回、初めて文庫化される作品も多い。

選択基準は、当然のことながら「幻想と怪奇」である。

匂いたつような異国趣味と夢まぼろしの王朝趣味が横溢する、思うさま浮世離れしたこれらの小品群が、「地獄変」の芥川龍之介や「鶴唳」の谷崎潤一郎、「女誡扇綺譚」の佐藤春夫や「猫町」の萩原朔太郎といった大正幻想文学の流れを汲むことは明らかだが、このたび更めて読みかえして気づかされたのは、かれらに先行する鏡花文学の大いなる呪縛であった。幼少期の三島を溺愛し絶大な影響をおよぼした祖母の夏子は、大の鏡花宗で初版本を愛蔵しており、その薫陶をうけて育った三島もまた、少年時代から鏡花作品に親しんでいた。三島の幻想文学志向の原点には、鏡花作品があったと考えるのが自然であり、事実、初期作品の端々にその痕跡を認めることができる。

たとえば「伝説」——一見すると愛すべき、風変わりなボーイ・ミーツ・ガールの物語である本篇には、鏡花の小品「幼い頃の記憶」の現代的変奏曲と呼びうる側面がある。また、戯曲「あやめ」における池の螢や蟇や老鶯たちの会話には、鏡花の「池の声」や「深沙大王」の影響が歴然であろう。三島は「あやめ」を単行本『魔群の通過』に収録する際、〈対話形式をとったメルヘンのつもりで書いた〉と付記している。

その意味では、かつての三島自身が、泉鏡花に導かれて幻想文学の仄暗き森へと誘われたのであり、早すぎた晩年に至って、ふたたび鏡花礼讃の筆を執ったのは、後から来る同好の人々へ向けた「贈る言葉」だったのかも知れない。

最後になったが、本書から新たにシリーズの担当編集者に着任された下中順平さんには、コロナ・ウイルス禍の大変な時期に編集作業をお願いする巡り合わせとなった。例年どおり、編者の企図を汲んだ美事なカバー装画を描きおろしてくださった中川学さんともども、心から御礼を申しあげる次第である。

二〇二〇年七月

東 雅夫

[著者]

三島由紀夫（みしま・ゆきお）

1925年、東京・四谷区生まれ。東京大学法学部法律学科卒業。戦後の日本文学界を代表する作家であり、世界的にも高く評価されている。小説のみならず批評家、エッセイストとしても幅広く活躍、怪奇幻想文学の魅力を啓蒙したことでも知られている。代表作は、小説に『仮面の告白』『潮騒』『金閣寺』『鏡子の家』『憂国』『豊穣の海』など、戯曲に『近代能楽集』『鹿鳴館』『サド侯爵婦人』などがある。1970年没。

[編者]

東雅夫（ひがし・まさお）

1958年、神奈川県横須賀市生まれ。早稲田大学文学部卒業。アンソロジスト、文芸評論家。1982年から「幻想文学」、2004年から「幽」の編集長を歴任。著書に『遠野物語と怪談の時代』（角川選書、第64回日本推理作家協会賞受賞）、『百物語の怪談史』（角川ソフィア文庫）など、編纂書に『平成怪奇小説傑作集』（創元推理文庫）、『泉鏡花〈怪談会〉全集』（春陽堂書店）ほかがある。近年は『怪談えほん』シリーズ（岩崎書店）、『絵本 化鳥』（国書刊行会、中川学画）など、児童書の監修も手がけ、活躍の場を広げている。

平凡社ライブラリー 906

幻想小説とは何か(げんそうしょうせつとはなに) 三島由紀夫怪異小品集

発行日……………2020年8月25日 初版第1刷
2021年3月6日 初版第2刷

著者………………三島由紀夫
編者………………東雅夫
発行者……………下中美都
発行所……………株式会社平凡社
〒101-0051 東京都千代田区神田神保町3-29
電話 (03)3230-6579[編集]
(03)3230-6573[営業]
振替 00180-029639

印刷・製本 ……藤原印刷株式会社
DTP ……………藤原印刷株式会社
装幀………………中垣信夫

ISBN978-4-582-76906-7
NDC分類番号913.6 B6変形判(16.0cm) 総ページ464

平凡社ホームページ https://www.heibonsha.co.jp/